REINHARD TÖTSCHINGER

ROCHADE

Gefördert von der Stadt Wien Kultur.

MIX
Papier aus verantwortungsvollen Quellen
FSC® C004378

Grafische Gestaltung: Dorothea Löcker, Wien
Umschlagabbildung: © KHM-Museumsverband
Druck und Verarbeitung:
EuroPB, s.r.o., Tschechische Republik
ISBN 978-3-7117-2109-9

Informationen über das aktuelle Programm
des Picus Verlags und Veranstaltungen unter
www.picus.at

REINHARD TÖTSCHINGER

ROCHADE

ROMAN

PICUS VERLAG WIEN

Das Wahre ist nur eines, das Wahrscheinliche vieles, das Falsche grenzenlos.

Giambattista Vico

Er kam als Paketbote. Niemand nahm etwas Eigenartiges, Auffälliges, eine Abweichung zu sonstigen Abläufen wahr. Audioguides hingen auf Ständern bereit, um den Besuchern Geschichten über die präsentierten Werke zu erzählen, Stöße von Hochglanzkatalogen in unterschiedlichen Sprachen lagerten neben der Kasse, im Shop warteten die neuesten verkaufsträchtigen Merchandiseartikel, die ersten Besucher verstreuten sich in den Räumen. Mehrmals pro Woche lieferten Paketboten frische Ware, ihr Kommen und Gehen war daher ganz alltäglich. Er lief mit großen Schritten in Richtung Shop, hastig, zielstrebig, die Tasche, die Schirmmütze, das Formular über die Lieferung von I-love-Jan-Shirts waren glaubhaft, sogar das Rot und das Orangegelb der Uniform waren perfekt getroffen. Plötzlich drehte er sich um, rannte in den Saal, in dem das Gemälde hing, dessen exorbitanter Versicherungswert durch die Medien gegangen war, und öffnete seine Pakettasche. Ein am Eingang postierter Sicherheitsmann, der misstrauisch geworden war, lief dem vermeintlichen Boten nach und zog seine Pistole. Doch zu spät. Der Attentäter hatte bereits das falsche Paket mit einem echten Sprengsatz in Richtung des Gemäldes geworfen, in der Annahme, dass es das prominenteste der Ausstellung wäre. Inmitten des lauten, dumpfen Knalls schrie er »Verkauft die Bilder! Rettet die Armen!«. Noch bevor er zu Fall gebracht werden konnte, warf er einen zweiten Sprengsatz, dessen Explosion einige der Flüchtenden zu Boden drückte und einen weiteren herbeigeeilten Sicherheitsbeamten in Stücke riss, während der Attentäter vom nur leicht verletzten ersten Sicherheitsmann durch einen Schuss tödlich getroffen wurde. Das Aufsichtspersonal war, statt sich in Sicherheit zu bringen, erstarrt ste-

hen geblieben. Zum Glück entfaltete die zweite Explosion nicht dieselbe Wucht wie die erste, sonst hätte es wohl noch mehr Tote gegeben. Inzwischen hatten auch die Museumsmitarbeiter den Ernst der Lage begriffen und sich hinter Säulen, Tresen und Türen in Sicherheit gebracht oder auf den Boden geworfen. Mehrere unversehrt gebliebene Besucher stürmten ins Freie, einige, darunter ein pensionierter Arzt, begannen, den auf dem Boden liegenden Verletzten Erste Hilfe zu leisten. Rettungskräfte und Polizei trafen nach nur sieben Minuten gleichzeitig ein. Man zählte samt dem Attentäter drei Tote, zwei in Lebensgefahr Schwebende und zwölf Leichtverletzte. Die Explosion hatte das Panzerglas erschüttert und die Halterung des Gemäldes gelockert, sodass es von der Wand gefallen und durch umherschießende Splitter schwer beschädigt worden war.

Die Medien berichteten zunächst über einen terroristischen Akt von Islamisten, doch bald wurde klar, dass der Attentäter kein Ausländer und kein Moslem war, auch kein integrierter, sondern ein Einheimischer. In seinem Rucksack wurde ein wirres Bekennerschreiben gefunden, in dem er den Anschlag als Symbol für die Explosion des Kunsthandels mit seinen exorbitanten Preisen darstellte, auf seinem Mobiltelefon und auf seinem Computer Fotos vom Eingang und der Umgebung der Ausstellungshalle und mehrere Filme, in denen er mit Waffen vor dem Ausstellungsplakat posierte, sowie Videos von ihm mit Sprengsätzen in der Hand vor schwarzen Sonnen, Skulpturen und Hitlerporträts.

Wie jeden Morgen drängen Besucher durch Tore, achten Autofahrer auf Pferde, die zwischen ihnen und der Straßenbahn trotten, halten Reisebusse in Nebenfahrbahnen, um Besucher auszuladen. Der für Februar zu warme Tag verspricht der Natur einen nahenden Sommer und mir eine hitzige Zukunft. So eine Aufgabe bekommt nicht jeder, und wenn, dann nur einmal im Leben. Ich lege die rechte Hand auf die Türklinke, drücke sie nieder. Langsam. Halte inne. Hier wartet sie, unser wertvollstes Stück, aufgebahrt in der Mitte des Raumes wie ein Sarg vor der Beerdigung, umgeben von weiteren Gemälden, die auf ihre Wiederauferstehung warten. Bilder sind verletzbar wie Menschen, sterben wie sie, an Unfällen, jung, alt, an Attentaten, Nekrose oder Einsamkeit, wachen nicht mehr auf, verschwinden unbemerkt. Und nur die besonderen behandeln wir, balsamieren sie ein, bereiten sie auf, als wären sie am Leben.

»Ist sie bereit?«, sage ich.

»Klar«, sagt Hubert.

Mein Assistent will mir den Mantel aus der Hand nehmen.

»Nein, danke«, sage ich.

Hubert sieht mich lange an und grinst.

»Sehr elegant.«

Was er meint, weiß ich, aber nicht, ob ich mich ärgern soll. Ich gehe zum Waschbecken, halte die Hände unter den Wasserhahn, fahre mit den Fingern durch die Haare und sage: »Warum Friseure immer die Haare föhnen müssen.«

Ich könnte ihm erzählen, wie sich mein Vater über meine langen Haare empört hatte. Ich war auch einmal so jung wie er.

Ich lasse es aber und bitte ihn, den Bericht aus der Direktion zu holen.

»Und eine Krawatte!«, setzt er noch drauf.

»Nur zu besonderen Anlässen, es gibt ja nicht jeden Tag Patienten wie heute.«

Ich bitte ihn noch mal.

»Sie wissen schon.«

Er weiß und verlässt den Raum.

Ich hänge den Mantel auf einen der Haken, setze Kaffee auf und mich an den Schreibtisch, stütze den Kopf in eine Hand und sehe zur Staffelei auf die noch verhangene *Malkunst*.

Wie sieht sie aus? Werden wir lange an ihr arbeiten müssen?

Ein Klopfen lässt mich aufschauen, Hubert legt den Bericht auf den Schreibtisch. Mit der vollen Tasse in der Hand überfliege ich ihn. Vielleicht hat sich das Personal zu sicher gefühlt, denke ich, Tischdeckchen bedruckt mit *Mädchen mit dem Perlenohrring* in die Schaukästen gelegt, in der Küche Kaffee getrunken, im Shop Produkte umgeordnet, oder Glasuntersätze mit der *Briefleserin in Blau*, Bleistifte im Dekor der *kleinen Straße*, Kaffeetassen mit *Herr und Dame beim Wein* platziert.

So könnte es gewesen sein.

»Der Gutachter sagt, die Gemälde seien hochversichert gewesen«, sagt Hubert.

»Hochversichert. Dafür nützt keine Versicherung«, sage ich und fuchtle mit dem Bericht in der Luft herum.

»Sie bezahlt die Operation und das Schmerzensgeld.«

»Woher wissen Sie das?«

»Ich habe den Bericht überflogen«, sagt Hubert, dabei nuckelt er an seiner Trinkflasche.

»Dumm hat es der Attentäter nicht angestellt, mit Paketboten hat man Mitleid, schwere Arbeit und wenig Bezahlung. Aber das Personal hat schon etwas spät reagiert, oder?«

»Und erst die Security. Aber man weiß ja, dass es immer einige Sekunden dauert, bis eine Wahrnehmung in eine Handlung mündet.«

»Erstaunlich, was Sie wissen, Hubert.«

»Mein Vater ist Neurologe.«

»Wo war ich stehen geblieben?«

Ich suche mit dem Zeigefinger nach der Stelle.

»Perfekt hätte der falsche Bote einen echten kopiert, steht hier. Lächerlich. Eine Kopie erkennt man immer.«

»Sie vielleicht«, sagt Hubert.

Ich schüttle den Kopf.

»Schrecklich. Man hätte sie nicht verleihen dürfen.«

»Meine Rede!«

»Die Tat eines Verrückten.«

»Das heißt es immer.«

»Stimmt. Man vergisst, dass solche Attentäter nie alleine handeln, entweder sind im Hintergrund weitere aus ihren Kreisen am Werk oder sie haben Vorbilder, wie den Breivik oder die Bande, die die Karikaturisten in Paris ermordet hat«, sagt Hubert.

»Aber was kann das Bild dafür?«

»Das Opfer eines solchen Attentats muss prominent sein, sonst berichten die Medien nicht darüber, wie bei John Lennon.«

»Oder Kaiserin Elisabeth.«

»Kennedy.«

»Dollfuß.«

»Winnetou«, sagt Hubert und lacht.

»Besser Marat, der war ein Tyrann. Seinem Mord haben wir ein wunderbares Bild zu verdanken.«

»Jérôme-Martin Langlois.«

»Toll, was Sie alles wissen!«

»Das habe ich doch bei Ihnen gelernt. Schon vergessen?«

»Wirklich? Ich wundere mich manchmal selbst, was ich von mir gebe«, sage ich und werfe den Bericht auf den Schreibtisch, er kommt knapp vor der Kante der Tischplatte zu liegen.

»Vieles aus dem Bericht wussten wir schon aus den Medien«, bemerkt Hubert.

Ich war total fertig, als das Attentat in der Abendschau gebracht wurde, konnte tagelang kaum schlafen. Das muss Hubert jetzt nicht wissen, aber dass wir das Bild besonders genau untersuchen müssen schon.

»Jetzt müssen wir sie erst einmal gründlich untersuchen. Ihre Restaurierung, sofern sie überhaupt vollständig wiederherstellbar ist, wird ihre Zeit brauchen.«

Ich klappe den Schirm ein, schüttle ihn aus, begrüße den Portier mit einem Nicken und betrete das Gebäude durch die eiserne Tür, die zum Öffnen einen Geheimcode verlangt.

Jetzt Kaffee.

Die Espressomaschine gibt ihr Gurgeln von sich.

Ich biete Hubert eine Tasse an. Er lehnt ab und reicht mir Gummihandschuhe, die er zuvor aus dem Schrank geholt hat. Ich stülpe sie über die einzelnen Finger, über die ganze Hand, verziehe das Gesicht, das quietschende Geräusch erinnert mich an das Kratzen von Fingernägeln auf einer Schiefertafel. Dann nähere ich mich der noch immer verdeckten *Malkunst*.

Hubert zieht das Tuch ab.

Der Rahmen ist stark beschädigt, aber leicht zu reparieren, er ist nur siebzig Jahre alt.

Aber das Bild.

Ich prüfe die Festigkeit der Malschicht, sehe Kratzer und zentimeterlange Schnitte, beschaue Absplitterungen. Mein Gutachten vor dem Verschicken war eindeutig gewesen: keine Ausreise. Wegen des fragilen Zustands zu gefährlich. Die Malschicht darf keinen Bewegungen ausgesetzt werden. Sinnlos. Sie wurde nach Amsterdam verborgt. Die Regierung hatte dem Museum einen Sparkurs auferlegt und uns eine Beratungsfirma vor die Nase gesetzt, die Gemälde mussten ab nun Geld einbringen. Und jetzt dieses Attentat!

Ich nehme Abstand und schätze ab, wie lange wir für ihre Wiederbelebung benötigen werden. Hubert dreht das Licht auf, die Werkstatt erhellt sich. Dabei sehe ich, wie er an seinem rechten Daumen reibt. Wenn ich nachdenke, reibe ich oft an meinem linken Daumen. »Lass doch deinen Finger in Ruhe«, höre ich Mama im letzten Winkel meines Kopfes schimpfen.

»Wenn Sie mich imitieren möchten, nehmen Sie doch wenigstens den linken, nicht den rechten Daumen«, sage ich und lächle.

Er schaut auf seine Hände, steckt sie in die Taschen seines schwarzen Arbeitsmantels. Ich gehe nahe ans Bild heran und richte den Blick auf die Malschicht. Ein guter Restaurator ist wie ein kluger Kriminalkommissar, er recherchiert, bevor verhaftet.

»Wie viele Verletzungen mögen das sein?«, frage ich.

Huberts dunkle Augen sehen zur Decke.

»Zweihundert?«

»Gut geschätzt. Mindestens zweihundertfünfzig.«

Ich bewege mich rücklings, bleibe rechtzeitig stehen, um nicht anzustoßen, in der Ecke stehen Scheinwerfer und Mikroskop, prüfe von Weitem noch einmal, wieder von der Seite, einen Schritt näher, umkreise die Staffelei, untersuche die Rückseite.

Nicht alle Schnitte dringen durch.

Hubert hat die Hände hervorgezogen und hält die Lupe vor das Bild. Ich starre auf seine Füße, die Socken haben unterschiedlichen Farben. Links gelb, rechts rot. Das ist neu.

»Neue Schuhe?«, frage ich.

»Touché«, sagt er und lacht.

Ich klopfe ihm auf die Schulter.

Schon als er noch mein Student war, erkannte ich seine Klugheit. Sonst wären mir solch lang andauernden Restaurierungsarbeiten Seite an Seite unerträglich.

»Kleben oder nähen?«, frage ich.

»Beides?«

»Bravo!«

»Was schätzen Sie, wie lange wir brauchen?«

»Acht bis neun Monate.«

»Eher neun, sonst erkennt man die Narben, Genaueres wissen wir aber erst nach einer ausführlichen Untersuchung.«

Hubert schiebt das Stativ mit dem Scheinwerfer aus der Ecke, stellt es schräg zum Bild.

»Was sehen Sie?«, frage ich.

»Frühschwundrisse.«

»Und wie sind Sie darauf gekommen?«

»Mithilfe des Streiflichts.«

»Perfekt.«

So weit war ich mit siebenundzwanzig nicht, obwohl schon verheiratet. Wir mussten. Laura war unterwegs und Papa verlangte Heirat oder Abtreibung.

»Hallo? Hallo, Herr Professor!«

Hubert reißt mich aus meinen Gedanken.

»Ich habe Sie schon hundertmal gebeten, mich nicht Professor zu nennen. Wollen Sie mich ärgern?«

»Nein. Es klingt nur witzig. Ihr Österreicher mit euren Titeln.«

»Bitte. Wenn es Ihnen Spaß macht.«

Wenigstens er nimmt den Professorentitel nicht ernst.

»Was kann ich als Nächstes tun?«, fragt er.

»Machen Sie Pause.«

Hubert befreit seinen Hals aus der Umklammerung der Kopfhörer, um sie auf die Ohren zu klemmen.

»Ich gehe in die Kantine«, sagt er laut.

»Ich komme später nach, vielleicht«, rufe ich zurück.

Ob er es noch gehört hat?

Für den Abend muss ich noch Wein besorgen. Claudia hat groß eingeladen. Da kommen immer mindestens zwanzig Leute. Sie hat einen großen Auftrag in Berlin bekommen und das soll gefeiert werden. Wir gehen miteinander, so nennen wir es altmodisch, wir sind sozusagen zusammen, nicht ganz, wohnen getrennt. Der Abstand voneinander lässt uns Freiheiten. Frei und einsam. Mal so, mal so. Zum Malen brauche ich Einsamkeit und nehme dabei zu (bei dem Versuch, das Alleinsein zu bewältigen, esse ich zu viele Süßigkeiten). »Was soll ich mit einem Mann anfangen, wenn ich ihn den ganzen Tag um mich herumhabe«, sagt sie. Zwei Beziehungsgestörte haben einander gefunden und sind glücklich getrennt beisammen.

Ich schiebe mein Fahrrad durch den Seiteneingang. Der Portier verneigt sich, ich grüße mit einem Lächeln zurück, über den Sitz stülpe ich einen Plastiksack, pünktlich um fünf nach neun sehe ich Hubert in meiner Werkstatt.

Heute Spuren sichern.

Er sieht mich ernst an. Wartet er, bis ich das Startzeichen gebe?

Ich nicke.

Er zieht das Tuch vom Stereomikroskop, es bleibt an einer Kante hängen, er reißt daran.

»Vorsicht!«, rufe ich.

Mit seinen schlanken Fingern hebt er den Stoffschutz vorsichtig vom Gehäuse, legt ihn fein zusammengefaltet auf dem Schreibtisch ab.

Jetzt stehe ich vor dir und überlege, was du schon alles erlebt hast, du und dein Schöpfer, der als Sohn eines Gastwirts Leinwände und Holztafeln bemalte, von dem man nur in seinem Umkreis wusste und der erst zweihundert Jahre später wieder auferstand.

Ich schrecke hoch.

Magister Stöckl steht hinter mir.

»Wie wäre es mit anklopfen?«, frage ich den Unternehmensberater.

»Verzeihen Sie, Herr Professor, ich will nur schauen, ob für Sie alles in Ordnung ist.«

»In Ordnung noch nicht, das sehen Sie doch«, sage ich und beobachte, wie er auf sein Tablet starrt, »und lassen Sie den ›Professor‹ weg, das mag ich nicht.«

»Wie Sie möchten, Herr Magister.«

Er hackt auf dem Minicomputer herum.

»Und was jetzt?«, frage ich ihn.

Ich bemerke meinen Grant. Ohne aufzublicken antwortet er: »Wenn Sie Hilfe benötigen, können Sie sich gerne bei mir melden.«

Melden! Ich werde noch erboster. Wie früher, wenn ich mich beim Schuldirektor melden musste, weil ich den Mathematiklehrer als Wildschwein gezeichnet hatte, oder den Lateinprofessor mit seinem Gesicht als Glas Rotwein. Melden. Militär. »Herr Hauptmann, ich melde …«, so hätte es heißen müssen, wenn ich mich nicht als Zwanzigjähriger erfolgreich gegen den Militärdienst gewehrt und den Zivildienst bei der Caritas absolviert hätte. Das wurde in meiner Familie nicht gerne gesehen, aber ich sei ja schon immer unerziehbar gewesen, laut Mama, und das meint sie bis heute. Melden. Ich schüttle den Kopf. Clemens, so etwas hättest du dir nie gedacht. Noch dazu von einem Berater. Alles wird heute geprüft und evaluiert. Wie viel Material ich pro Monat verbrauche, ob nicht gewöhnliche österreichische oder deutsche Pinsel genügen würden anstelle der teureren englischen, ob ich mehr als fünfzehn Minuten pro Quadratzentimeter Retusche benötige.

Magister Stöckl hat die Tür hinter sich geschlossen, ich sehe durch die seitlichen Fenster, wie er vor den Tischlern sein Tablet zückt und herumtippt.

»Wird er uns neun Monate zum Restaurieren gestatten?«, fragt Hubert.

»Das wird er müssen«, sage ich und lache.

»Oder wird er weniger verlangen?«

»Verlangen ja, aber entscheiden, nein, da habe ich noch etwas mitzureden, und unsere Direktorin.«

Jetzt einen frischen Kaffee, dann machen wir weiter mit der Spurensicherung.

»Aber dann«, flüstere ich mir zu.

Hubert rollt die Staffelei zur 3-D-Untersuchung, zieht weiße Handschuhe aus Baumwolle über und bittet mich um Hilfe. Meine Hände schlüpfen in ebensolche, die ich zuvor aus meiner Aktentasche hervorholt habe. Wir greifen zum Zierrahmen, heben die *Malkunst* an und halten vierhundert Millionen Euro in den Händen.

»Ich verstehe Hitler«, sage ich.

Hubert starrt mich an.

»Schauen Sie nicht so. Das war sein Lieblingsbild.«

»Eines von mehreren«, sagt er.

»Aber eines seiner begehrtesten.«

»Er hatte ziemlichen Appetit.«

Wir stellen das Bild verkehrt auf die Staffelei.

»Er hat sie selbst gekauft, wo immer er das Geld herhatte«, sage ich.

»Um eins Komma sechs Millionen Reichsmark.«

Wir kontrollieren den Spannrahmen.

»Hier sehen Sie den Stempel des Führermuseums.«

»Wahnsinn. Der Stempel mit dem Hakenkreuz. Sollen wir den auch retuschieren?«

»Nein, nur konservieren.«

Ich stelle mich vor das wieder umgedrehte Bild, fahre es mit dem Mikroskop ab.

»Doch mehr Malschichtschäden als ich dachte.«

»Was für ein Glück«, sagt Hubert.

»Wie meinen Sie das?«

»Wenn das Bild nicht beschädigt worden wäre, könnte ich es nie angreifen.«

»Angreifen dürfen Sie es nicht«, sage ich und denke: noch nicht, vorerst nur den Rahmen.

»Aber Arbeit hätten wir auch keine.«

»Wollen Sie dem Attentäter vielleicht noch als Dank eine Schachtel Mozartkugeln schicken?«

»Das wird ihm jetzt auch nicht mehr viel helfen.«

Hubert lacht.

»Sehen Sie den Braunschleier?«, sage ich und muss an Opa denken.

Zu seiner Zeit ging ein anderer brauner Schleier über die *Malkunst* hinweg, zum Glück nur für kurze Zeit im Verhältnis zu ihrem langen Leben.

»Wir müssen das Bild auch als Ganzes reinigen«, sage ich und richte meinen Hocker in die Position, die ich später benötigen werde.

Hubert schaltet das Mikroskop aus.

Um vier Uhr schließe ich ab.

Heute Abend werde ich zu Hause bleiben und malen.

Ich male groß und abstrakt.

Wie Vermeer, lebte er heute.

Werden Spender und Sponsoren zum Dank ins Museum geladen und sie besuchen mich, fragen sie oft, ob ich aufgeregt bin, wenn ich ein solches Bild vor mir habe – ein repräsentatives, teures, berühmtes Werk, keine zweite Wahl, nein, ein wirklich bedeutendes Gemälde. Diese Frage nervt. Die Menschen fragen wahrscheinlich nur, um die peinliche Stille in meiner Werkstatt zu durchbrechen, und nicht weil sie wirklich interessiert sind. Oder sie haben eine übertriebene Ehrfurcht vor der hohen Kunst. In solcher Leere fallen einem nur blöde Fragen ein. Ich denke an, wie heißt sie noch? Brita, nein, Carla, egal, sie ärgert sich immer wieder über die Frage, ob sie als Psychologin Gedanken lesen könne. Als ob man das könnte, so etwas kann doch niemand wirklich glauben, zumindest noch nicht. Ein Schauspieler erzählte in einem Zeitungsinterview, dass seine Fans von ihm wissen wollten, ob er all das, was er verkörpert, auch selbst erlebt habe, um authentisch sein zu können. Eine besonders dumme Frage. Das kann nicht wirklich ernst gemeint sein. Ja, soll er gesagt haben, er habe bereits drei Menschen erstochen, sei letztes Jahr an Herzversagen gestorben und liege seit drei Wochen mit Krebs im Bett.

Sind Sie aufgeregt? Aber fragen wird man wohl noch dürfen, sagen dann die Leute, wenn man ungehalten reagiert. Der Fragende überträgt seine Angst. Als Laie wäre man sicher nervös, oder als Jungarzt, der zum ersten Mal operiert. Wenn man nicht gewohnt ist, an Leonardos, Tizians, Bruegels und solchen Kalibern herumzumachen, dann ist die Ängstlichkeit angebracht. Das war ich beim ersten Mal auch, Clemens sei ehrlich. Einige wenige erkennen und wissen um die Großartigkeit, fragen nicht nur wegen der Bekanntheit der Künstler und weil sie beeindrucken wollen. Aber ob ich heute noch immer aufgeregt bin? Vielleicht angesichts der hohen Versicherungssumme oder weil solche Gemälde unverkäuflich sind. Am ehesten aus Ehrfurcht vor dem Werk, doch nur so lange, bis ich es auf dem Operationstisch habe, ab dann sind alle Bilder gleich. Klar wasche ich mir die Hände, bevor ich beginne, manchmal ziehe ich Gummihandschuhe über, ich konzentriere mich, versetze mich in den Künstler, in seine Malweise, Pinselstriche, Figuren, in die Landschaft, in den Raum, was auch immer abgebildet ist. Aber ob Adelige oder Diener, Generäle, Bauer oder Bürger, für mich sind alle gleich. Stimmt nicht immer, wer mehr bezahlt, bekommt mehr, und wer bedeutender ist. Bürger soll es nach unserem Unternehmensberater nicht mehr geben, nur mehr Kunden. Wir müssten uns im Museum als Kunden sehen, sagt er. Hubert der meine, ich der seine, der Portier für mich, ich für ihn, die Direktorin und ich füreinander, Tischler, Fotografen, Restauratorinnen, Kassier, Saalaufsicht, Besucher, Rubens, Dürer, Rembrandt, Vermeer, alles Kunden. Ab nun ist die Devise »immer nett sein«. Zu Kunden muss man das, auch wenn man einander nicht ausstehen kann. Jan Vermeer, wirst du nett zu mir sein?

Ich zittere.

Ist es der Kaffee oder die geforderte Nettigkeit?

Frühmorgens lag Raureif. Es ist kurz nach neun Uhr und die Straßen waren rutschig. Das Fahrrad lehnt an der Hauswand, Helm und Jacke hängen auf dem Haken, die Ledertasche liegt auf dem Schreibtisch, der schon die Metternich'sche Zensur erlebt hat, und mein Mobiltelefon auf dem Maltischchen. Ich bitte einen der Tischler zu mir. Sie trimmen gerade einen neuen Zierrahmen auf alt. Herr Rödler legt das Schnitzeisen zur Seite.

»Herr Hartmann?«, sagt er, nachdem er meine Werkstatt betreten hat.

Ich halte das Maßband bereit. Hubert übergibt ihm Handschuhe, beide heben die *Malkunst* von der Staffelei und legen sie auf ein Tuch, das ich auf dem Arbeitstisch zuvor ausgebreitet habe. Hundertzwanzig mal hundert Zentimeter, eines von Vermeers größten Bildern. Durch das Vergrößerungsglas messe ich 11,1 horizontale, 16,5 vertikale Leinwandfäden pro Quadratzentimeter. Ich kontrolliere ein zweites Mal, gehe zurück, ein paar Schritte bloß. Mit ausgestreckten Armen halten die Männer das Bild in die Höhe. Hält jemand ein solches Kunstwerk in Händen, ist er für gewöhnlich ein Dieb, wie derjenige, der 1911 die *Mona Lisa* aus dem Louvre gestohlen hat. Bis heute ist man nicht sicher, ob dort eine Fälschung, eine Kopie oder das Original hängt. Der letzte Diebstahl bei uns war vor fast zwanzig Jahren, als die Fassade des Museums renoviert wurde. Der Dieb, Inhaber einer Sicherheitsfirma, kam über das Gerüst und nahm die *Saliera* mit, ein goldenes Salz- und Pfefferfass, winzig, aus dem sechzehnten Jahrhundert, fünfzig Millionen Euro wert. Der Alarm schlug an, aber die Wärter schliefen. Oder spielten sie gerade Karten? Erst am nächsten Morgen wurde der Diebstahl bemerkt. Ein wenig beschädigt war sie schon, als sie zum Glück wiedergefunden wurde, aber wir haben sie wiederhergestellt. Und dazugelernt. Die *Malkunst* wurde bei ihrer Ankunft aus Amsterdam von Sicherheitsbeamten begleitet, Männer mit hochrasierten Köpfen, am Gürtel Schlagstock, Pfefferspray, Pistole, Funkgerät.

Ich bitte die beiden, das Bild zurück auf die Staffelei zu stellen.

»Der Rahmen ist nicht original, typisch neunzehntes Jahrhundert«, sagt Hubert.

Ich weiß es, lasse ihn sich seines Wissens erfreuen und bestätige.

»Das habe ich aus dem Protokoll der letzten Restaurierung von 1995«, sagt er.

Jetzt sehe ich es aufgeschlagen auf dem Tisch liegen.

»Danke«, sage ich.

Herr Rödler schließt die Tür von außen. Kurz darauf sehe ich ihn durch das Fenster zwischen unseren Räumen am neuen Rahmen weiter werken.

Hubert stellt sich hinter das Bild, fährt mit dem Vergrößerungsglas über die nicht von Leisten der Staffelei verdeckten Stellen.

»Die Inventarnummer von Hitlers Führermuseum ist links zu lesen, A…, und die Leinwand ist doubliert.«

Wir befreien die *Malkunst* vorsichtig aus dem Zierrahmen. Rahmenlos sieht sie nackt aus, wie auf Vermeers Staffelei vor mehr als dreihundertfünfzig Jahren.

Ich drehe mich zum Gemälde und lasse den Blick streifen. Wie zeitlos es ist. Zweihundert Jahre zu früh erschaffen. »Der frühe Vogel fängt den Wurm«, sagt Mama (oh Gott, Mamas Sprüche!). Vermeer war so ein früher Vogel, aber gefangen hat er nichts. Jung verstorben und hoch verschuldet wurde er erst lange nach seinem Tod wiederentdeckt. Diese Perspektiven! Die mittlere Senkrechte knapp neben Clio, die Waagrechte führt zur oberen Kante des Bildes, an dem der Maler sitzt. Ich glaube nicht, dass er mithilfe der Camera obscura gemalt hat, wie manche behaupten, eher spannte er Fäden von verschiedenen Fixpunkten aus und zeichnete einen Raster auf die Leinwand. Ein malender Architekt, ein architektonischer Maler. Alle anderen sehen hässlich aus vor einem Maler wie ihm. Und wie das Licht in einem Strom einfließt, immer von links, wo das Fenster ist. Die Glanzspiegelung, der Lichteinfall, der die Maske golden erscheinen lässt, der Schatten auf der Nase des Mädchens. Aus dem farblosen Dunkel holt er ans Licht, was das Auge gewöhnlich nicht sieht oder nicht sehen will. Wie er selbst ausgesehen hat? Man kennt kein Selbstbildnis, nur den Rücken, aber ob das sein Rücken ist? Wie hätte er sich von hinten malen können? Angeblich hat er manchen seiner Figuren sein Gesicht gegeben, sich in seine eigenen Bilder eingeschlichen, sich dem Betrachter untergejubelt.

Noch können wir nicht mit dem Auftragen von Farben beginnen. Zuerst festigen. Und dann endlich. Wo beginnen? Am Schnitt rechts oben? Oder links unten? In der Mitte? Den Beginn fürchte ich doch. Es ist immer ein erstes Mal. Was, wenn ich mich falsch entscheide? Tagelang, wochenlang kitten und retuschieren, und dann? Läuft die Arbeit gut, siehst du nicht, dass sie gut ist, und das ist gut. Millimeter, Zentimeter, Punkt für Punkt, Stelle für Stelle; wenn die Retusche abgeschlossen ist, merkt man nichts mehr von der Plage. Das sollte man auch nicht. Ein Sänger muss leicht klingen, hell, klar, rein, nicht knödeln und pressen, ein Tänzer soll durch die Lüfte fliegen. Alles Talent, sagt man dann, und der Schweiß ist vergessen. Auch meine eigenen Bilder zu beginnen, fällt mir schwer. Die leere Wand, der erste Strich. Dann Punkte, Linien, Flächen, auf den Körper bezogen, auf eine Idee, auf nichts, das erst im Nachhinein zu etwas wird. Es ist der Übergang, der mich quält, vom restaurierenden Handwerker, der für andere arbeitet, in den Welten der Großen wildert und sich mit ihrem Können schmückt, zu Clemens, dem Maler, der in seine eigenen Welten tauchen muss, in Keller steigt, aus sich selbst etwas hervorbringen soll. »In deiner eigenen Malerei liegt die Zukunft«, sagt Claudia, »aber erst wenn die Bilder verkauft sind, werden sie zu Kunst.« Sie will eine Ausstellung für mich organisieren.

Den Portier grüße ich im Vorbeiradeln.

»Schönen Abend«, rufe ich und freue mich aufs Malen. Heute weiß ich, womit ich beginnen werde: den breiten Pinsel in schwarze Farbe tunken, einen Strich ziehen und auslaufen lassen. Das Weitere wird sich ergeben.

Claudia wartet auf mich bei mir zu Hause.

Ich trete in die Pedale.

Es nieselt.

Vorsicht bei den Schienen, Clemens.

Ich richte meinen Drehhocker höher, nehme den letzten Schluck Kaffee. Er ist kalt. Kalter Kaffee macht schön (Mama!). Während ich frischen aufstelle, zähle ich. Neun Monate werden wir noch zusammen sein, hundertachtzig Tage, sechsunddreißig Wochen, tausendvierhundertvierzig Stunden, von Montag bis Freitag. Mein halbes Leben verbringe ich schon hier, in meiner Höhle, meinem Nest, meiner Vergangenheit.

Es klopft.

»Wer stört?«, frage ich.

Während Magister Stöckl in sein Tablet tippt, sagt er: »Zeigen Sie mir bitte Ihre Timeline.«

»Meinen Sie den Zeitplan?«

»Wenn Sie so wollen.«

Ich prüfe sein Kopfrechnen.

»Hundertachtzig Tage minus vierzehn sind?«

Er tippt.

Ich sage: »Hundertsechsundsechzig.«

Er starrt in den Minicomputer, dann sagt er: »Stimmt.«

Ich werfe ihm vor, dass er mich aufhält, und prüfe, wie die Haftung passt.

»Sie sind in Verzug«, sagt er.

»Aus Ihrer Sicht ist das richtig.«

Er fragt, ob ich zu den Gewinnern oder zu den Verlierern gehören möchte.

»Weder gewinnen noch verlieren, Herr Stöckl, einfach arbeiten.«

Gehöre ich ab jetzt zu den Verlierern, wenn ich nicht schneller und nicht weniger sorgfältig arbeite? Entweder schaffst du es oder du bist raus.

»Ich danke Ihnen für Ihre Erinnerung, aber ...«

Im Fortgehen höre ich ihn sagen, er müsse den Verzug leider melden.

»Herr Vermeer, das hätten wir uns niemals vorstellen können, dass Ihnen solche Typen vorschreiben wollen, wie gearbeitet werden soll, mit einem Kunstverständnis, das Malen nach Zahlen nicht übersteigt.«

»Du hast keine Ahnung, welche Idioten mein Atelier besucht haben.«

Ich lasse mich auf den Hocker plumpsen, die Sitzfläche rutscht um ein viertel Meter runter, drücke den Hebel nach oben und fahre wieder hoch.

»Sie haben alles mitgehört, was hier gesprochen wurde?«, frage ich.

»Du kannst mich duzen, wir sitzen doch so lange miteinander. Nur damit es klar ist, von Chinesen will ich nie kopiert werden.«

»Würde ich nie zulassen«, sage ich.

Lange an einem Bild zu sitzen, macht einen schon etwas schrullig. Man braucht ein Gegenüber, im Zweifel erschafft man sich eines.

»Jan?«, sage ich.

Er soll nicht sehr gesprächig gewesen sein, auch wenn er aus einem Gasthaus stammte, das zumindest eine Zeit lang Geld abwarf. Es ist vielleicht nicht schlecht, neben der Kunst ein regelmäßiges Einkommen zu haben (Papa meinte, dass ich als Maler nebenher einen Brotberuf brauche). Trotzdem waren die Vermeers häufig klamm, er hat wenige Bilder gemalt und verkauft. Langsam dürfte er aber nicht gewesen sein, seine Nass-in-Nass-Malerei ist erkennbar, das zeigen die Pinselstriche. Er muss die neue Farbe aufgetragen haben, bevor die untere Schicht trocken war. Hatte er auch schlechte Tage?

Sicher, wie jeder von uns. Dann wird man langsamer, korrigiert herum, und wenn es nichts wird, ist man verzweifelt und fängt wieder von vorne an.

»Jan? Warst du manchmal verzweifelt?«

Keine Antwort. Habe ich ihn wirklich gehört? So wirklich? Oder bilde ich mir das nur ein?

Ich muss bald Schluss machen. Zu lange sitze ich heute schon an der Staffelei.

Fünf nach neun. Kaffee schwarz. Immer schwarz. Mit Milch beeinträchtigt er Leber und Magen, ohne Milch nur den Magen. Die Kaffeetasse ist meine Tasse, von meiner Tochter im Kindergarten getöpfert. »Clemens« steht krakelig in Grün darauf, mehr Malerei als Schrift, ein Kunstwerk, originär, im Verständnis einer Fünfjährigen, unverseucht von Kunstschulen, ohne Stress und Druck im geschützten Nest hingemalt. Jetzt ist Laura vierundzwanzig und mag mich immer noch. Clemens mit C, nach meinem Onkel in Amerika, den ich leider nur einmal im Leben getroffen habe. Er war der Nachkriegswelt entflohen, der aufregende Onkel aus Amerika. Wer hatte schon einen Onkel in Amerika? Zumindest in dieser Sache war ich ein Star in der Schule. Letztes Jahr hat er sich erschossen. Unheilbarer Krebs. So war der Onkel, ein Abenteurer, immer selbstbestimmt. In letzter Zeit sterben viele meiner Bekannten oder werden schwer krank. Wie lange habe ich noch? In und an mir wurde zuletzt alles untersucht, vorne, hinten, oben, unten. Nichts zu finden. Das gibt es doch nicht. Andere sind krank und ich habe nichts. Clemens, sei froh, dass nichts gefunden wurde. Wobei das auch nichts bedeutet. Ein Kollege aus der Textilrestaurierung ist eines Tages einfach nicht mehr aufgewacht. Lungenembolie. Einatmen. Zack. Schluss. Kein Ausatmen mehr. Dabei war er gesund, angeblich, ist nie im Spital gewesen. Man sollte Sterbehilfe freigeben. Nicht alles und jeder kann gerettet werden. Auch nicht jedes Kunstwerk. Zu viel wird aufgehoben, oft das Falsche.

Ich stelle meine Tasse auf dem Schreibtisch ab, winke durch das Glasfenster an der Seite der Kollegin von der Papierrestaurierung zu. Nun wieder ordentlich in die Dokumentation eintragen. Ich sitze wie Jan Vermeer, aber ich tippe Daten in den Computer. Er schaut auf die Leinwand, ich auf den Bildschirm. Mir krampfen sich die Finger zusammen. Ich würde lieber malen als stupide in die Tasten zu hämmern.

Fertig.

Was würde mit der *Malkunst* passieren, wenn wir sie so beließen, wie sie jetzt ist? Was haben die Menschen davon, wenn wir die Kunstwerke retten und wen interessiert das schon, wenn wir billigere Materialien verwenden? Ich nehme die Lupe, gehe nahe an die Leinwand. Allein mit der *Malkunst* stelle ich mir Fragen: Wo genau sind die Beschädigungen der Oberflächen, wie tief, wie lang, wie breit, entdecke winzige Teile der Malschicht, abgeblättert, oberhalb des Mädchengesichts, am zurückgebundenen Vorhang, an der Wand. Wie Columbo. Die Serie sehe ich gerne und immer wieder neu, weil ich bald nach dem Beginn einschlafe. Mit seiner scheinbar unscheinbaren Art überlistet er die anderen und sich selbst, verfängt sich nicht in Mustern. Ein Schnitt taucht auf wie das aufgerissene Maul eines aggressiven Pavians. Zwei Risse an den Enden, eine gleichmäßige, tiefe Verletzung. Ich setze mich wieder an den Computer und halte die Beschädigungen fest.

Die Direktion drängt auf den Restaurierungsplan, der sich ohnehin ändern wird. Vieles entdeckt man doch erst im Tun, gleich ob geplant oder nicht. Hubert wird eine schöne PowerPoint-Präsentation basteln, damit werden wir sie beruhigen.

Delft, 14. Mai 1669

Die Tür steht offen, ich hänge die Wäsche in die Sonne. Das Boot bringt frischen Wein, die alte Herrin sitzt und stickt, die junge schreibt, die Kinder spielen, das kleinste sitzt neben den Füßen der Mutter, mein Herr malt im oberen Stock. Die alte Herrin ist gut und streng, die junge bekommt ein Kind nach dem anderen, manche sind schon tot.

Sie sagen, ein Stadtrat wird kommen, und sein Sohn, und der Sekretär des Prinzen. Ich soll schneller arbeiten. Die junge Frau schickt ihre Kinder hinaus, das kleinste bleibt bei mir. Oft kommen Menschen Bilder anschauen, selten kaufen sie. Manche lassen malen, mein Herr soll ein Besonderer sein, ich sehe ihn, wenn ich ihm das Essen bringe oder seine Werkstatt putze. Mischt er Farben, dann riecht es scharf. So schöne Farben. Sie sind teuer, sagt die alte Herrin, zu teuer, und er malt zu langsam und verkauft zu wenig. Dann hilft sie ihm und holt Münzen aus ihrer Tasche.

Drei Herren stehen vor dem Haus, schön gekleidet, der eine sieht aus wie ein Prinz. Die Männer wollen Wein. Die alte Herrin ruft, ich laufe, binde eine saubere Schürze um. Mein Herr ist der Beste, höre ich. Einer will kaufen, aber mein Herr will nicht, nur ein kleines Bild. Ich komme wieder, sagt der eine. Mein Herr verbeugt sich, die Herrschaften grüßen. Der junge Mann sieht mich an. Ich knickse aus der Ecke. Sie gehen. Ich hoffe, sie kommen wieder.

Der Himmel ist bedeckt, zu wenig Licht dringt von außen durch die hohen Fenster. Ich schiebe die Leuchte näher zum Bild, entdecke eine noch nicht verzeichnete lädierte Stelle am Kronleuchter und fotografiere sie.

Klack.

»Nummer 234 – kleiner Riss«, tippe ich in den Computer und suche nach weiteren unentdeckten Schäden.

Wie hat die *Malkunst* nur überleben können? Verschollen, anderen Malern zugeschrieben, in Bunkern gelagert, in Stollen versteckt. Sie wurde um achtzehnhundert günstig vom Grafen Czernin erworben, nur mit einer anderen Signatur.

»Jan, du warst genauso vergessen wie wir Restauratoren«, sage ich.

Ohne uns wäret ihr alle nicht mehr am Leben, aber das sage ich nicht.

Wir malen eine winzige Stelle in das restaurierte Bild, mit dem unser Ich überlebt. Auch dies sage ich nicht. Ein kleines Geheimnis. Eine Tasse, eine Vase, eine Blume, etwas, das nicht sofort auffällt, oder wir verstecken etwas unter der Malschicht. Bei einer der nächsten Restaurierungen taucht es auf. Dann erinnert man sich, dass es auch uns gab. Ich habe mich schon in vielen Bildern verewigt, bisher niemandem davon erzählt, schon gar nicht, in welchem Gemälde und an welcher Stelle. Jeder hat seine Geheimnisse. Wir nehmen sie mit ins Grab. Kleine Freuden in langweiligen Zeiten.

»Jan, du musst einen besonderen Schutzengel gehabt haben«, sage ich und rufe meinen Assistenten.

Er meldet sich nicht. Ich laufe in seine Werkstatt, klopfe

ihm auf die Schulter. Er zuckt zusammen und reißt sich die Kopfhörer von den Ohren.

»Sie haben doch bei mir Ihre Diplomarbeit über die *Malkunst* geschrieben. Wann wurde entdeckt, dass das Bild kein de Hooch ist?«

»1865.«

»War das nicht dieser Franzose, der ..., wie heißt er noch? Thierry?«

»Thierry-Bürger«, sagt Hubert.

»Ach ja, der Bürger.«

»Er hat sich nur den deutschen Namen zugelegt, weil er vor Napoleon nach Deutschland flüchten musste. Aber vorher hat auch ein Freiherr von Waagen erkannt, dass die *Malkunst* ein Vermeer sein könnte.«

»Gut, gut. Nicht umsonst habe ich Ihre Arbeit mit ›Ausgezeichnet‹ beurteilt. Kommen Sie bitte, ich brauche Ihre Hilfe.«

Wir gehen in meine Werkstatt.

Hubert stellt sich vor das Bild und sagt: »Hier sind Trocknungsrisse.«

»Das sind keine Schäden, die entstehen mit der Zeit.«

»So große auch?«

»Die lassen wir so, aber machen wir mit der Firnisreduzierung weiter.«

»Sie meinen: Ich soll ...«

»Ja, aber morgen.«

Den Arm auf die Schreibtischplatte gestützt, sitze ich etwas entfernt von der *Malkunst* und doch nahe genug, um die Reinigung beobachten zu können. Hubert nimmt zehn Packungen Wattestäbchen aus dem Schrank, jene, die ich immer zum Ausputzen der Ohren verwende (das sollte ich nicht!). Er reißt eine Packung auf, holt ein Stäbchen heraus, taucht es in das Lösungsmittel und tupft den braunen Schleier weg.

»Kreisen«, sage ich, »zügig, nicht tupfen wie ängstliche Restauratoren das machen.«

Hubert wischt in kleinen Kreisen.

»Hier muss die Signatur sein.«

»Ja, versteckt am unteren Rand der Landkarte«, sage ich und deute mit dem Zeigefinger in Richtung Clio.

»Ich weiß doch, hinter der Schulter des Mädchens, man hat sie erst voriges Jahrhundert entdeckt. Haben Sie meine Arbeit überhaupt gelesen?«

»Natürlich.«

»Dann wissen Sie sicher noch, von wem die Grafen das Bild hatten.«

»1804 von van Swieten in Wien ersteigert. Vom Arzt der Kaiserin.«

»Nein, von dessen Sohn, einem Freimaurer und Förderer von Mozart.«

Ich nicke und denke, er erinnert sich an alles. Toll. Ich könnte ihm erzählen, dass ich mir Namen und Zahlen immer schlechter merke, deshalb lese ich sie bei meinen Vorlesungen immer aus dem Manuskript ab.

»Ja, ja, die waren doch alle Freimaurer damals«, sage ich.

Er schüttelt den Kopf, während er Stäbchen für Stäbchen nimmt, eintaucht, wischt und es fallen lässt.

»Hubert, ich musste schon Tage und Wochen meines Restauratorenlebens tupfen und wischen. Tausende Stunden. Dabei lernt man die Bilder genau kennen. Man muss die mühseligen Tätigkeiten genau wie alle anderen ausführen, da bleibt man auf dem Boden.«

Hubert sieht mich an, wischt weiter, lässt ein Stäbchen fallen, nimmt ein neues. Unter ihm bildet sich ein braun gefärbter Haufen.

»Von dem Wischen über die Smartphones und Tablets soll sich das Gehirn verändern, weil die Handgelenke neurologisch mit der Gehirnentwicklung zu tun haben. Das habe ich letzte Woche in der *Presse* gelesen. Sie wissen das vermutlich, wenn Ihr Vater Neurologe ist.«

»Ich sehe schon Sternchen wegen des ständigen Kreisens«, sagt er.

»Wer weiß, ob nicht mein Hirn durch diese langjährige Arbeit längst geschädigt ist«, sage ich traurig.

»Wollen Sie, dass ich verblöde, oder darf ich endlich eine Pause machen?«

»Keine Sorge, Sie sind noch jung.«

Spielt er auf meine Vergesslichkeit an?

Hubert zuckt mit den Schultern.

»Klar, machen Sie eine.«

Hubert wirft die Gummihandschuhe in den Abfalleimer und verschwindet. Ich nehme mein Mobiltelefon zur Hand. Keine Nachricht. Nicht von Claudia, nicht von Laura.

Wo werde ich zu Mittag essen? Im Haus oder beim Chinesen?

Hubert ist zurück.

»Herr Stöckl hat mich am Buffet abgefangen und mir geraten, Sie zum schnelleren Reparieren des Gemäldes – ja, er hat reparieren gesagt – zu motivieren«, sagt er und wartet.

Beinahe gleichzeitig brechen wir in Lachen aus, ein lautes, offenes, von Husten begleitetes Lachen, das nur langsam ausläuft.

»Re-, repari-hi-hi-hieren …«

Ich wische mir die Tränen aus den Augen.

Hubert hat sich beruhigt und zieht einen frischen Plastikhandschuh über, nimmt ein neues Stäbchen und wischt wieder kreisförmig.

»Ich würde einen Film drehen«, sagt er.

»Worüber?«

»Über die Auktion.«

»Machen Sie bitte weiter, sonst kommen wir in Verzug und ich muss mir das von Magister Stöckl vorwerfen lassen«, sage ich noch immer hustend.

»Die Kutsche des Grafen drängt sich vorbei an Equipagen, Fußgängern, zwischen Leiterwagen und Fiakern zum Versteigerungsort.«

»Was reden Sie da?«

»So könnte der Film beginnen. Strömender Regen. Schnitt. Der Kutscher lenkt die Pferde, der Lakai steht hinten am Wagen. Schnitt. Oder Sonnenschein? Nein, Regen, das macht die Auktion dramatischer. Drinnen sitzt der alte Graf. Musik. Haydn-Quartett. Die Kutsche biegt von der Wallnerstraße in den Kohlmarkt ein, im Trab weiter in Richtung Kärntner Straße. Schnitt. Wiehern.«

»Nicht wiehern, Hubert, das ist kitschig.«

»Gut. Kein Wiehern. Die Wiener Gesellschaft sitzt im Saal, der Verstorbene war prominent. Schnitt. Gemurmel. Dem

Grafen wird ein Schild mit der Nummer drei gereicht. Eine Drei in Großaufnahme. Schnitt. Er kennt sich aus, er weiß, welches der Bilder er ersteigern will. Schnitt. Der Auktionator ruft: ›Ein Empire-Sekretär zum Ersten!‹ Schnitt.«

»Hören Sie auf mit dem ständigen ›Schnitt‹«, sage ich, »ich bekomme schon Kopfweh.«

»Eine Josephinische Kommode. Schn. Ein Poli, eine Trinkszene, das Gemälde wird gezeigt. Schn. Dem Grafen juckt die Hand, Großaufnahme, für ihn ist es das Zeichen für ein gutes Geschäft. Zoom. Fünf Gulden. Der Graf hebt sein Schild. Fünf Gulden zum Ersten. Noch immer fünf Gulden. Crashzoom.«

»Was ist das?«

»Schneller Zoom. Das bringt Action und Dramatik.«

»Jetzt übernehme ich einmal«, sage ich und beginne kreisförmig zu wischen.

Hubert sitzt und fantasiert weiter.

»Zum Ersten. Zoom. Zum Zweiten. Wir sind bei fünf Gulden für dieses außergewöhnliche Werk. Action. Zum Dritten. Peng. Der Holzhammer in Großaufnahme, die *Schilderkunst* von Pieter de Hooch geht an Graf Czernin von Chudenitz. ›Unglaublich, diese Malweise‹, sagt der Graf, ›es wird das Juwel in meiner neuen Sammlung.‹ Schnitt. Verzeihung. Der Diener spannt den Schirm auf, das Bild wird in den Wagen gehoben. Schwenk. Der Graf klopft mit dem Stock auf seine Schuhe. Der Diener befreit sie vom Schmutz. Schwenk auf die Straße. Gemisch aus Wasser, Pferdemist, Urin, Schlamm. Schwenk. Der Graf hält sich ein mit Eau de Cologne getränktes Tuch vor die Nase, der Kutscher schlägt mit der Peitsche auf die Pferde ein, die Hufe versuchen, das Pflaster zu greifen. ›Unsterblich wird es werden, in meiner Galerie‹, sagt er. Ende. So könnte es gewesen sein.«

»Woher haben Sie nur diese Fantasie?«

»Ich wollte an der Filmakademie in Berlin studieren, bevor ich aufs Restaurieren gekommen bin. Sie haben mich nicht genommen.«

»Das tut mir aber leid«, sage ich.

Ich könnte ihm sagen, dass es mir gar nicht leidtut, ich bin froh, dass er bei mir ist.

»Hätte der Graf die Nummer drei nicht gehoben, wäre die *Malkunst* nicht bei uns gelandet.«

»Und wenn die Bergarbeiter den Ausseer Stollen nicht beschützt hätten, ebenso nicht.«

Ich denke an Opa, er hat immer behauptet, er habe die Kunstwerke aus dem Bergwerk, so auch die *Malkunst*, befreit.

»Die Amerikaner behaupten, sie seien es gewesen.«

Mein Großvater. Muss ich mich für ihn schämen? Keine Sippenhaftung, Clemens, auch wenn er für die Falschen gearbeitet hat. Sie hatten einander alle gekannt, sie arbeiteten für die meist jüdischen Sammler, die zuletzt wie Idioten dastanden, sofern sie überlebt hatten. Opa und seine Freunde benutzten die Kunst für den eigenen Aufstieg, während im Untergrund des jüdischen Wien der Neid wuchs und die Zerstörung heranschlich. Die einen sagen, Opa sei einer der Hauptarisierer von Kunstwerken gewesen, andere, er habe als entartet eingestufte Bilder gerettet. Was ist wahr, was falsch? Ich war klein, als er starb. Zu mir war er lieb, glaube ich, hat immer Schokolade gebracht, und Kunstpostkarten.

Beim Absperren der Werkstatt entdecke ich das ausgetauschte Schild an der Tür: »Professor Mag. Clemens Hartmann, Leiter Restaurierung«. Das alte war doch schön. Wahrscheinlich wollte man ein neues wegen des Titels, den mir die Regierung verliehen hat. Professor. Für besondere Dienste um die

Republik. Den Titel bekommen viele. Ärzte, Schauspieler, Schlagersänger, oft für Nichtigkeiten. Mir hat man ihn zum Fünfziger gegeben, nach der Restaurierung von Rembrandts *Apostel Paulus*. Und es passt zum Älterwerden. Jetzt klebt er an meiner Werkstatttür.

1804

Convoc. Bar. v. Swieten's Gläubiger

Von dem k. k. n. öst. Landrecht wird hiermit bekannt gemacht: Es sey Herr Gottfried Freyherr v. Swieten, k. k. geheimer Rath, des heil. Stephans Ordens Commandeur und Hof-Bibliothek Präses, am 29. März d. J. ohne Hinterlassung eines Testaments gestorben, und auf Anlangen der Herren Heinrich Giesewerth Freyherr v. Swieten, und Gerard Freyherr v. T' Serrlas, die Ausfertigung eines Convocations-Edikts bewilligt worden. Es werden daher alle diejenigen, welche an die Gottfried Freyherr v. Swietensche Verlassenschaft aus dem Erbrecht, jure crediti, oder aus was immer für einem rechtlichen Grund einige Ansprüche zu haben vermeinen, zur Anmeldung derselben den 9. Juli d. J. Vormittags um 10 Uhr vor diesem k. k. n. öst. Landrecht zu erscheinen haben; als im widrigen Falle mit Abhandlung der Verlassenschaft und Einantwortung derselben an die sich legitimierenden Erben ohne weiteres vorgegangen werden würde.

Der Installateur hat endlich das Klo gerichtet, ist zu spät gekommen, und nun bin ich unpünktlich bei der Arbeit.

»Clemens, guten Morgen, schreckliches Wetter, wie in den Tropen«, sagt Erika.

Sie sitzt auf meinem Bürostuhl. Bei ihr angestellt und gleichzeitig ein Ex von ihr zu sein, hat Vorteile. Aber ich glaube, sie ist heute noch gekränkt, weil ich sie, so ihre Version, plötzlich stehen gelassen habe. Ich denke, sie hat mich vielmehr auslaufen lassen. Irgendwann war jedenfalls Schluss. Aber Schwamm drüber (sagt man doch so. Ein Spruch von Opa. Wahrscheinlich hat er ihn von seinen deutschen Arbeitgebern übernommen).

Ich hänge die nasse Jacke und den Helm über die Kleiderhaken. Die Kipferln habe ich noch gestern Abend besorgt, als hätte ich geahnt, dass der Installateur nicht der pünktlichste ist. Ich lege sie auf den Schreibtisch.

»Scheußlich, ja. Guten Morgen. Ein Kipferl?«, frage ich.

»Nein, danke. Ich muss mit dir reden.«

»Und reden über jeden und die besonders Blöden über mich. Verzeih, ist aus *My Fair Lady.*«

»Weiß ich, aber ›über dich‹ heißt es im Musical, und mit dir will ich auch reden. Wir haben ein ernstes Problem und ich muss dich das fragen, obwohl ich natürlich weiß, dass ich das nicht tun sollte. Aber ich muss. Wie lange brauchst du noch für die *Malkunst?*«

Ich fülle die Espressomaschine.

»Wir haben neun Monate veranschlagt.«

Was will jetzt auch noch sie von mir? Soll das Bild wieder

verborgt werden? Wir haben seit Jahren eine Reisesperre und trotzdem wurde es verborgt. Nicht die holländische Königin, nicht New York, nicht Tokyo, nicht London. Niemand bekommt es mehr.

Ich stelle mich vor das Bild. Mein Blick streift darüber, meine Nase berührt beinahe die Leinwand.

»Wir brauchen das Gemälde früher«, sagt sie.

»Hat es mit der Beratungsfirma zu tun?«

»Nein. Wir haben Druck von oben.«

»Von Gott selbst?«

Ich lache und biete ihr Kaffee und Kekse an, sie schüttelt den Kopf. Ich nehme ein Kipferl und verschlinge die Hälfte mit einem Biss.

»Wir haben, Clemens, verstehe bitte, seit letztem Monat eine Budgetkürzung von fast zwanzig Prozent. Zwanzig! Wir müssen Restaurierungsstellen streichen.«

»Deshalb kann ich auch nicht schneller arbeiten. Wehre dich!«

Während ich einen Schluck vom Kaffee nehme, entdecke ich eine übersehene Ablösung am Schuh des sitzenden Malers.

»Du hast leicht reden«, sagt Erika, »also, was ist? Kannst du sie früher fertigstellen?«

»Auch mit Überstunden brauche ich …«

»Überstunden sind nicht erlaubt.«

»Neun Monate. Mindestens«, sage ich und stelle die Tasse ab.

Durch das seitliche Fenster beobachten uns die Tischler. Wahrscheinlich hören sie nur vage, was wir sprechen, aber sie bemerken, wie wir immer unruhiger werden.

»Das Innenministerium hat auch mehr Geld als letztes Jahr bekommen«, sage ich und setze mich vor das Bild.

»Die neue Regierung will mehr Polizei, und der Kunstminister …«

»Kunstminister! Von Kunst hat der so viel Ahnung wie unser Magister von der Unternehmensberatung. Sie wollen die Kunst lenken, von ihren Ämtern und Büros heraus steuern, bestimmen, wer die Museen, die Theater, die Oper leitet. Aus ist es mit der Kunst!«

Mist. Das Schwämmchen ist auf den Boden gefallen. Ich springe auf, hebe es auf und sehe beim Aufrichten einen Tischler nahe am Fenster, der zu mir sieht. Erika zieht den Vorhang zu.

»Wenn wir das Bild früher fertigstellen, bekommen wir vielleicht direkt vom Bundeskanzler finanzielle Unterstützung«, sagt sie.

»Was hat der damit zu tun?«, frage ich, während ich einen frischen Schwamm aus dem Schrank nehme.

»Es ist sein Lieblingsbild.«

»Seines auch?«

Ich sehe meine Hand zittern.

»Er will das Bild so schnell wie möglich in seinem Büro hängen sehen.«

»Genau dieses? Wir haben Hunderte andere hängen, und weitere Tausende im Keller, in den Depots, was weiß ich wo«, sage ich und tauche das Schwämmchen in das Lösungsmittel.

»Aber er will die *Malkunst.*«

»Das Original?«

»Ja, er hat wohl von seinen Beratern gehört, dass das Bild weltweit eines der bedeutendsten ist. Und eines der teuersten.«

»Woher wissen die das?«

»Über das Attentat wurde doch überall berichtet.«

»Dazu braucht er Berater? Niemals. Ich werde mich an den Rahmen ketten, da müsste er mich gleich dazu hängen.«

Nur mit Mühe schaffe ich es, meine Wut zurückzuhalten.

»Nicht so abfällig, Herr Professor.«

Sie spricht mich mit meinem Titel an. Glaubt sie, mich damit zu ködern, oder will sie mir schmeicheln?

»Frau Direktor, wir fotografieren die *Malkunst* und schicken das Foto nach China (Vorsicht, Clemens, Jan wollte doch nicht von Chinesen kopiert werden!). Einige chinesische Kopisten waren doch schon bei uns üben. Nach einer Woche hast du eine *Malkunst*, beinahe wie das Original.«

Nur ohne Geist, denke ich, spreche es aber nicht aus.

»Ach, hör doch auf.«

»Keiner aus dieser neuen Politikerkaste wird den Unterschied zum Original erkennen, die Kopie wäre hinter Glas, und das Glas kann ich leicht matt bestellen.«

»Du hast Ideen«, sagt sie und schaut zur Seite.

»Man hat ohnehin nur eine vage Vorstellung von der *Malkunst* im Kopf. Niemand wird den Trick bemerken.«

»Das dürfen wir nicht. Clemens, denk an unseren Ruf.«

»Du denkst nur an den Ruf des Kanzlers. Wenn der Schwindel aufflöge, wäre er der Gelackmeierte. Das wäre dann wenigstens witzig.«

»Also das geht sicher nicht.«

»Überleg doch, wer kennt das Bild wirklich genau? Niemand. Nur wir hier im Museum und einige Fachleute. Und wenn doch, dann hat das Hirn längst die echte *Malkunst* gespeichert, schaut nicht mehr genau und gibt seine abgespeicherte Version frei. Was der Betrachter sähe, wäre für ihn ein echtes Fantasiebild.«

»Nein. Unmöglich. Bitte arbeite schneller.«

»Das ist jetzt nicht dein Ernst! Ich soll schlechter retuschieren, damit wir dem Kanzler das Original schneller liefern können? Das kannst du von mir nicht verlangen, und so kenne ich dich nicht. Du weißt doch genau wie ich, wie schwer und langwierig so eine Restaurierung ist.«

Ich werfe den Schwamm auf das Maltischchen und gehe zum Schreibtisch.

»Clemens, es geht auch um unsere Köpfe«, sagt Erika.

»Aha! Es geht nicht um Qualität, es geht dir um deinen Posten. Aber ich lasse mich nicht erpressen. Von keinem Kanzler, Minister, von keinem Berater und nicht von dir. Hast du Angst, keinen Job mehr zu bekommen, wenn das hier den Bach runtergeht?«, sage ich und bremse mich gleich wieder ein, denn das war gemein, Clemens, sie bekommt leicht einen anderen Top-Job. Zumindest im Ausland.

Erika springt auf, läuft aus dem Raum. Ich weiß, dass ich zu weit gegangen bin und rufe: »Restauratoren wie mich braucht man nicht mehr. Das übernehmen in Zukunft die Chinesen. Oder Roboter.«

Aber das hört sie schon nicht mehr.

Ich schlinge zwei Schokokekse hinunter. Peinlich, dass ich laut geworden bin. Papa hat immer geschrien, wenn er nicht mehr weiterwusste, du wolltest doch nie so werden wie Papa. Was man vermeiden möchte, wird man, sagen die Psychologen. Ich muss sie anrufen und mich entschuldigen.

Hubert öffnet die Tür.

»Dicke Luft? Die Chefin hätte mich beinahe umgerannt. Und so laut habe ich den Herrn Professor noch nie erlebt.«

»Dann ist es eben das erste Mal und das letzte«, sage ich und huste, »sie will, dass ich schneller arbeite, noch schneller.«

»Warum?«

»Keine Ahnung. Vielleicht versucht doch einer der früheren Besitzer, das Bild zurückzubekommen.«

»Das ist doch bisher immer gescheitert.«

»Sie sagt, der Kanzler will sie sich ins Büro hängen.«

»Der hat doch kein Interesse an Kunst.«

»Ich habe ihr vorgeschlagen, ihm eine Kopie aus China zu schicken, das hat ihr nicht gefallen.«

»Das ist gut, das würden Sie tun?«

»Natürlich nicht. Ich habe Jan versprochen …«

»Wem?«

Hubert sieht mich an.

»Ich habe nichts gesagt.«

Er zieht die Augenbrauen zusammen.

»Okay. Was dann?«

Wenn ich das nur wüsste. Schneller kann nicht retuschiert werden und Konflikte mag ich nicht. Freundlich bleiben. Aussitzen. Wie gewohnt weitermachen, auch wenn Druck aufgebaut wird.

»Widerstand, Hubert. Gewaltloser Widerstand.«

Es ist sechzehn Uhr, sagt der Radiosprecher. Er berichtet von neuen Gesetzen. Ich höre: Null-Toleranz-Politik, keine Aufnahme von Flüchtlingen, Kürzung der Sozialhilfe, Schließung der Frauenhäuser. Was das im Weiteren heißen wird, will ich mir nicht vorstellen.

Ich drehe ab.

Den Fahrradhelm setze ich erst auf der Straße auf, er sieht aus wie ein Stahlhelm. Wann werden sie schönere Schutzhelme machen? Auf dem Gang steht Erika mit dem Fotografen. Sie geht in die andere Richtung weg, sobald sie mich sieht. Ich laufe ihr nach.

»Entschuldige meine Heftigkeit vorhin.«

Sie verzieht den Mund.

»Ich habe mir etwas überlegt.«

»Da bin ich aber neugierig.«

Es wird nicht das sein, was du erwartest, denke ich, während ich durch die Innenstadt radle.

Herbst 1837
Eugen Karl Czernin

Besuch des Sammlers und Kunstgelehrten Carl Friedrich von Rumohr.

… den gelehrten Herrn Ruhmohr im antiken Cabinet abgeholt und in das Haus meiner Eltern geführt in die Gallerie meines Vaters, Ruhmohr hat sie zwar schon gesehen, doch wollte er noch einmal seine Lieblingsbilder betrachten insbesondere den Pieter de Hooch von ihm auf 22–25.000 Franken geschätzt u. von meinem Vater nach van Swietens Tode um 50 fl schlechte blanko Zettel gekauft.

In der Früh ist Schnee gefallen, niemand hat ihn im April erwartet. Er ist schnell wieder geschmolzen, trotzdem sind viele mit dem Auto zur Arbeit gekommen. Mein Fahrrad stelle ich in den Fahrradständer. Aus dem Papiersack fische ich zwei der vier Kipferl, die ich auf dem Weg ins Museum in der Bäckerei Wunderer gekauft habe. Es sind die besten, die man in Wien findet. Mein zweites Frühstück. Das erste ist kein wirkliches, ein schneller Kaffee zu Hause oder beim Bäcker. Ich beiße vom Kipferl ab, halte Hubert das zweite vor die Nase. Er lehnt ab, er esse doch seit Kurzem nur Rohkost, erklärt er, ich sollte das inzwischen wissen.

Auf dem Maltischchen steht der Topf mit Pinseln wie ein Strauß Blumen. Kaffee und Spachtel sind heiß. Ich bitte Hubert zu dokumentieren.

»Bitte schreiben Sie: Stabilisieren Teil zwei.«

Inzwischen beginne ich, die Folie abzulösen, mit der ich die Risse geschützt habe. Die Verklebung ist trocken geworden. Die neue Tageslichtlampe, die ich von Erika gegen den Willen von Magister Stöckl bekommen habe, erleichtert uns die Arbeit. Ich tropfe etwas Leim auf eine hochgewölbte Stelle am Bein. Jans orangerote Strümpfe begeistern mich. War das die Mode? Die Männer haben sich farbig gekleidet, sie waren mutiger als heute. Obwohl ich seit Kurzem immer öfter Männer mit farbigen Socken sehe. Grauer Anzug, rote Socken. Schwarzer Anzug, hellblaue Strümpfe. Sogar Bankbeamte.

Und Hubert, aber der ist jung.

Die Silikonfolie bleibt hängen. Ich schiebe sie mit der Pinzette unter die Heizspachtel. Eine Fitzelarbeit. Hubert bietet mir geschnittenes Gemüse aus einem kleinen Plastikbeutel an, so einer, den man mit seinen Toilettesachen befüllt, um durch den Security-Check am Flughafen zu kommen. Gurken in Scheiben, Karotten in Würfeln, Paprika in Streifen.

»Seit wann?«

»Ich möchte gesünder leben. Nehmen Sie den Sellerie, der geht.«

Ich lehne ab.

Er verzieht seinen Mund: »Sie werden noch auf den Geschmack kommen«, dann knackt es aus seinem Mund.

»Pinzette«, bitte ich.

Hubert übergibt sie mir.

»Spachtel.«

Er reicht die Spachtel.

»Skalpell.«

Er lacht und sagt: »Säge?«

»Hubert, ich muss Ihnen etwas erzählen: Letzten Sonntag war ich in meinem Lieblingscafé, dem Engländer, und ...«

»Wieso heißt ein Kaffeehaus in Wien Engländer?«

Unterbrochen zu werden mag ich nicht.

»Weil es die englischen Besatzer nach dem Krieg gerne besucht haben? Keine Ahnung.«

»Bei uns waren die Russen.«

Klar, er stammt ja aus Dresden.

»Wollen Sie die Geschichte nun hören oder nicht?«

Hubert nickt.

»Also, ich sitze letzten Sonntag im Café Engländer und der Ober sagt: ›Wir führen keine mürben Kipferln mehr, nur mehr Croissants.‹ Was sagen Sie dazu?«

»Zu den Kipferln oder den Croissants?«

»Croissants sind zu fett! Und wozu französische Kipferl, wenn es seit der Türkenbelagerung Wiener mürbe Kipferl gibt?«

Während Hubert den Leim umrührt, sagt er: »Das Croissant ist eine Wiener Erfindung.«

»Woher wollen Sie das wissen, wenn Sie aus Dresden stammen?«

Ich hebe die Folie mit der Pinzette, Hubert streicht etwas Leim und Kreidekitt auf die Stelle, ich lege sie wieder nieder.

»Ein gewisser Herr Zang aus Wien hatte in Paris ein Café, er servierte die Wiener Kipferl, die wurden dann zum Croissant. Deshalb heißt Süßgebäck nicht nur in Frankreich auch Viennoiserie.«

»In Wien Engländer, in Paris Vienne, verrückt«, sage ich.

»Das Kipferl gibt es nicht erst seit der Türkenbelagerung.«

»Ist mir neu. Und das muss ich mir von einem Deutschen sagen lassen«, sage ich. »Aber hören Sie mir zu. Also, ich musste im Café das Croissant nehmen. Viel zu süß, sage ich Ihnen. Eine beleibte Dame am Nebentisch bat um ein kleines Frühstück, wie ich davor. ›Nur etwas Leichtes‹, sagte sie, ›am Morgen kann ich nichts essen.‹ Der Ober bot ihr ein Croissant an, sie lehnte ab, verlangte die Speisekarte und bestellte ein kleines Gulasch. Nur etwas Kleines, und dann ein Gulasch! Wie sich die Menschen selbst belügen, sich von ihren Gehirnen täuschen lassen.«

»Die Welt ist nur eine Konstruktion unseres Gehirns, behauptet mein Vater.«

»Kipferl ist nicht gleich Kipferl und keine Konstruktion, das schmeckt man. Möchten Sie nicht doch eines?«,

»Nein, danke. Aber etwas Kaffee.«

»Bedienen Sie sich und arbeiten Sie später am Rubens weiter.«

»Warum sagt man hier Ober und nicht Kellner?«, fragt Hubert.

»Man sagt nur im Café ›Ober‹, die Kurzfassung von Oberkellner, der mit dem Smoking in Schwarz.«

»Man sagt doch auch nicht ›Unter‹ zum anderen Kellner, oder?«

»Der Ober nimmt auf, der Unter serviert. Wie bei uns in der Werkstatt. Ich nehme auf, die einfachen Arbeiten machen Sie.«

»Immer die niedrigsten«, sagt Hubert.

»Geduld, die höheren kommen noch.«

»Erst wenn Sie in Rente sind.«

»Früher! Nein, das war nur ein Witz«, sage ich. »Reinigen und stabilisieren gehören zu den schwierigsten Arbeiten, es klingt nur so niedrig wie putzen.«

»Sie wollen mich trösten.«

Mit »Wie tun Sie sich mit dem Rubens?« versuche ich abzulenken. Seine erste große eigene Restaurierung! Das Porträt habe ich ihm besorgt, in drei Monaten soll es frisch restauriert in der Ausstellung hängen.

»Leicht. Super. Besser als mit dem Crespi vom letzten Monat.«

»Klar, der ist ja nichts wert. Den habe ich Ihnen nur zum Üben gegeben. Viele Gemälde sperren sich, das werden Sie noch merken, die wollen nicht, dass wir an ihnen herummachen. Aber immer nur die schlechten, die guten kommen uns entgegen.«

Das Radio sendet Nachrichten. Der Zwölf-Stunden-Tag ist beschlossen. Der Innenminister setzt eine Grenzschutzübung mit dem Militär an. Das kostet Unmengen und bei uns wird der Sparstift angesetzt. Alles, was mühsam erreicht wurde, wird geändert. Zurück in die Vergangenheit.

Kurz vor vier Uhr. Hubert arbeitet noch am Rubens. Ich verschließe die Fläschchen, reinige die Spachtel, dann ziehe ich die Weste vom Stuhl. Mein Fahrrad ist umgefallen. Habe ich es schlecht geparkt oder war jemand unaufmerksam? Ich suche, finde aber keine Kratzer.

Werden sie mich kündigen?, frage ich mich auf meinem Sofa, die CD spielt Erik Saties *Gymnopédies.*

Ich gleite mit dem Boot in den Kanälen von Delft, male Lichtstreifen, das Glitzern des Wassers, lasse mich auf Wellen über den Ozean tragen, nach New York, ins MoMA, Guggenheim, Metropolitan, sehe Männer, die riesige Bilder aufhängen, Claudia spricht zur Eröffnung, ich bin in Berlin. Von Weitem höre ich ein Nachrichtensignal. Claudia (Laura habe ich den Sound der *Peanuts* verpasst, Claudia Glöckchen).

Kaum erscheint sie mir im Traum, schon meldet sie sich. Irre. Die Welt ist nur eine Konstruktion unseres Gehirns? Als ob die Gedanken in Lichtgeschwindigkeit flögen und im Kopf des anderen landeten. Wir telegrafieren durch unbekannte Kraftfelder. Blödsinn, würde Claudia sagen, einfach Zufall, oder Rhythmus, wir haben schon seit gestern nichts voneinander gehört, that's it!

Ich öffne WhatsApp.

»Hab ich dich geweckt?«, lese ich.

»Geträumt«, tippe ich.

Sie hat Fotos von Bildern der Ausstellung geschickt, die sie in Berlin kuratieren wird. Und eines von sich. Schön sieht sie aus inmitten der schicken Menschen. Ich lächle, obwohl mir niemand zusieht. Warum lacht oder grinst man, wenn es niemand sehen und hören kann? Stellt man sich dabei jemanden vor, damit man sich nicht so einsam fühlt?

Bei ihr anzukommen, war nicht leicht. Schließlich hat es doch geklappt mit uns, aber erst in Rom, obwohl wir hier nur wenige Gassen entfernt voneinander wohnen, bei einem Symposion. Ich hielt einen Vortrag über »Die Bedeutung zeitstilbedingter Interpretation in der Gemälderestaurierung«. Der Titel klingt wie eine Artikulationsübung, hat sie später gemeint. Zum Glück war ihr Mann erst vor Kurzem verstorben. Was denkst du, Clemens, das war kein Glück, das war tragisch für sie. Während der anschließenden Diskussion stand sie auf, erhob ihre klare Stimme. Ich sah sie und war weg, getroffen von Amors Pfeil, umgefallen, kitschig, ich weiß, aber es war so wie bei *Amor und Psyche* von Gérard im Louvre, aber so war es, dabei wollten wir beide keine Beziehung mehr. Ich fragte sie, was ihre Frage gewesen sei. Keine Frage, eine Feststellung, sagte sie. Ich wusste danach nicht mehr, was sie festgestellt hatte, so verwirrt war ich. Nachher trafen wir uns an der Hotelbar. Der Titel meines Vortrags, so sagte sie, sei zu sperrig gewesen, ich hätte viel Interessanteres vorgetragen, als er versprochen habe. Ich hörte nur »Interessantes«. Drei Tage Symposion. Frühstück. Mittagessen. Gemeinsam Vorträge hören und diskutieren. Dinner. Nachts an der Bar. Drei Tage dieselben Rituale vor dem Schlafen. Unsere Zimmer waren in derselben Etage. Vor ihrer Zimmertür zeigte sie einen Tanz, eine Mischung aus Schamanenheilung und Auftritt bei einem Schönheitswettbewerb, küsste mich auf die Wange, links, rechts, lächelte, sagte: »Gute Nacht, schlaf gut«, und warf die Tür vor meiner Nase zu. Ich stand auf dem Gang herum, schlief unruhig, erinnerte mich an meinen Vorsatz: Clemens, alleine bleiben nach der Scheidung. Ich steckte schon viel zu tief drinnen und musste meinen beziehungstechnischen Rückzug planen. Der kluge Dackel wartet, bis das Frauchen abgelenkt ist und die Leine lose hängen lässt. Dann schiebt er mit seinen Pfoten das Halsband über den Kopf, schlüpft heraus und läuft davon (das wäre auch eine Strategie gegen den Druck, den mir alle im Museum machen). Ich beschloss, nicht mehr mit Claudia zu frühstücken, und frühstückte doch, nur das eine Mal noch, log ich mich an. Zu Hause angekommen, konnte ich nicht anders; ich schickte ihr ein Video mit einer Szene aus *Marx Brothers im Kaufhaus*, wo Groucho verliebt auf und ab rennt und der Frau seiner Träume seine Liebe gesteht. Claudia tanzt den Schamanentanz, dachte ich, und ich den Tanz von Groucho. Seit drei Jahren sind wir nun schon zusammen. Sie wehrte sich zunächst auch gegen ihre Gefühle für mich, wie sie mir später gestand. Viele versäumen ihr Glück, teilen sich ihre Lebenszeit nicht ein, sind überrascht, wenn sie plötzlich todkrank sind oder ein naher Mensch stirbt. Oder sie sterben selbst zu früh. Ich muss wieder zum Arzt, mich checken lassen.

Mit Beethovens Violinkonzert gehe ich zu Bett. Jede Note zerbrechlich, sie laufen wild und voller Sehnsucht dahin.

Das dirigierte sicher nicht der Karajan.

Herbst 1860
Eugen Karl Czernin

… so schreibt im ersten Theil über die vornehmsten Kunstdenkmäler Gustav von Waagen, Leiter der königlichen Gemäldegalerie in Berlin, dass die Sammlung des Grafen Czernin neben der des Fürsten Liechtenstein unbedingt, wie er betont, die erste Stelle einnimmt.

Fünf nach neun. Die Espressomaschine ist gefüllt. Mein dritter Kaffee heute. Ich beginne die wöchentliche Liste zu komplettieren. Ich hasse Listen. Gleich ob Excel- oder To-do-Listen. In den Workshops mit dem Unternehmensberater lernen wir, To-do-Listen und Controlling-Listen zu erstellen. Mittags soll die Abrechnung in der Direktion sein, alles Wichtige in Excel-Listen verpackt. Ich will nicht müssen müssen. Was man mag, geht leichter von der Hand.

Ich tippe: Sieben deutsche Pinsel, zwei englische, zwei …

Die Zeile hat sich verschoben.

Zwei Tuben Kobaltblau.

Wattestäbchen.

Nummerieren.

Schluss, das genügt.

Speichern.

Schon zu Hause wurden Listen erwartet. Mein Vater verlangte von meiner Mutter Einkaufslisten, Ausgabenlisten, Haushaltslisten. Zu Weihnachten musste ich eine Wunschliste an das Christkind ins Fenster legen. Planung hatte ich früh zu lernen, sie sei das halbe Leben, so sagte er, und so fühlte es sich an: halb. Das volle erlebte ich im Zeichenunterricht. Der Professor ohne Krawatte verteilte farbige Kunstpostkarten. Einmal, ich war wohl fünfzehn Jahre alt, wählte ich ein Bild von Feuerbach: *Iphigenie*. Wir sollten frei malen, was uns das Bild vermittelt, nicht zu viel nachdenken, so sagte er, nicht planen. Der Zeichenprofessor war meine Rettung unter all den verzopften Professoren. In Deutsch und Englisch derselbe Professor, ein

Zyniker, alt, unser Klassenvorstand. Sogar der Religionsprofessor war ein Tyrann, lächelte, wenn er einen dicken schwarzen Minuspunkt in sein rotes Büchlein schrieb. Für fünf Minuspunkte bekamen wir ein Nicht genügend, für eine falsche Antwort oder für Nichtwissen einen Minuspunkt, er malte lächelnd schwarze Kugeln in sein Buch und zeigte es uns auch noch; es hatte dasselbe Rot wie seine Socken, die in spitzen schwarzen Schuhen steckten. Kardinalsrot. In Mathematik und Religion: Vier; in Deutsch, Latein, Englisch: Drei; in Physik: Fünf; in Betragen: Drei (ich habe mich durch Witzeln und Dagegenreden gewehrt, das wurde als schlechtes Betragen benotet), aber in Zeichnen: Eins. Grüner Himmel, rote Bäume, blaue, gelbe Wiesen, Kritzeln, Farbflächen, Skizzen, mit schmutzigen Händen und Kohle große Linien ziehen auf riesigen Packpapierbögen, über die Kohlezeichnung stellenweise wischen, bis ein grauer Schleier einen Nebel zeigt oder Wolken oder Unschärfe und Schärfe trennt. Ich tauchte Pinsel in Wasser, drehte sie wild in den Farbkästchen des Aquarellkastens, malte, leckte die Pinsel ab. Fertig. Klack. Weg. Der Zeichenlehrer kam zu mir, hob das Bild, zeigte es den anderen, wollte es an die Wand hängen (nur die besten wurden aufgehängt), aber ich bat ihn, es mit nach Hause nehmen zu dürfen. Dort breitete ich es über meinen Schreibtisch aus, überlegte, warum er es gut befunden hatte. Waren es die Farben, der Strich, die Interpretation? Vater kam wie jeden Tag, um seinen Mittagsschlaf zu halten. Wie war er gelaunt? Gut? Schlecht? Ich hatte gelernt, seine Stimmungen schon im Vorzimmer zu erkennen: Wie öffnet und schließt er die Tür? Wie klingt sein Schritt? Seine Stimme? Ohne zu klopfen stand er in meinem Zimmer.

»Wie war die Schule? Hat der schlechte Maler, der sich Zeichenprofessor nennt, wieder gewerkt? Was soll dieses Geschmiere sein? Du musst lernen, genau zu malen.«

Ich sehe noch heute, wie er die Zeichnung vom Tisch nimmt, sie in den Papierkorb wirft, ein Buch aus der Bibliothek holt und eine Seite mit einem Bild aufschlägt: der *Sommer* von Arcimboldo.

»Obst und Gemüse sind gut zum Üben«, sagte er. »Zuerst eine genaue Vorzeichnung als Planung und dann mit Farbe füllen.«

Ich saß, zeichnete vor, malte ab. Genau. Eins zu eins. Unsere Haushälterin brachte belegte Brote und Milch ins Zimmer. Abends präsentierte ich mein Werk, prüfte das Gesicht des Vaters. Kopfnicken war das Zeichen, der Kunsthistoriker war zufrieden. Seine Spezialität war alte Kunst, sehr alte. Wie die seines Vaters, meines Großvaters. Vielleicht hatte Hitler mit Opas Hilfe die Qualität der *Malkunst* erkennen können. Wer weiß.

Ich sende die Liste an die Direktion, ein Ausdruck kommt in den Bestellordner. Endlich kann ich die wirkliche Arbeit beginnen. Ich richte meinen Hocker zurecht und stelle frisches Wasser auf das Maltischchen.

Erika war heute noch nicht hier. Wirkt meine Strategie des gewaltlosen Widerstands schon?

Ich beginne zu kleben.

Das Radio sendet einen Bericht über den Sinn von Heimattrachten. Eine Dame spricht. Sie pflegt Weihnachtsbräuche, stellt ihre Königssee-Krippe auf und räuchert mit der Bäuerin vom Nachbarhof den Stall aus. Möge die Wiederkehr heimatlicher Traditionen die verkommene intellektuelle Ethnologie ausräuchern, sagt sie, Heimat ist und bleibt das höchste Gut. Nur nicht nachdenken darüber, was Heimat ist, ist das einzige Denken, das die Dame denken will.

Ich wechsle auf ein anderes Programm. Volksmusik, deutsche Schlager, bei Mozart stoppe ich den Suchlauf. Mozart könnte ein heimatliches Gefühl hervorrufen, obwohl er ständig unterwegs war. Musik kann Heimat sein, Beatles und Stones, Jazz, andere wieder lieben Blasmusik, Walzer.

Kleben, Clemens.

Zu Hause war nie meine Heimat, eher überall dort, wo ich malen und zeichnen durfte, das Museum ist Heimat, und Laura, meine Bilder, Kipferln, Kaffee, Italien, Jugend. Ein Gegenstand wird zur Erinnerung, und wo gute Erinnerungen gespeichert sind, ist Heimat, oder war, nicht die Dirndln, die Trachtensakkos, die Lederhosen, da ist man schnell im Kleingarten, sie geben falsche Sicherheiten, fixieren, verorten uns, wie unser Vermeer dem Kanzler Hintergrund geben soll, ein Bild, das der Welt gehört. Wird mir Claudia auch schon zur Heimat?

Ich stülpe eine Maske über Mund und Nase.

Weiterkleben.

Hubert ist heute auf der Uni, er hält seine erste Vorlesung: »Natürliche Binde- und Klebemittel in der Restaurierung«. Das Thema hat er sich ausgesucht, er möchte die vielen Giftstoffe, mit denen wir arbeiten, verbannen und Bewusstsein schaffen für natürliche Substanzen.

Woran ist Jan so früh gestorben? Man ist damals nicht alt geworden. An den Giften? Er hat seine Farben selbst angerichtet, trocken das Material zu Pulver gerieben und das Gesicht über den Mörser gehalten, dann ist der Staub in Rachen und Lunge gelangt, die Gase der Lösungsmittel ins Blut.

Die Malerei war noch nie gesund.

Dienstag, 23. September 1860

Vierzehn Uhr. Der Kammerdiener des Grafen Czernin verbeugt sich, öffnet das Tor, bittet mich in den Salon im ersten Stock. Dann werde ich zu einem der Fauteuils geführt inmitten von zahlreichen Bildern, ich schätze mindestens fünfunddreißig allein in diesem Raum, sie hängen von der Decke abwärts bis auf Kniehöhe an den Wänden, große, kleine, breite, hohe, Rubens, Rembrandt, Berchem, ein van Dyck, oder aus seiner Schule. Graf Karl Eugen betritt den Salon, ich stehe auf.

»Grüß Gott, Herr von Waagen, wie war die Reise?«, sagt er.

»Guten Tag, Herr Graf. Ich bin schon seit zwei Tagen in Wien, war bereits in der Akademie der bildenden Künste, aber vielen Dank der Nachfrage.«

Uns wird Likör serviert, Teegebäck liegt auf einer Etagere auf dem Beistelltisch.

»Ich muss Ihnen zu Ihrer trefflichen Sammlung gratulieren«, sage ich.

»Das Lob gebührt auch meinem Vater und natürlich meinem Großvater, dem Begründer der Sammlung. Für uns ist das ein großes Kompliment, besonders mit Ihrer Expertise als Leiter der Berliner Gemäldegalerie«, sagt der junge Graf.

Ich bitte ihn, die Galerie besuchen zu dürfen.

»Das gesamte Palais ist unsere Galerie. Ich darf Sie führen?«

»Ich bitte darum.« Ich betrachte Bild für Bild, sage wie gewohnt: großartig, das können nur die Holländer, sehr bedeutendes Werk, je nach meiner Einschätzung, weniger bedeutend, nicht das wichtigste Werk des Künstlers.

Zurück im Salon serviert der Diener Tee. Ich ziehe mehrere Fotografien aus meiner Reisetasche und lege sie auf den langen Tisch in der Mitte.

»Diese Bilder sind unglaublich scharf«, sagt der Graf.

»Das schafft nur die Wothlytypie. Kennen Sie die? Alle wichtigen Bilder wurden so nach und nach von mir festgehalten«, sage ich.

Der Graf scheint beeindruckt und ich von seiner Galerie.

»Die Gesamtheit Ihrer Sammlung ist wunderbar.«

Das Bild rechts von mir sehe ich lange an.

»Ein de Hooch, unser wahrscheinlich bestes Stück«, höre ich den Grafen sagen.

»Ich weiß, Verzeihung, also ich dachte es mir, aber …«

Ich gehe nahe an das Gemälde, so nahe, dass ich die Form der Pinselstriche und die Farbstrukturen erkennen kann. Das Licht flackert, ich bitte um mehr Kerzen. Der Kammerdiener hält einen Leuchter in die Nähe des vermeintlichen de Hooch.

»Mit diesem Bild hat die Sammlung begonnen, vor über fünfzig Jahren«, sagt der junge Graf.

»Ja, das ist er.«

»Ein de Hooch, habe ich vorhin schon gesagt.«

»Nein, es ist ein Van der Meer«, sage ich, »die Malweise, die Architektur, die teilweise verschwommenen Grenzen, das realistisch anmutende Licht, wie von Caravaggio. Ist es aber nicht, es übertrifft bei Weitem einen de Hooch, mit der Feinheit, der Individualisierung der Köpfe. Entschieden überlegen! Es ist ein Van der Meer.«

»Es ist aber als de Hooch seit jeher bekannt und als solcher signiert.«

»Das bedeutet nichts, an vielen Van der Meers wurden die Signaturen gefälscht, und viele mit de Hooch, der ließ sich besser verkaufen, Van der Meer ist unbekannt und de Hooch war und

ist wesentlich bekannter, obwohl lange nicht so wunderbar«, erkläre ich dem Grafen.

»Händler und manch Kunsthistoriker sind auch oft – zwar nicht Fälscher – aber Trickser«, merkt er lächelnd an.

Ich hoffe, er meint nicht mich, nehme ein Heft aus der Tasche und notiere: Zwei Hauptbilder von ihm 1860 in Wien gefunden, eines in der Akademie der bildenden Künste, ein zweites in der trefflichen Sammlung des Grafen Czernin als Pieter de Hooch vorhanden, stellt die Werkstatt des Künstlers vor und ist in der feinen Harmonie, in der Weiche und Breite des Vortrags eines der schönsten Werke des Meisters aus seiner reifsten Zeit.

Fünf nach neun. Der Hof ist vollgeparkt. Die Sonne und das Radeln haben mich zum Schwitzen gebracht. Ich hänge die Jacke zum Trocknen über die Stuhllehne, nehme ein frisches Hemd. Frische Wäsche liegt im Schrank, noch ungeöffnete Schokokekspackungen in der Schreibtischlade. Man weiß nie, wer kommt. Der Kaffee der neuen Marke schmeckt besser als der alte.

Ich sehe das Bild von der Seite an. Wie hat Jan nur einen solchen Ausdruck geschafft? Weder in der Infrarotreflektografie noch mittels Rasterelektronenmikroskop konnte ich eine Vorzeichnung entdecken. Direkt losgemalt und getroffen. Kein Vorzeichnen, keine Korrekturen, die vollkommene Beherrschung der Perspektive. Die Szene spielt wohl in seinem Atelier, im ersten Stock, als symbolische Darbietung, ein Dramolett, die Inszenierung der Malerei als höchste Kunst. Der Maler ist kein verkommener, verlorener, einsamer Künstler in einem schäbigen Atelier wie Rembrandts junger Maler. Und das Modell? Hübsch, wie meine Tochter. War es seine Tochter? Oder eine Magd? Seine Muse? Man sagt, es sei Clio. Jan malt keine Madonna, er malt Clio, die Muse der Geschichte mit einem Lorbeerkranz auf dem Kopf und einer Trombone in der Hand. Seine Frau muss eifersüchtig gewesen sein: Clio wirkt kokett, den Blick absichtslos niedergeschlagen, auf den schwarz-weiß karierten Fliesenfußboden gerichtet. Oder ist es ein Holzboden? Das Muster bildet Kreuze, auf einem stellt der Maler seinen Fuß ab. Stundenlang allein mit dem schönen Modell, ungestört, Vermeer war jung und kraftvoll. Ob er immer an seiner Staffelei sitzen geblieben ist?

»So hast du vielleicht …«, sage ich und halte mich abrupt zurück.

Clemens, nicht so schmutzig denken. Doch zu spät, ich höre ihn wieder. Seine Frau sei häufig in die Stube gekommen und habe kontrolliert. Soviel ich bisher wusste, hatte er keine leichte Ehe, wer hat schon eine solche, aber sie hielt. Im Gegensatz zu meiner. Vielleicht ist Kontrolle das Geheimnis einer gelingenden Beziehung. Meine Frau war nicht nur auf meine Bilder eifersüchtig. Zehn Jahre lang schaffe ich das Zusammensein, dann gehe ich oder provoziere, bis die Frau geht. Trotz aller Therapie (zumindest weiß ich es jetzt).

Was hat er schon alles in meiner Werkstatt gehört und von mir mitbekommen? Über Opa müsste er mehr wissen als ich.

»Ja, den kenne ich, der hat ein übles Spiel gespielt, wie hieß er noch? Hartmann, wie du. Aber er hat auch bei meiner Befreiung geholfen, nachher, er soll ein großer Kenner meiner Kunst gewesen sein. Zu viel war ich schon unterwegs. Lass mich von einem Profi kopieren, ich möchte weiter in eurer Galerie hängen. Oder von dir.«

Und die Kopie als Original unterjubeln? Spinnt er jetzt auch schon? Clemens Hartmann ein Lügner, ein Trickser? Gut, vielleicht wäre ich nur ein Nottrickser. Nein. Ich werde dem Druck weiter standhalten, so lange hinausschieben, bis sich der Kanzler fragt, ob er die *Malkunst* wirklich noch als Original will.

Hier ist ein Malschichtausbruch. Ich fülle mit Kittmasse. Dann betrachte ich eine winzige Beschädigung auf dem blauen Muster im Vorhang unter dem Mikroskop. Die Technische Universität hat uns letzten Monat eine Mikroskopschwenkvorrichtung geschenkt, nun können wir die Bilder noch genauer beurteilen als bisher. Jetzt kann ich den Hauch einer Vorzeichnung erkennen, oder ist es Einbildung wie Jans Sprechen?

Mikroskopschwenkvorrichtung. Derart komplizierte zusammengesetzte Hauptwörter schafft nur die deutsche Sprache. Magister Stöckl spricht von Unsicherheitsabsorption. Unsicherheiten abwehren, lineares Handeln einführen, alles im Voraus planen, den Tod ausschalten, leugnen, kontrollieren.

»Unsicherheitsabsorption«, sage ich laut.

Es klingt wie aus einer Ansprache Hitlers.

»Unsicherrrheitsabsorrrptionnn.«

Ich lache, schüttle mich vor Lachen. Beinahe hätte ich gepatzt.

»Zeigen Sie mehr Führungsverantwortung«, hat Magister Stöckl im letzten Treffen (sie heißen jetzt Meetings) zu mir gesagt.

Ich antwortete mit: »Jawoll, Führrrungsverrantworrrtungk.«

Er fand das nicht lustig. Erika auch nicht. Nur Hubert.

Wir hören seit Kurzem viel solches Zeug, auf Deutsch, auf Englisch. Leadership, Smart Goals, Soft Facts und Hard Facts, Performance Goals, Cost Reduction. In Zukunft soll ich die nächste Restaurierung mit einem Kick-off-Meeting starten.

»Ich werde es Rubens-Kick-off nennen«, sagte ich zum Berater. Mein Lachen hatte ich mir verbissen. Er schien damit zufrieden.

Ich lasse meinen Blick durch die Werkstatt gleiten, bleibe am Farbdruck der *Allegorie der Vergänglichkeit* hängen, der auf der Pinnwand klebt. Die gespannte Stimmung im Haus wird schon vergehen, denke ich, auch Berater sind vergänglich. Das ganze Leben geht vorbei. Oft ganz plötzlich. Bei Helmut, meinem engsten Freund, nicht. Er ist letztes Jahr an Krebs gestorben. Ich wünschte, er käme kurz zurück und wir könnten noch einmal sprechen, aber so, wie ich ihn als Gesunden kannte. Groß, volles Haar, fit, klug. Er besuchte mich wenige Tage vor seinem Tod. Ich wohne im ersten Stock, ohne Lift benötige ich zehn Sekunden vom Haustor bis zu meiner Wohnungstür. Er läutete und ich wartete fünf Minuten, dann stieg er aus dem Lift aus. Vor mir stand eine keuchende Leiche, auf einen Rollwagen gestützt und mit einem Schlauch in der Nase, der ihm Luft spendete. Sein kesses grünes Schirmkäppchen, das er so liebte, saß schief auf seinen langen weiß gewordenen Haaren. Ins Wohnzimmer zu kommen dauerte ewig, und erst das Platznehmen auf der Couch. Dann lieber gleich tot umfallen, Clemens. Ein Kunde, dem ich einige Bilder retuschiert habe, war ein Pferdenarr. Gestorben auf dem Pferd. Schlaganfall. Sturz. Aus. Oder ein Therapeut, das erzählte mir meiner vor Jahren, ist während einer Sitzung vom Stuhl gefallen. Alle inmitten ihrer Aufgaben. Schön. Ich werde nicht den Löffel abgeben, sondern die Heizspachtel: Professor Clemens Hartmann gestorben. Er hatte noch die Spachtel in der Hand. Clemens, was willst du noch in deinem Leben? Immer nur für andere sitzen, wischen, kleben, pinseln oder willst du deine eigenen Ideen verwirklichen? Du hast nicht mehr ewig Zeit. In Huberts Alter habe ich gemalt, neben dem Studium, Skizzen, Collagen, auf Karton, Packpapier, in Heften, Versuche, die bis heute in Mappen verstaut hinter Schränken lagern. Sie gehören ans Licht, könnten mir zu Hilfe kommen in den täglichen Übergängen vom Handwerker zum Künstler. Nach der *Malkunst* werde ich meine Bilder ausstellen. Aber vorher gehört sie noch gerettet.

Ich sehe Jans Kopf sich bewegen. War das ein Nicken? Ich brauche eine Pause. Ins Café des Museums zu gehen, ist mir zu mühsam. Womöglich muss ich dort Fragen beantworten, wenn mich jemand kennt.

In der Kantine sehe ich Erika und Frau Leichtfried. Neben meiner Chefin nehme ich Platz, um nicht unhöflich zu wirken, obwohl ich nur ein Sandwich holen wollte. Frau Leichtfried dreht sich zu mir. Oh Gott, jetzt will sie mit mir reden. Sie fragt mich, ob auf dem Bild Vermeer selbst zu sehen sei oder nur ein Maler, irgendeiner.

»Er selbst.«

»Beides wäre möglich«, sagt Erika.

Typisch Frau Doktor Erika Wenninger; sie glaubt, alles besser zu wissen, so musste ja unsere kurze Liebe scheitern. Und beleidigt ist sie noch immer, meine Entschuldigung hat nicht gewirkt. Eine Zeit lang soll ich noch leiden müssen.

»Natürlich ist beides denkbar«, sage ich und mache damit den kläglichen Versuch, mich diplomatisch zu verhalten, obwohl ich weiß, dass ich recht habe (schließlich hat Jan mit mir gesprochen).

Erika wechselt das Thema. »Also, wie lange wirst du noch benötigen?«

»Sprichst du mit mir?«, frage ich.

Die Damen am Nebentisch schauen zu uns herüber.

Ich schweige. Dann sage ich betont ruhig und getragen: »Ich habe erst begonnen.«

Frau Leichtfried wird unruhig und lässt ihren Blick leicht panisch zwischen uns schweifen.

»So lange, wie es eben braucht. Ich habe keine Rolltreppe, über die ich hinauflaufen, keinen Roboter, der meine Arbeit übernehmen und beschleunigen kann«, sage ich.

Ruhig bleiben, Clemens, gewaltloser Widerstand.

Frau Leichtfrieds Hals ist zwischen ihren Schultern verschwunden, jetzt springt sie auf, läuft zur Essensausgabe, kommt kurz darauf mit zwei Tellern belegt mit gespickten Rouladen, stellt einen der beiden auf den Platz ihrer Chefin und behält den anderen für sich. Erika hebt das Kinn, dreht sich mit schmalen Lippen von mir weg, bedankt sich lächelnd bei ihr, legt die Serviette auf die Oberschenkel und nimmt Gabel und Messer zur Hand.

»Pass bitte auf, da stecken Zahnstocher im Fleisch«, sage ich.

Erika operiert die Holzspieße heraus.

»Der Kanzler will sie! Unbedingt!«

Sie gibt nicht auf.

»Und was machen wir, wenn er wieder abgewählt wird?«, sage ich.

»Das wird lange nicht passieren, leider.«

»Essen Sie nichts?«, fragt mich Frau Leichtfried.

»Ich nehme nur ein Sandwich mit zu mir«, sage ich im Aufstehen.

»Er hat keine Zeit, er muss schneller fertig werden«, höre ich Erika flüstern.

Wie komme ich aus der Nummer nur heraus? Das Prinzip, dass das Kulturgut allen zugänglich ist und nicht nur jenen mit Geld und Macht, muss gewahrt bleiben. Doch schneller arbeiten? Oder kopieren? In der Galerie sitzen Kopistinnen, die könnten eine Kopie herstellen. Sie müsste aber gekennzeichnet sein, am Rahmen beschriftet, ohne Signatur, in Katalogen und Protokollen vermerkt, oder kleiner, sie muss sich erkennbar unterscheiden, sonst gilt sie nicht als solche. Originale und Kopien hängen bei uns im Museum nebeneinander, Tizian, Tintoretto, Bruegel, Dürer, um die Besucherinnen einzuladen, selbst draufzukommen, was ist echt, was falsch. Die wenigsten schaffen das. Auch der Kanzler würde das nicht.

Das Festigungsmittel ist trocken. Ich könnte an der Karte weiterarbeiten, ein Teil der oberen Malschicht hat sich von der unteren abgelöst und Linien gebildet, sie sehen aus wie eine von Straßen durchzogene Landschaft.

Noch etwas Wasser in das Klebemittel.

Nein. Ich werde nichts, auf jeden Fall nichts ruinieren, was trotz aller Gefahren Jahrhunderte überlebt hat. Erika hat »leider« gesagt, das gibt Hoffnung. Würde die Regierung abgewählt werden, wäre das Problem gelöst, je nachdem, wer nachkommt. Nein, dieser Regierung passiert das nicht. Die Menschen wollen beschummelt werden und ihre Ruhe haben, sie haben Angst, ihre kleine Heimat zu verlieren, dabei gibt es sie gar nicht, oder sie wollen beides: autoritäre Führung und ein ruhiges Leben. Brav bleiben ist die Taktik des Kanzlers. Wer Angst hat, wehrt sich nicht. Sie werden sich alle noch wundern, wie ihre Politiker tricksen und täuschen können. Auch wir, wenn wir die Bilder behübschen, Alterungen vertuschen, Narben glätten. Hat die Welt ein Recht auf Täuschung? Menschen lassen sich Gesichter glätten, transferieren ihre Eigenfette, doublieren Häute wie wir Leinwände.

Ich mische neuen Leim.

Zehn nach vier.

Claudia ist in Berlin. Ich hoffe, sie kommt zwischendurch über ein Wochenende nach Wien. Heute besuche ich eine Vernissage im Museumsquartier, werde dort Bekannte treffen. Manchmal muss ich das Malen sein lassen. Ich sitze vor der Leinwand und nichts kommt, auch wenn ich meine alten Skizzen neben mir liegen habe. Obwohl das nicht zu unterschätzen ist. Kommt heute nichts, kommt morgen plötzlich Unerwartetes. Mein Mobiltelefon erinnert mich mit Vogelgezwitscher, dass Dienstag ist. Ihre Blumen gießen, die Post aus dem Briefkasten nehmen. Einmal pro Woche, solange sie weg ist.

Auf Opas Omega-Uhr ist es fünf nach neun. Ich vergleiche die Zeit mit der auf meinem Mobiltelefon. Präzise, diese alte Uhr. Er hat sie mir vererbt. Seinem Enkel. Tolles Design aus den dreißiger Jahren. Ist sie belastet wie er?

Widerstand sei unmöglich gewesen, so behauptete Mama immer wieder, als ich ihr sein Amalgam aus Lüge und Wahrheit vorwarf, obwohl sie für ihren Schwiegervater nichts konnte, oder doch? Aber Opa war tot und Papa hätte mich nicht angehört, mit achtzehn, als wir im Studium über gefälschte Provenienzen von Klimt-Gemälden gehört hatten. Wahrscheinlich waren wir die Einzigen, denen die Wahrheit erzählt wurde. Der Lektor war jung, unbelastet und frisch an unsere Uni berufen worden. Papa dachte wohl, man unterrichte weiterhin die Märchen von Schenkungen und freiwilligen Verkäufen.

Eine Uhr kann nicht schuldig sein, Clemens, im Gegensatz zu Lodenmänteln und Trachtenhüten, die kann man, nach dem, was geschehen ist, nicht mehr tragen.

Ich muss die Arbeit von gestern kontrollieren und rechtzeitig genügend Material bestellen. Bis zu einhundert Euro sind mir gestattet. Noch. Auch das werden sie abstellen. Beim letzten Mal wurde zu spät geliefert, die Firma war in Schwierigkeiten, und wir hatten zu wenig gelagert. Seither horte ich Schachteln voll Pinsel, Ölfarben und Stäbchen. Ich hämmere die Bestellung in den Computer. Ocker, Braun, Gelb, Schwarz, etwas Bleiweiß, Winsor & Newton, Aceton. Bis meine Wünsche intern bewilligt sein werden, dauert es noch lange.

»Der Herr Bundeskanzler kommt«, ruft die sonst nie laute Erika durch die geöffnete Tür.

Sie rennt zurück in den Gang.

Ich drehe mich um und sehe drei Männer und eine Frau. Alle in Schwarz mit Stöpseln in den Ohren und Mikrofon im Gesicht, die Männer in engen Anzügen mit Krawatte, die Frau im Kostüm. Ich springe auf und stelle mich vor die *Malkunst*. Sie drängen in die Werkstatt, stehen herum, sehen auf Decke, Boden, in Ecken, hinter die Staffelei, unter den Schreibtisch. Ich schaue auf ihre Schuhe, an den Schuhen erkennt man die Menschen, sie überraschen mich, alle dasselbe Modell. Ich mache Hubert darauf aufmerksam, der sich neben mich gestellt hat. Er schmunzelt und flüstert: »Modell Bodyguard.«

Sie rufen: »Frei«, gemeinsam und gleichzeitig, wie der Chor einer griechischen Tragödie.

Die Frau steht im Türstock, sie ist die Chorführerin, dreht ihren Kopf zu mir. Alle sehen mich an.

»Sind Sie bereit?«, sagt sie und wartet auf meine Reaktion, die nicht kommt, denn ich frage mich, wozu ich bereit sein soll. Für wen? Für den Bundeskanzler-Überfall? Niemand fragt, ob der Bundeskanzler bereit ist, ein derart großartiges Bild zu sehen. Die Frau winkt dem im Gang wartenden Kanzler zu. Der Eintritt ist sicher. Er betritt gemeinsam mit Erika meine Werkstatt. Ich kann nicht sagen, dass ich ihn unsympathisch finde. Nein. Das ist fatal, Clemens. Der Wolf hat Kreide gefressen, seinen gewählten Worten und seinem jugendlich-harmlos-adretten Auftreten könnte man vertrauen. Er spricht wie ein Pfarrer. Oder ein Ministrant? Er ist kleiner als vermutet, schlank, in einem eng anliegenden Anzug, jung, die Haare an den Schädel geklebt, gebräunt (war er auf Urlaub?). Passabler Schwiegersohn, denke ich, aber nichts für meine Tochter.

Er fixiert die *Malkunst*, lange, als ob er die Vielschichtigkeit des Bildes erkennen könnte.

»Großartig«, sagt er, und dann: »Grüß Gott, Herr Professor.«

Er wurde vorbereitet. Ist er doch in der Lage, die Qualität zu erkennen? Konnte das auch Hitler? Oder nur Opa als sein Berater?

Der Kanzler schiebt mir seine Hand entgegen. Ich zögere, reiche ihm schließlich meine, ich bin wohlerzogen wie er.

»Eine wunderbare Restauration, die sie hier durchführen«, sagt er.

Ich korrigiere auf »Restaurierung« und ernte einen strengen Blick der Chorführerin. In der Restauration isst er sein Gulasch, denke ich, halte mich aber zurück.

»Sie arbeiten allein?«, fragt er.

Was soll die Frage? Hat man ihn doch nicht vorbereitet?

»Ich habe einen Assistenten«, sage ich und zeige auf Hubert, der in der Ecke dem Schauspiel zusieht und dem Kanzler zunickt.

»Aber die wichtigen Retuschen macht Herr Hartmann«, sagt er.

»Gratuliere«, sagt der Kanzler.

Wozu jetzt? Dass ich das meiste allein retuschiere?

»Wie lange benötigen Sie noch für die Restaurierung?«, fragt er.

Restaurierung, gut, lernfähig ist er. Aber wie lange ich benötige?

»Noch mindestens ein halbes Jahr«, sage ich, »oder länger.«

Ich muss die Arbeit in die Länge ziehen.

»Viel zu lang«, sagt er, »arbeiten Sie zu mehrt, zu dritt, lassen Sie Ihren Assistenten ran.«

Sein Sekretär notiert.

»Herr Professor Hartmann ist unser bester Restaurator«, sagt Erika, »international anerkannt, er lehrt an der Kunstuniversität, nur er ist imstande, die notwendige Qualität zu gewährleisten.«

Danke, Erika, aber auf ihre Bemerkung reagiert der Kanzler nicht.

»Ich wünsche mir, dass die *Malkunst* in drei Monaten beim Besuch des chinesischen Staatspräsidenten in meinem Büro hängt, an prominenter Stelle, hinter meinem Schreibtisch.«

Sein Sekretär tippt in sein Tablet.

Er wünscht sich was? Auch Hitler wünschte, das Bild im Führermuseum hängen zu sehen.

»In drei Monaten?«, sage ich.

»Sie werden es schaffen«, sagt er.

Er fühlt sich sicher.

Ich balle meine Hände zu Fäusten und sage: »Unmöglich.«

Der Kanzler schaut in die Runde und lächelt. »Ich glaube an Sie.«

Baff. Sein guter Ton lügt. Ich bekomme kaum Luft, wanke, sehe verschwommen wie durch Milchglas, die weißen Zähne des Kanzlers leuchten durch meinen Nebel.

»Das teuerste Bild, das wir besitzen, wird unsere ausländischen Staatsgäste beeindrucken.«

Anschließend schweigt er und spielt nur vor, zuzuhören, die unruhigen Augen verraten sein Ausweichen. Gut trainiert, aber mich kannst du nicht täuschen.

»Aber, aber … Herr Steiner …«

Einen Titel kann ich nicht nennen, er hat sein Studium abgebrochen, und »Herr Bundeskanzler« will ich auch nicht immer sagen. Ich fange mich und sage: »Herr, Herr …, wir haben eine Reisesperre, das Bild darf nicht befördert werden, es hat Schreckliches durchgemacht, es ist nicht transportfähig.«

Während ich ihm weiter zu erklären versuche, warum das von unserer Seite unmöglich sein wird, beginne ich mich wieder sicherer zu fühlen. Diesen Argumenten wird er nichts entgegensetzen können.

»Ich bitte Sie, nicht transportfähig«, sagt er lachend und blickt wieder in die Runde, auch seine Entourage hebt die Mundwinkel, »mein Büro ist gewissermaßen auf der anderen Straßenseite.«

Seine Meinung ist eindeutig, immer eindeutig. Leicht, wenn man nur eine hat.

»Herr Bundeskanzler, unsere Aufgabe ist es, die wertvollsten Kunstwerke Österreichs zu schützen, sie öffentlich zugänglich zu halten und sie den Menschen zu zeigen.«

Ich blicke zu Erika. Hilf mir wieder! Sie hilft nicht und schweigt.

»Genau das wollen wir auch«, sagt er, »dieses wunderbare Gemälde der Welt zeigen und über Fotos und Fernsehen, bei Interviews, Sitzungen, Besuchen regelmäßig präsentieren. Und übrigens: Im Bundeskanzleramt ist es sicherer als hier.«

Das Wichtigste bei einer Lüge ist, an ihre Wahrheit zu glauben, und er glaubt daran.

Der Kanzler nickt, um sich selbst zu bestätigen, dann sagt er: »Es wird nicht zu Ihrem Nachteil sein.«

Hartnäckig sein kann ich auch. Ich halte Huberts Aufbäumen noch rechtzeitig zurück, richte mich auf, atme durch und sage mit fester Stimme: »Es tut mir leid, aber das geht nicht. Unmöglich. Gerne lade ich die Damen und Herren der internationalen Politik zu mir in die Werkstatt ein, oder wir hängen das Bild unfertig restauriert in das Museum und restaurieren es live. Aber schneller restaurieren, das wäre der Tod der *Malkunst.*«

Jan lächelt.

Erika sieht mich mit aufgerissenen Augen an, schüttelt den Kopf.

Hubert setzt an, mir beizupflichten. Er wird von der Chorführerin zurückgehalten.

Der junge Kanzler schweigt, seine Augen sind unruhig, er

lächelt wie Jan, nur eisig, dann sagt er »Ich danke Ihnen«, grüßt Erika mit der Andeutung eines Handkusses, wendet sich zu mir und reicht mir die Hand, sagt: »Ich zähle auf Sie.«

Darauf weiß ich nichts mehr zu sagen.

Die Chorführerin tritt vor die Tür. Flankiert von seinen Bewachern verlässt der Kanzler die Werkstatt. Erika läuft trippelnd neben ihm her und scheint auf ihn einzureden.

Ich schließe die Tür. Wir bleiben zurück.

»Es lügt nur, wer täuschen will«, sage ich laut.

»Ein Spruch der Frau Mama?«, fragt Hubert.

»Von meinem Großvater.«

Ich lasse mich in den Stuhl am Schreibtisch fallen. Er ächzt.

»Hubert, der Steiner will sich die Bedeutung von Jans Meisterwerk umhängen, will sich aufblasen, wie ein Affe, der die Haare aufstellt, um seinen Gegnern zu imponieren, mit einem Furchtgrinsen, um sie zu beschwichtigen.«

»Er will eben auf dicke Hose machen. Aber woher wissen Sie so viel über Affen?«

»Aus dem *Universum*«, sage ich und meine die Serie im Fernsehen.

»Hubert. Halten Sie bitte im Protokoll fest, dass wir in drei Monaten fertig sein sollen, laut Auftrag des Kanzlers. Und dass das aus Qualitätsgründen nicht möglich ist.«

Ich sehe auf die grüne Malschicht zwischen dem Tisch und der Draperie. Eine Scholle hebt sich vom Untergrund ab. Ich sollte weiterarbeiten, aber ich zittere zu stark.

Hubert aktualisiert die Dokumentation.

»Sechsundsechzig Tage haben wir bisher verbraucht«, sagt er.

Ich richte die neue Lupenbrille zurecht, sie drückt auf der Nase. Die alte hatte sich perfekt an mein Gesicht angepasst. Dumm, dass ich mich daraufgesetzt habe. Ich hoffe, dieses wunderbare Orange von Jans Strümpfen zustande zu bringen, und atme tief aus.

Konzentrieren geht heute nicht mehr.

»Glauben Sie, dass wir die hundertachtzig Tage noch halten können?«, fragt Hubert.

»Zu schnell operiert wäre unwiderruflich ruiniert. Aber das schreiben Sie nicht.«

»Ein Spruch von ihrem Großvater?«

»Nein, von Mama. Was man nicht für Botschaften mitbekommt im Laufe des Lebens! Im Kopf eingebrannt, bekommt man sie nicht mehr weg und sie tauchen immer wieder auf.«

Ich versperre die Werkstatt. Meine Omega ist stehen geblieben, das Handy zeigt sechzehn Uhr sieben. Ich stelle die Zeiger nach und ziehe die Uhr auf. Malen geht heute wieder nicht, nichts geht mehr nach solch einem Tag. Ich schiebe mein Rad. Zu Hause werde ich nur auf dem Sofa herumhängen. Um die Ecke ist eine Bar, in die ich schon lange einmal gehen wollte. Ist heute so ein Abend?

Ich fahre auf dem Gehsteig. Ein Polizist ermahnt mich. Nachdem er mich in die Einfahrt des Museums einbiegen sieht, dreht er um. Gehe ich zu Fuß, ärgere ich mich immer, wenn mir Radfahrer auf Gehsteigen entgegenrasen oder mich überholen. Jetzt war ich es selbst. Am meisten regt man sich über Dinge auf, die man selbst macht.

Hubert hat Kaffee aufgestellt, ist aber nicht da. Meine volle Tasse stelle ich auf das Maltischchen. Ich richte den Hocker und setze mich vor die *Malkunst.*

Ich male an einem Bild, an dem ein Maler sitzt, der ein Bild malt. Ich male. Nein. Als malen darf man das nicht bezeichnen; wir wischen, streichen, tupfen, sind Arzt, Chemiker, Techniker, Handwerker, Bewahrer der Seele, Erhalter von etwas, zeitlos für die Ewigkeit. Das Malen ist dagegen das Erschaffen einer neuen Welt, die eigentliche Form schöpferischen Lebens. Soll ich das Wort »malen« entsorgen? Ich brauche es, wir brauchen es. Ich wollte Maler werden und male erst seit der Scheidung wieder, abstrakt wie Jan. Ja, seine Bilder sind abstrakt, man kann das so bezeichnen. Schließt man beim Betrachten die Augen zu Schlitzen, verschwimmen die Details und die großen Flächen werden sichtbar. Aber die meisten Menschen schauen nur und sehen nichts.

»Jan, du malst an einem Bild, an dem ein Maler sitzt und ein Bild malt.«

Ich sehe immer nur seinen Rücken, verpackt in einem schwarzen geschlitzten Wams, die Beine stecken in einer schwarzen Hose, die Unterschenkel in orangeroten Strümpfen (soll ich mir rote und blaue Socken besorgen, wie Hubert?

Vielleicht mit Muster?) und weißen Kanonen (das sagt man heute nicht mehr zu solchen Überstrümpfen. Überstrumpf wahrscheinlich auch nicht), die Füße in schwarzen Schuhen. Auf dem Kopf trägt er eine Kappe, wie man das von Künstlern kennt, oder von solchen, die als Künstler gelten wollen.

»Die Kappe brauchtest du wohl zum Verdecken deiner struppigen Haare«, sage ich.

»Das ist ein Barett«, höre ich.

»Trägt man aber heute nicht mehr«, sage ich rasch.

Stille. Ist er jetzt beleidigt? Ich warte, aber es kommt nichts.

Kollegen setzen sich Kappen auf, lassen sich Vollbärte wachsen, um wie Künstler aus dem neunzehnten Jahrhundert auszusehen, wie Makart, dessen monströses Bild *Der Tod der Kleopatra* ich vor Jahren restaurierte. Kitsch. Nervtötend. Monet klatschte sich weiße Hüte auf den Kopf, solche passen im Sommer heute noch, Barette nicht mehr. Nur mein Kollege, der beste Chemiker der Stadt, Herr Winkler, bewegt sich in solch einer Verkleidung.

Die Sonne leuchtet zu stark auf das Bild. Ich drücke den Knopf, die Jalousie des Außenfensters fährt einen halben Meter nach unten. Den Dimmer drehe ich weiter nach rechts. Gleichmäßig hell.

Ich beginne den Kratzer am Barett zu kitten.

Ist er es? Oder doch nicht? Er soll immer im Sitzen gemalt haben, das erschaffe mehr Ruhe im Gemälde als das Malen im Stehen. Ich kann versuchen ihn zu fragen, ob das stimmt, vielleicht antwortet er wieder. Aber ich werde wohl nichts erfahren. Sein Geheimnis.

Ich lande beim Riss an jener Stelle der Leinwand, an der er am Lorbeerkranz malt, und nehme das Vergrößerungsglas zu Hilfe. Noch mal fünf Millimeter. Ich hebe die Kamera aus dem

Schrank, das muss noch dokumentiert werden, überspiele das Foto in den Computer, markiere den Schaden rot, versehe ihn mit einer Nummer, schreibe: halbkreisförmiger, durch Druck entstandener Sprungriss, Farbschollenablösung.

»Du malst auf die leere Leinwand einen Lorbeerkranz?«

»Siehst du doch«, sagt Jan.

Ich möchte weiter fragen, wie die junge Frau so lange durchhalten konnte, stehend, in schwerer blauer Robe und gelbem Rock, mit dem Blätterkranz bekrönt, in der rechten Hand eine Trombone, in der linken noch ein Buch, aber ich lasse ihn malen, er muss sich konzentrieren.

»Das verrate ich nicht, viele Geheimnisse habe ich mit ins Grab genommen.«

Jetzt liest er schon meine Gedanken.

Eigenartige Methode, er beginnt mit dem Kranz, danach will er erst den Kopf …

»Ein Siegeskranz, für den Sieg über euch Habsburger.«

»Und doch bist du in der Habsburgerstadt Delft gelandet«, sage ich und lache.

»Das ist nicht lustig.«

»Verzeihung.«

Ich höre im Radio das Intro der mittäglichen Nachrichtensendung. Zwei Reporterinnen wurden wegen Protest gegen die Regierung zu zwei Jahren Haft verurteilt. Die Opposition wirft Ministern Korruption vor. Eine Demonstration ist über die sozialen Medien angekündigt worden und wurde verboten. Zur Sicherheit werden fünftausend Reservisten eingezogen, von massivem Polizeiaufgebot wird berichtet. Hubert demonstriert regelmäßig, wird er heute trotz Verbot protestieren?

Ich hole mir einen Salat aus der Kantine.

Jetzt ist Claudia schon lange weg, zu lange. Mit dem Brot in einer Hand beginne ich zu tippen: »Liebe Claudia, auf die Schnelle einmal ein Mail. Zwischendurch. Du weißt nicht, was bei uns alles los ist …«

Ich lösche es. Was bei uns politisch los ist, wird sie aus den Medien wissen. Bei ihr ist es sicher lustiger als bei mir, denke ich, jeden Tag Gesellschaft, Vernissagen, Neues, Kunst, Kunst, Kunst. Gestern Abend hatte ich eine neue Idee für ein Bild. Aber noch ist sie nicht konkret und einem anderen zu ähnlich. Ich sollte nur mehr Neues malen, kein Abmalen, etwas eigens Geschaffenes. Andererseits auch wieder nicht. Immer leisten müssen gehört auch zu unserer Ideologie: glücklich, kreativ, leistungswillig. Gestern war ich zum Essen eingeladen, einige haben nach ein paar Gläsern Wein heftig diskutiert, ob man immer etwas Neues bringen muss oder ob man nicht einmal einfach vor sich hin leben könnte. Die eine meinte, man muss immer Ziele und Pläne haben, ein anderer sagte, die Ziele seien ihm immer im Weg. Wie recht er hat, dachte ich, und doch geht es ohne sie auch nicht. Immer der Zwang nach Veränderung. Eine Religion, ein Heilsversprechen: Verändere dich und du wirst heiler als heute. Clemens, du flexibles, autonomes Individuum, das sich ständig erneuern muss, bist selbst in der Ideologie gefangen. Ich saß immer schon zwischen zwei Stühlen. Heute Nacht werde ich vielleicht mehr wissen über meine neue Idee. Falls sie kommt. Eine Idee ist schnell auf der Welt, aber dann dauert es bis zum Ergebnis. Die leere Leinwand blockiert und fordert heraus, ich brauche sie, sonst kommt nichts. Die vermeintliche Gefahr zu scheitern lässt mich schaudern und freuen. Die Leere hat mich schon immer gereizt. Manchmal trinke ich ein, zwei Whiskys, um sie auszuhalten, trinke ich mehr, schlafe ich ein. Alkohol und Malen klappt bei mir nicht, das habe ich kapiert. Und wenn ich dann doch einmal besoffen male, sieht es toll aus, fühle ich mich großartig, am nächsten Tag das Resultat: furchtbar. Ich male nüchtern, wild, dann wieder genau, große Formate, mindestens ein mal ein Meter.

Ich sende: »Schatz, ich melde mich am Abend.«

um 1900

Die Sammlung, seit einhundertfünfzig Jahren in Familienbesitz, steht in allen Reiseführern der Welt, die alle ihre Einzigartigkeit betonen, übersiedelte in ein neues Haus, in ein Palais hinter dem Rathaus, noch größer, noch schöner, mit Oberlicht, in dem über dreihundert Gemälde gezeigt werden.

Kurz nach acht stehe ich vor der Cuba-Bar. Rauchig. Unangenehm für einen Nichtraucher wie mich, aber mit toller Musik, melancholisch wie die Wiener Lieder, nur weniger depressiv. Heute ist so ein Abend. Ich höre: »Alto Cedro … Macane …« oder so ähnlich. Ein Ohrwurm. Die Liebe, die ich für dich empfinde. Kitschig, aber schön. Wie von vielen Songs kenne ich nur die Melodie und wenige Worte. Ich bestelle eine Flasche Rotwein. Unter dem Tisch trommeln meine Beine zur Musik wie die eines Stepptänzers. Eine junge dunkelhäutige Frau öffnet die Flasche, riecht am Korken, lächelt und schenkt das Glas voll. Alles ist dunkel hier, der Wein, die Fotos, Schwarz-Weiß-Poster von Fidel, Raúl und natürlich Che, unsere fantasierten Hoffnungen in Studentenzeiten. Raus aus dem Nebel der Familien. Die Väter und Großväter halfen den Nazis und die Söhne und Enkel fühlten sich schuldig. Die Kunsthistoriker, die Anhänger der schönen Künste hatten kollaboriert, Kunst an sich gerafft, gestohlen oder billig Antikes und Entartetes aufgekauft, um es nach dem Krieg aus den Verstecken hervorzuholen – sie, die Unschuldigen und harmlosen Mitläufer. Verbrechen im Bereich der Kunst sind nicht so leicht nachweisbar wie diejenigen, die an Menschen begangen worden sind. Man trägt in sich, was man übernommen hat, so heißt es doch? Auch der Kanzler und seine Clique. Er hat keine Ahnung, was es bedeutet, ein Bild wie die *Malkunst* zu retuschieren, wie viel Zeit, wie viel Präzision nötig ist. Oder er weiß es, aber es ist ihm egal, er fühlt nicht, kennt die Angst nicht, dass etwas unwiederbringlich zerstört sein könnte. Seine Angst verwandelt er in kalte Selbstsicherheit, aber er ahnt, dass sich die Stimmung rasch ins Bedrohliche drehen kann, deshalb wirkt er so übertrieben harmlos und man denkt: »Wie nett er doch ist, und so sicher.« Ich nicht, nein, ich werde ihm nicht auf den Leim gehen.

Ich trinke einen weiteren Schluck Wein, fotografiere mit meinem Mobiltelefon Raum, Wände und Plakate, sende die Bilder an Claudia.

Das dritte Glas. Nein, ich nicht, ich beschließe es, heute, jetzt, auch wenn es gegen alles ist, gegen alles einfach. Besser intensiv gegen etwas sein als langweilig in Schönheit und Würde zu schwelgen.

Ich bestelle eine Zigarre, eine nicht zu dicke. Mir wird schon schlecht, wenn ich sie ansehe, aber schwerer Rotwein mit Zigarre, das hat was! Ich blicke in den Spiegel an der Wand gegenüber und sehe Georges Simenon, nur mit einer Zigarre statt einer Pfeife. Lieber wäre mir, ich sähe nicht Simenon ähnlich, sondern Fidel. Ich muss mir einen Vollbart wachsen lassen. Die Welt der Revolutionäre, das war was für uns Junge, wir wollten Kunst studieren, Künstler sein, wie Nitsch schütten, oder genial sein wie Beuys, ich wollte es Papa und Opa zeigen, auch wenn Opa schon tot war. Man wird nur radikal, wenn man sich abgrenzen möchte. Kunst ist entweder Plagiat oder Revolution, sagt Gauguin.

Ich schenke das Glas wieder voll. Die beiden Schalen mit Nüssen habe ich geleert. Und jetzt? Bin ich ein flacher Mensch geworden? Ich male nur für mich, im Geheimen, und soll das schönste Bild der Welt in kurzer Zeit reparieren, ja, reparieren, nicht restaurieren, verpfuschen. Die Flasche ist fast leer. Halb voll oder halb leer? Ich lache. Das Leben ist halb leer oder halb voll. Blödsinn, Therapeutensprache. Ich trinke den Rest in einem Zug aus, bitte um ein großes Glas Wasser und bestelle noch ein Glas Wein. Ab morgen werde ich …, ja, was? Ich weiß, was ich nicht will: weder die *Malkunst* ruinieren noch sie wieder den Falschen überlassen. Hubert werde ich bitten, mir zu helfen. Er geht doch immer zu den Demonstrationen. Der Steiner ist einfach nur gierig und geltungssüchtig. Ich strecke die Zunge heraus. Ein Stück vom Tabakblatt klebt darauf. Ich fische es mit dem Zeigefinger aus dem Mund. Die meisten Probleme lösen sich, wechselt man die Form. Das ist es, ich muss die Form ändern. Ich habe sie geändert durch den gewaltfreien Widerstand. Zu wenig? Ich dämpfe die halb gerauchte Zigarre aus. Genug Wein und Rauch, Clemens, ab jetzt nur noch Wasser.

Mir ist übel.

1919
Eugen Jaromir Czernin

… und so würde ich es herzlich wünschen, dass alles, was wir an Schönem besitzen, sorgsam erhalten bleibe, dass unsere Bilder, der Vermeer nicht zum Spekulationsobjekte werden, freilich, wenn die Not zwingt, dann sind alle schönen Worte, alle Liebe zum Schönen »für den Papierkorb«! Aber ohne Zwang möchte ich flehend rufen: Nicht verkaufen!

Zwanzig vor zehn, ich bin in Verzug. Beim Abstellen des Rades spreche ich mit einem Kollegen aus der Kunstkammer. Er fragt, ob ich nun auch schneller arbeiten muss, ihm wurde die Entlassung angedroht, wenn er sich nicht nach den neuen Zeitplänen richten würde. Ich nicke stumm und tröste ihn mit einem Schulterklopfen.

»Guten Morgen, Jan«, sage ich, »du sitzt und malst noch immer?«

Jan schweigt, er mag auch keine blöden Fragen. Ich überlege, ob meine Kolleginnen meine Selbstgespräche schon bemerkt haben.

»Du hast nur mehr hundertvierzehn Tage, beeil dich Clemens«, sage ich laut.

Meine Chefin stürmt, nach kurzem Klopfen und ohne meine Antwort abzuwarten, herein.

Ich erschrecke, drehe mich um und sage in meiner Verwirrung: »Ein Kipferl?«

Im selben Moment weiß ich, dass die Frage unpassend war, aber wenn ich so überrascht werde, brechen alte Mechanismen hervor. Papa stürmte in mein Zimmer, gleich zu welcher Uhrzeit. Zu meiner Überraschung will Erika eines und Kaffee noch dazu.

Sie bedient sich.

»Kontrollierst du, ob ich deinem Wunsch nachgekommen bin?«

Wie oft will sie noch kommen und mich quälen?

»Dass du mit der Restaurierung bald fertig sein wirst? Es sieht nicht danach aus«, sagt sie.

Ich hole etwas Schwarz aus dem Aquarellkasten, färbe damit Jans Schuh und lecke den Pinsel ab. Das geht schneller als den Arm bis zum Wasserglas zu führen, den Pinsel einzutauchen, umzurühren, um ihn so zu säubern.

»Jetzt nimm doch nicht immer den Pinsel in den Mund, du bekommst noch eine Bleivergiftung«, sagt Erika.

»Das spart Zeit! Eigentlich müssten sich die Berater freuen, sie evaluieren doch jede Bewegung, die Länge, die Zeit, wie in einer Autofabrik oder im Spital, wo gemessen wird, wie lange der Arzt für die Verabreichung einer Spritze brauchen darf und die Krankenschwester für das Reinigen des Hinterns. Ich erfülle die Effizienzvorgaben bereits durch das Ablecken des Pinsels. Freiwillig.«

Erika hat Angst um mich, lieb, manche ihrer Freunde haben bleiverseuchte Organe.

»Außerdem arbeite ich an dieser Stelle nach unserer Methode, ist also nur Wasser, kein Lösungsmittel«, sage ich und lecke den Pinsel wieder ab.

»Das weiß ich, aber es ist ekelig.«

»Ich muss doch schneller werden.«

Dabei ist mir zum Lachen und zum Ärgern gleichzeitig, ich weiß nicht, wofür ich mich entscheiden will.

»Vielleicht müssen wir doch eine andere Lösung finden.«

Was, will sie jetzt doch eine Kopie? Oder denkt sie an etwas anderes?

»Woran denkst du?«, sage ich.

»Das Kanzleramt hat den Druck weiter erhöht.«

Sie soll endlich dem Kanzler klarmachen, dass er das Original nicht bekommt und sich ein unbedeutendes Bild aussuchen soll, wir haben Tausende im Depot.

»Ja, geben wir nur alle Macht dem absolutistischen Souverän, aber irgendwann kommen seine Schandtaten ans Licht.«

Erika trinkt den Kaffee aus, lässt das angebissene Kipferl zurück.

»Lass dir etwas einfallen, am Termin der Fertigstellung ist leider nicht zu rütteln. Ich vertraue dir«, sagt sie, während sie leise die Tür von außen schließt.

Soll ich jetzt den Karren alleine aus dem Dreck ziehen, den unsere Politik und die Berater produziert haben? Den Kanzler absetzen, stürzen? Ich alleine kann nichts tun, ein kleiner Restaurator, auch wenn er der Leiter ist und vom Staat den Professorentitel erhielt, hat nichts zu sagen. Und umbringen kann ich ihn auch nicht, das würde ich nicht schaffen, obwohl ich möchte. Dann käme ein Nächster an seiner Stelle. Selbst Politiker werden und gegen ihn antreten? Das bräuchte Jahre, nein, dafür bin ich zu alt. Was tun? »Ich vertraue dir«, hat Erika gesagt, leicht macht sie es sich damit, ich soll es richten und »doch eine andere Lösung finden«. Vertraut sie mir, in der Hoffnung, dass ich unbemerkt die *Malkunst* kopiere? Es ist niemand in der Nähe, von dem ich Rat einholen kann. Ich bin der Experte, ich werde gefragt ob echt oder falsch.

»Das wäre doch eine Chance«, höre ich.

In der Bar habe ich beschlossen, etwas zu tun, ich erinnere mich vage. Habe ich mich entschieden, oder war es nur ein Vorsatz? Man müsste überzeugt und klar sein, eine Kopie müsste glaubhaft durchgeführt werden. Andererseits ist echt oder falsch ohnehin eher eine Frage des Glaubens als von Wissen. Hängt eine Kopie als echt vermutet einmal in den Kunsttempeln, steigert sich ihr Wert. Museen sind voll mit Fälschungen. Bis sie aufgedeckt werden. Dann bewundert das Publikum den Fälscher, er schreibt Bücher, wird zu Interviews und Vorträgen eingeladen und verdient mehr als vorher. Die hohe Kunst ist eine Religion, sie braucht den Glauben, und die Kunstwelt ist ein einziger Rausch.

Clemens, jetzt denkst du schon wie der Attentäter.

Hier sind angetrocknete Bindemittelreste.

Und das muss mit Kitt gefüllt werden.

Weißgrau passt.

Ich ziehe einen dünnen Strich, den man gar nicht als Strich bezeichnen kann. Das Bild lässt es geschehen. Ich tauche die Spitze des Pinsels in Wasser und hole etwas Weiß aus dem Kasten.

Ich zittere, vielleicht hätte ich doch früher zu Bett gehen sollen.

Feine Punkte von oben nach unten.

Ich schiebe meinen Hocker einen Meter zurück und senke die Sitzfläche.

Dieses Bild. Ich besitze es. Vorübergehend. Der Kanzler will es für immer. Dem traue ich sogar einen Putsch zu, wie seine Urgroßväter 1933.

Matte Stellen.

»Hast du es dir überlegt?«, sagt Jan.

»Deine *Malkunst* zu kopieren?«

Er dreht den Kopf zur Seite und nickt.

»Ich suche nach einer Lösung«, sage ich schnell und spüre Angst aufsteigen.

Wir reden nun schon täglich miteinander. Wie weit ist es mit mir gekommen? Ein Psychiater hat gestern in einer Vorabendsendung erklärt, mit einem Objekt zu sprechen sei normal, gefährlich werde es erst, wenn es zurückspreche. Ich muss Hubert um die Adresse eines hiesigen Kollegen seines Vaters bitten.

Vielleicht bin ich auch nur müde.

»Mach schneller!«, sagt er, »es war mein wichtigstes Werk, ich behielt es als Zeugnis meines Könnens zur Ansicht für meine Kunden.«

Jetzt spricht er auch schon von Kunden.

Durch die Lupenbrille sehe ich ein Loch, tief, wie ein erloschener Krater, der mich in die Tiefe zu ziehen versucht.

Etwas vom letzten Bleiweiß darüber.

Die graue Untermalung hat zu viele Brauntöne.

Jetzt der Schatten.

Ich gähne. Es ist zwei Uhr. Ein kurzes Nickerchen. Zu Mittag brauche ich Schlaf. Zehn Minuten genügen und ich bin wieder bei Kräften. Das Aufwachen passiert von selbst. Ich konzentriere mich auf genau zehn Minuten. Milliarden von Neuronen organisieren sich, senden die passenden elektrischen Impulse und schon bin ich wieder wach. Darauf kann ich vertrauen. Jetzt müssen sie mir nur noch helfen, eine Lösung zu finden. Ich setze mich an den Schreibtisch, lege den Kopf auf den rechten abgewinkelten Unterarm, rechte Wange drauf und schon geht's los. Alle wissen, dass ich schlafe. Was sie denken, ist mir gleich. Magister Stöckl wird es notieren. Mir doch egal.

Die Sonne trifft mein Gesicht.

Die Toilette ist nur über Umwege zu erreichen. Ich laufe den Gang entlang und sehe einen schwarz gekleideten Mann um die Ecke verschwinden. Magister Stöckl war das nicht. Vor der Küche treffe ich Frau Lielacher, auch sie in Schwarz. Ihre Mutter sei gestorben. Unerwartet. Überraschend. Mit sechsundfünfzig. Sterben die meisten Menschen nicht immer unerwartet? Vielleicht hast du auch nur mehr sechs Jahre. Ich konzentriere mich auf meine prall gefüllte Blase, ziehe mein unbenutztes Stofftaschentuch aus der Hosentasche und reiche es Frau Lielacher.

»Danke«, sagt sie und schluchzt.

Ich trete von einem Fuß auf den anderen, versichere ihr, wiederzukommen, nicke ihr kurz zu und renne. Am Klo steht der schwarze Mann neben mir. Während wir die Hände waschen, spricht er mich an: »Kniebacher«, sagt er.

»Hartmann«, sage ich.

»Ich weiß«, sagt er.

Was?

Auf dem Weg zurück sehe ich Frau Lielacher auf demselben Platz stehen.

»Ich habe einen Herrn Kniebacher getroffen«, sage ich.

»Der wurde von oben eingesetzt.«

»Wieso weiß ich nichts davon?«

»Zur Unterstützung von Frau Doktor Wenninger.«

Sie trocknet ihre feuchten Augen.

Erika braucht keine Unterstützung. Sie ist kompetent und erfahren. Ist das der Vorbote zu unseren Kündigungen? Der Burgtheaterdirektor wurde letzte Woche fristlos entlassen und durch einen aus ihren reaktionären Reihen ersetzt. Mir werden sie einen Kontrolleur verpassen, einen Restaurierer, einen Pfuscher, unter meinen ehemaligen Studenten gefunden, dem ich eine schlechte Note verpasst habe. Oder sie werden mich gleich austauschen.

Kämpfen oder aussitzen?

Es würde ein Kampf sein, den sie sich nicht ausmalen können.

Ich arbeite an dem Polster, auf dem der Maler sitzt. Es dürfte Leder gewesen sein. Kastanienbraun, schwarzbraun, hellbraun, braun, braun, braun.

Schluss für heute. Ich möchte noch malen. Am Tag restaurieren, am Abend malen. Ich versperre die Werkstatt. Im Vorbeilaufen rufe ich Hubert »Schönen Abend« zu. Nach mir könne man die Uhr stellen, antwortet er. Morgen werde ich zu Mama fahren. Sie hält die extreme Hitze nicht aus. Nach dem Schnee im April hatten wir bald darauf dreißig Grad. Und seither wird es nicht kühler. Die Pflegerin ruft täglich an, sie muss mir berichten. Ich muss Mama einmal fragen, ob an der Geschichte etwas dran ist, dass Opa eine Vermeer-Fälschung enttarnt hat, die Baldur von Schirach 1940 dem Museum schenken wollte. Deshalb soll Opa seinen Posten als Leiter der Galerie verloren haben, obwohl sie miteinander befreundet waren.

Das würde ihn etwas reinwaschen. Ich wäre stolz.

26. Mai 1941

Soll ich? Vorher rauche ich noch eine. Wahre Kunst muss geschützt werden. Ich greife zum Hörer.

»Herr Doktor Hartmann, Heil Hitler!«, sagt die Sekretärin. »Für Sie hat er immer Zeit.«

Das Amt ist fünf Minuten entfernt. Ich sehe mir den neuen Vermeer noch einmal an, nehme wieder die Lupe, gehe noch mal auf Distanz. Das Motiv stimmt, der Mann liest in einem Buch, der Stempel scheint echt, auch die Gutachten meiner Kollegen, aber die Farbgebung, die Unruhe der Komposition. Ich überquere den Heldenplatz. Vor der ehemaligen Hofkanzlei, dem Sitz des Reichsstatthalters, werde ich von Uniformierten angehalten, zeige meinen Ausweis, einer telefoniert, ein anderer führt mich zur Stiege.

»Ich kenne den Weg«, sage ich, aber er begleitet mich.

Ich grüße die Sekretärin. Wir stehen vor einer weiß-goldenen Doppeltür. Nach einem gesungenen »Ja« wird vom Soldaten die Klinke zum Metternich-Zimmer gedrückt, die sich in Höhe unserer Schultern befindet. Ich schreite zum Schreibtisch des Reichsstatthalters Baldur von Schirach.

»Mein Lieber, was kann ich für dich und die Kunst tun?«

Wir nehmen an der Sitzgruppe Platz. Von Schirach zündet sich die Pfeife an.

»Zigarette?«

Ich rauche, sehe die blühenden Rosensträucher im Volksgarten, sage: »Es gibt begründete Zweifel.«

»Ich weiß, du willst die Klimt-Ausstellung nicht, aber wir wer-

den sie durchführen«, sagt von Schirach, zieht an der Pfeife, hält dabei den Kopf schief.

»Nicht der Klimt, es geht um den ›Lesenden Mann‹.«

»Jetzt hat Wien wieder einen Vermeer.« Von Schirach lächelt.

»Der ist aber eine Fälschung.«

Von Schirach springt auf, schreit. »Seyß-Inquart hat ihn uns geschenkt, damit wir einen Ersatz haben für Vermeers ›Die Malkunst‹, nachdem sie uns der Führer weggeschnappt hat.«

»Trotzdem ist er falsch, zu viele kleine Details, zu wenig abstrahiert.«

Der Reichsstatthalter geht auf und ab, steht stramm mit durchgedrückten Knien. »Blödsinn. Die Materialien sind echt, siebzehntes Jahrhundert, das sagen deine Kollegen.«

»Aber die unterschiedlichen Farbflächen.«

»Es ist ein Jugendwerk«, sagt von Schirach, lächelt und zeigt seine weißen Zähne, um die ich ihn beneide.

»Gibt es nicht, die Signaturen sind alle gleich alt, die unruhigen Bewegungen der Figur, der Objekte.«

Von Schirach geht hinter den schweren Schreibtisch, setzt sich auf den Bürostuhl, Hitler sieht zu uns herab.

»Glaubst du, gescheiter zu sein als alle anderen?«

»In diesem Fall ja, es ist doch auch in deinem Sinn, wenn du es rechtzeitig erfährst.«

»Zu spät, über die Schenkung an Wien wurde in allen Zeitungen berichtet und ich selbst habe sie in der Ansprache im Burgtheater erwähnt.«

Er nimmt frischen Tabak aus der Dose und stopft die Pfeife.

»Das ist eine bewusste Desavouierung meiner Person.«

»Baldur, bitte.«

Er beugt sich zu mir vor, nimmt die Pfeife aus dem Mund. »Was ist mit deiner sonst so tadellosen politischen Haltung?«

»Hier geht es um Fachkompetenz.«

Wieder springt von Schirach auf, der Bürostuhl kippt nach hinten. »Es kann nicht sein, sogar Göring wollte das Bild.«

»Baldur, du weißt, wie schnell Göring zu überzeugen ist.«

Ich laufe ihm nach. Er bleibt stehen, geht zurück, ich hinter ihm.

»Solltest du recht haben, darf dies niemals an die Öffentlichkeit.«

»Hängen dürfen wir es, aber nicht zwischen all die Originale«, sage ich.

»Du weißt, dass du damit deine Existenz gefährdest, ich muss es bis nach oben melden.«

Das wird heiß, denke ich und sage: »Was willst du tun, Herr Reichsstatthalter?«

Von Schirach klopft die Pfeife aus.

»Ich wünsche, dass von dieser Angelegenheit nicht mehr gesprochen wird.«

Ein Soldat begleitet mich zum Ausgang.

Am 26. August 1941 werde ich als Leiter der Gemäldegalerie abgelöst.

Wieder zwei Wochen vorbei und man kann nur kleine Fortschritte erkennen. Die wichtige Arbeit geschieht im Hintergrund.

Ich rufe Hubert zu mir. Er fragt, warum ich seit Kurzem nicht mehr so pünktlich sei. Er finde das angenehmer, ich sei ihm sonst zu pingelig. Frech von ihm, aber ehrlich. Hätte ich meine Autorität deutlicher raushängen lassen sollen?

»Hubert, ich muss mit Ihnen reden. Schließen Sie die Tür.«

»Verzeihung, war ich jetzt zu direkt?«

»Nein, Sie haben ja recht. Es geht um etwas anderes.«

»Ich habe schon geahnt, dass etwas im Busch ist, sind Sie krank?«

»Es geht um die *Malkunst.*«

»Kündigen Sie, Herr Professor. Sie haben sicher sofort Kunden und verdienen mehr als jetzt, und ich gehe zurück nach Dresden.«

»Nein. Ich habe mich entschlossen. Wir lassen von einer unserer Kopistinnen ein Duplikat anfertigen.«

Er schüttelt den Kopf: »Aber es gibt doch schon eines«, er läuft in seine Werkstatt und kommt mit einem Buch zurück.

»Hier steht es. Ausführlich. Im Jahr 1939 interessieren sich die höchsten Stellen für die *Malkunst*, ein Berliner Kunsthändler war bereits auf dem Obersalzberg.«

»Bei Hitler?«

»Ja. Der Graf verweigert die Ausfuhr, Hitler soll nur eine Kopie bekommen. Wenn wir Glück haben, akzeptiert auch der Kanzler die Kopie.«

»Es gab eine Kopie?«

»Ja! Hier, sehen Sie.«

Er schlägt die Seite auf. Ich lese. Eine Kopie von Olga Fleissner, eine ausgezeichnete sogar, in Originalgröße, nicht einmal die höchsten Stellen in Berlin und München mitsamt ihren Experten würden den Unterschied erkennen, schreibt Graf Eugen Czernin.

»Unsere Politiker werden noch weniger bemerken«, sage ich.

Der Graf selbst kann Original und Kopie kaum unterscheiden, wenn beide Bilder nebeneinander hängen. Die Nazis könnten die Kopie genauso genießen wie das Original.

»Dann nehmen wir auch die Kopie.«

»Die ist weg.«

»Wie weg?«

»Verschollen, steht auch hier.«

Er nimmt das Buch und zeigt auf die Stelle.

Verdammt.

»Vielleicht haben die Grafen sie zurückgehalten«, sage ich.

»Kann sein.«

»Wir könnten sie fragen.«

»Sind alle tot.«

»Was ist mit den Nachfahren?«

»Vielleicht. Aber sie werden sie dem Kanzler nicht borgen. Der Graf war gegen Nazis.«

Ich grinse. Schon damals. Wir sind nicht allein.

»Wenn wir die Kopie nicht finden, stellen wir einfach selbst eine her«, sagt Hubert.

»Daran brauchen Sie nicht einmal zu denken.«

Was sagst du da, Clemens, du hattest doch schon den Entschluss gefasst, dem Kanzler eine Kopie unterzujubeln.

»Das Gutachten schreiben doch Sie. Ob ein Gemälde echt oder falsch ist, bestimmen ohnehin immer Sie. Und zu Hause restaurieren Sie dann das Original zu Ende«, sagt Hubert.

»Vierhundert Millionen Euro in meiner Wohnung? Zu gefährlich«, sage ich.

»Ich helfe Ihnen.«

»Schluss jetzt! Wir versuchen, die Kopie zu finden.«

Ich denke an meinen Freund Werner, er weiß alles über verschollene Bilder und Kopien. Ich hoffe, er ist in Wien.

»Ich weiß jemanden. Vielleicht kann er helfen«, sage ich.

Die Idee ist gut, sie könnte klappen, eine Kopie in Originalgröße und beinahe so gut wie das Original. Wir dürften sie natürlich nicht offiziell finden, sie müsste weiter als verschollen gelten. Werner wird dichthalten und Hubert sowieso.

Clemens, nicht das Museumstelefon nehmen, die Agenten vom Kniebacher hören mit. Ich suche wie immer mein Mobiltelefon.

Werner schreibt, er werde zurückrufen.

Hubert zeigt auf die Landkarte.

»Darf ich weitermachen?«

»Sie dürfen.«

Er führt die Hand gekonnt wie ein Kaligraf mit zarten Strichen, sagt: »Sie würden dem Kanzler wirklich die verschollene Kopie anstelle des Originals geben?«

»Wenn wir sie finden, ja.«

»Super.«

Während er klebt, trinke ich einen Schluck Kaffee.

»Copy-and-paste mit Vermeer, Tausende *Küsse* von Klimt in der Welt. Furchtbar.«

»Nein, Bombe! Millionen Einkaufstaschen mit Keith Harings Bildern«, sagt Hubert.

Seine Hände kleben präzise.

»Noch etwas Grau und Braun«, sage ich und sehe wieder ein Loch, ein winziges.

Ich gehe näher, nehme die Lupe. Ist das ein Schatten, den

das Licht aus dem Fenster erzeugt hat? Oder ein Loch in der Leinwand?

Ich übernehme wieder. Noch näher ran. Ich nehme die Leuchte zu Hilfe. Es ist einer der Fixpunkte, von denen aus Jan die mit Kalk bestreuten Schnüre für die Perspektiven befestigte, sie festzog und darauf klopfte, der Staub zeichnete dann die Linien vor. Oder ist es doch nur ein gemaltes Mauerloch, wo ein Nagel eingeschlagen war, an dem ein Bild hing? Erst das Weglassen vervollständigt. Das Loch erschafft den Nagel, der Nagel das Bild.

Jan sitzt seit dreihundertsechsundfünfzig Jahren vor der Staffelei, ich warte seit gefühlten hundert auf Werners Anruf.

»Rembrandt hat perfekt kopiert. Er borgte sich berühmte Gemälde von reichen Auftraggebern, kopierte sie und gab die Kopien als Originale zurück«, sage ich.

»Das wäre doch auch eine Lösung«, sagt Hubert und dehnt seine Hände.

»Ich wie Rembrandt?«, sage ich. »Nein, kommt nicht infrage. Juble ich dem Kanzler meine Kopie als Original unter, wäre ich ein Fälscher.«

»So war Rembrandt ein Fälscher?«

»Wer würde Rembrandt als Fälscher bezeichnen?«

»Eben. Und der Kanzler wüsste ja nicht, dass es sich um eine Kopie handelt. Als Kopie ist sie gewissermaßen auch ein Original.«

»Ihre Logik ist schräg«, sage ich.

Mein Kopf schmerzt, Huberts Nachbohren geht mir auf die Nerven.

»Ein Clemens Hartmann ist kein Fälscher. Punkt.«

»Dann drehen Sie es doch um und sagen Sie, dass das Original in Wirklichkeit eine Fälschung ist. Das glaubt er Ihnen nie.«

»Sie bringen mich noch um den Verstand. Schluss jetzt!«

Endlich Werner.

»Wie geht es? Lange nichts voneinander gehört.«

»Gut, danke. Wir müssen uns bald einmal treffen«, sage ich, »aber eine Frage: Weißt du, wo die Kopie der *Malkunst* aus der Galerie des Grafen Czernin sein könnte?«

Stille, dann: »Ja, die Kopie ist bekannt. Ich glaube, sie ist verschollen, angeblich.«

»Könnte sie bei den Erben verblieben sein?«, frage ich.

»Eher nicht. In den Wirren nach dem Krieg wird sie wo hineingerutscht sein, man hat damals mehr auf die Originale geachtet. Vielleicht ist sie ja in einem eurer Depots.«

»Ich habe die Listen schon durchgesehen. Nichts zu finden.«

»Ich rufe dich gleich zurück, mir fällt ein, es muss noch eine weitere Kopie geben.«

»Noch eine! Super. Danke.« (Jetzt sage ich auch schon super.)

Ich lasse Hubert weiterarbeiten.

Die Zwischenzeit vertreibe ich mir im Café des Museums in der zentralen Halle und esse eine Kleinigkeit. Hier erhole ich mich vom Glotzen auf Leinwände. Hier bin ich der Besucher, ein wenig der Fremde. Starre ich lange auf ein Bild, auf eine Stelle, auf Punkte und Linien, werden meine Augen müde, sehe ich unscharf. Hier weiten sie sich, durch die hohen Räume lasse ich meinen Blick wie eine Kamera fahren. Das Rauschen, das aus der Kuppel zurückhallt, beruhigt mich, während ich auf Werners Anruf warte. Eine zweite Kopie! Hoffentlich ist es eine gute.

Ich lehne mich auf die rote Plüschbank, die auch in einem Theater stehen könnte, oder in einem Bordell.

Mein Handy klingelt.

»Hallo?«

»Servus, ich bin's.«

»Und? Hast du etwas erfahren?«

»Ja. Die Kopie soll in den letzten Kriegstagen verschwunden sein, gestohlen worden, vielleicht auch verbrannt, es gibt keine Aufzeichnungen.«

Das wissen wir. Wann kommt er endlich zum Punkt. Werner ist ein besonders wissenschaftlicher Kunsthistoriker.

»Was ist mit der anderen Kopie, die du erwähnt hast?«

»Ja, die gibt es«, sagt er.

»Super.«

Super ist ein Benzin und kein Deutsch, hat Papa immer geschimpft. »Cool« sage ich auch schon, ist aber wieder out, glaube ich, und »out« ist angeblich auch schon out.

»Sie ist aus dem achtzehnten Jahrhundert und hängt nicht weit von hier. Angeblich eine ebenso ausgezeichnete Kopie wie die von Czernin, die war ja aus dem neunzehnten Jahrhundert.«

Das wäre die Lösung! Mit dieser Kopie werde ich nicht zum Fälscher, weil der Kanzler nie erfahren wird, dass sein Bild nicht das Original ist.

»Ich habe auch schon mit den Besitzern gesprochen.«

»Wunderbar.«

»Sie sind nicht bereit, sie herzugeben.«

Mein Magen zieht sich zusammen. Ich atme bewusst aus, um mich zu beruhigen.

»Und wenn ich mit ihnen spreche?«

»Leider nein. Ich bekam die Auskunft nur, nachdem ich versichert hatte, ihren Namen nicht weiterzugeben.«

Vielleicht ist es ja gar keine zweite Kopie, sondern es ist die verschollene, und die Besitzer wollen sie deshalb nicht herausgeben, nicht einmal verleihen.

»Wozu willst du sie eigentlich?«, fragt Werner.

Ich will ihn nicht einweihen, er könnte sich doch verquatschen.

»Für eine Ausstellung über Vermeer«, sage ich.

»Die hattet ihr doch erst vor wenigen Jahren.«

»In Japan«, lüge ich.

Hoffentlich fragt er jetzt nicht noch genauer nach.

»Wir müssen uns bald treffen«, beende ich rasch und verspreche, mich zu melden.

Keine Kopie!

Über den Rubens-Saal durch eine Seitentür gelange ich direkt zu unseren Werkstätten. Zurück in meinem Reich trinke ich einen Schluck vom Vormittagskaffee, er ist nicht nur kalt, sondern schmeckt auch angebrannt. Dann setze ich mich zur Staffelei und richte den Hocker in die passende Höhe. Doch aussitzen, weiterhin gegen den Druck kämpfen? Ich werde mich nicht zum Begünstiger des Feindes machen.

Hubert bringt frisches Wasser. Ich trinke es in einem Zug aus.

»Das war für die Pinsel«, sagt er.

»Dann bringen Sie noch ein Glas und neue Pinsel, die englischen, nicht die deutschen.«

Ich halte das Gesicht ins Sonnenlicht, das die Werkstatt durchflutet. Laura will mich später vom Museum abholen und mit mir über ihr Studium sprechen.

Vier Uhr.

»Hallo, Papa.«

Laura umarmt mich.

Zwei Küsschen, eines links, eines rechts.

»Bevor wir über das Studium reden, gehen wir ins Kino. Überraschungsfilm!«

14.3.1938
Eugen Czernin

Prachtvoll schön. Früh die Nachricht, die gestern abends am Radio war, dass Österreich aufgehört hat, zu existieren und ein Bestandteil des Deutschen Reiches geworden ist. Miklas hat abgedankt, Seyß-Inquart hat die Geschäfte übernommen. Das geht Schlag auf Schlag! – Ich fahre nach 9 nach Petersburg, wo ich in der Kanzlei mein Referat für die Pilsner Hauptversammlung abschreiben lasse. Herrliches Wetter, ich sitze in der warmen Sonne; später am Nachmittag gehe ich im Park spazieren. Wie köstlich ist die Schönheit und Ruhe, bei der man nichts hört von den entsetzlichen Vorgängen in der Welt. Ich bin heute ganz besonders deprimiert und nervös. Gegen ½ 6 fahre ich wieder nach Prag zurück, finde zu Hause Erwein Nostitz, der zum Souper bleibt. Später kommt Moritz Lobkowicz. Wohltuende Aussprache mit diesen lieben Leuten. Hitler ist in Wien angekommen und wohnt im Hotel Imperial; am Radio hört man Stürme der Begeisterung.

Die Festigung hat nicht gehalten, die Wunde ist zu tief.

»Da hilft nur nähen. Wärmen Sie die Nadel an«, sage ich und bemerke ein Zittern.

Vor dieser Arbeit darf man keinen Kaffee trinken.

»Hubert, bitte machen Sie das.«

Er zögert, hält die Nadel in die Luft und sagt: »Verzeihen Sie, Herr Professor, aber das macht man heute nicht mehr.«

»Sie haben recht. Wir kleben normalerweise, aber seit Kurzem versucht man es manchmal doch wieder mit Nähen, Sie sehen ja, die Klebung hat nicht gehalten«, sage ich.

Ich bitte ihn, den Kleber aufzuziehen und darauf zu achten, dass sein Atem nicht die Malschicht angreift. Gekonnt bearbeitet er die beinahe unsichtbaren Schichten.

»Du musst eine Lösung finden, Clemens, sonst malen sie über mich drüber mit groben Pinseln und künstlichen Farben.«

»Haben Sie etwas gesagt?«, frage ich Hubert.

Er schüttelt den Kopf.

»Gehört?«

»Auch nicht. Verzeihen Sie, Herr Professor, in letzter Zeit sind Sie schon etwas eigenartig. So hat es bei meinem Großvater auch angefangen.«

»Um Gottes willen, nein. Mir sind nur der Druck und das Ganze zu viel.«

»Ich dachte nur, weil …«

»Nicht zu viel denken, Hubert, kleben.«

Er glaubt wohl, ich bekäme Alzheimer.

Während ich die frische Methylcellulose aus dem Schrank nehme, höre ich die Stimme wieder.

»Ich werde dieses Gebäude nicht verlassen. Wie oft wollt ihr mich noch verfrachten?«

»Jetzt gib endlich Ruhe! Du wirst hierbleiben, ich werde eine Lösung finden, darauf kannst du Gift nehmen«, sage ich laut.

Hubert setzt die Spachtel ab und grinst mich an.

»Danke, ich wollte schon lange mit Ihnen per Du sein. Aber trotz Stress sollten Sie, also du, kein Gift nehmen.«

»Dann sage mir, wo die verschollene Kopie ist, du musst ja dabei gewesen sein«, sage ich.

»Keine Ahnung, wo die Kopie ist, das müsstest du von deinem Freund wissen«, sagt Hubert.

»Ich bin nicht per Du mit Ihnen«, sage ich.

»Aber, Sie haben mich mit du …«

»Hören Sie ihn nicht?«, sage ich.

Hubert sieht mich lange an, sagt: »Soll ich dir Hilfe holen?«

»Wie soll ich das wissen? Ich bin ja nachher selbst verschleppt worden.«

»Wenn ich kopiere, werde ich selbst verschleppt«, sage ich.

Hubert fragt, was ich mit »selbst verschleppt« gemeint hätte.

»Das war nicht ich.«

»Ich auch nicht.«

Ich gieße den abgestandenen Kaffee in meine Tasse und setze mich zum Schreibtisch. Hubert zieht aus der Seitentasche seines Arbeitsmantels den Plastikbeutel mit Gemüse und setzt sich neben mich.

»Mein Vater ist Psychiater.«

»Ich dachte Neurologe.«

»Beides. Aber wenn Sie oder du …«

»Sie!«

»Also, wenn Sie etwas brauchen, kann ich meinen Vater fragen.«

»Der ist doch in Dresden.«

»Vielleicht kennt er einen guten Arzt in Wien.«

»Nein, nein! Ich bin nur erschöpft.«

Ich stütze den Kopf in die Hände. Opa erkannte mich zuletzt auch nicht mehr. Einmal war ich der Berater des Grafen Czernin, ein andermal sein Zahnarzt, obwohl ich erst acht Jahre alt war. Dazwischen hatte er klarere Momente, da war ich nur sein Vater. Angeblich glaubte er manchmal, Baldur von Schirach spreche mit ihm, er soll geschrien haben: »Warum hast du mich verlassen?«, dabei hat er ihm doch einen Gefallen getan. Von Schirach hatte das Bild *Der lesende Mann,* das Seyß-Inquart Wien geschenkt hatte und das Vermeer zugeschrieben wurde, dem Museum als Kompensation dafür übergeben, dass Hitler die *Malkunst* bekommen hatte. Opa soll es als Fälschung erkannt haben und wurde deshalb seinen Job als Leiter der Gemäldegalerie los, Schirach hatte wohl die Wahrheit nicht ertragen. Sie kommt aber immer zurück, die Frage ist nur wann. Wie doch das Gehirn die alten Geschichten hochlädt und die aktuellen vergessen lässt.

Auch wenn ich nun schon ständig mit Jan spreche, weiß ich, dass nur die besonderen Gemälde sprechen, die Porträts der Generäle, Herrscher, Söhne haben nichts zu sagen. Sollte ich mir zu auffällig vorkommen und sollten meine Tage dunkel werden, ziehe ich mir einen Plastiksack über den Kopf, wie der berühmte Selbstmordspezialist der Universitätsklinik, wie hieß er noch? Fragt sich nur, ob ich dazu imstande wäre. Besser Selbstmord als vertrottelt wie Gemüse herumzutorkeln. Angeblich fördert exzessiver Fleischkonsum Demenz oder Alzheimer, den Unterschied kenne ich nicht (Huberts Vater könnte mich aufklären). Zum Glück esse ich wenig Fleisch. Ich werde ab nun doch öfter auf Huberts Gemüseangebote eingehen. Vor Jahren wurde ich gemeinsam mit französischen Kollegen eingeladen, ein Gutachten zu Monets

Stilleben mit Fleisch zu erstellen, ein formatfüllender Riesenbrocken Rindfleisch. Grässlich, so viel Blut. Schokokekse halfen mir, über die Runden zu kommen. Zu viel Zucker macht auch krank. Oder bin ich doch auffällig? Immerhin bemerke ich es, blöd, wenn es einem nicht mehr klar ist. Alle um einen herum kapieren es, nur man selbst nicht. Ist mein Zittern ein Vorbote?

Hubert unterbricht meine Gedanken.

»Mit Ihrem Können wäre eine Kopie schnell gemacht.«

»Lassen Sie das!«

Will er mir helfen oder auch Druck machen? Ja, ich könnte das, aber welche Vermessenheit, einen Vermeer zu kopieren und die Kopie als Original zu bezeichnen. Eine fremde Kopie als echtes Bild zu verkaufen, wäre schon arg genug. Es wurde schon zu oft versucht, aber lange gingen die Täuschungen nie durch. Außer bei Van Meegeren, dem nahm man die Fälschungen ab, so gut waren sie.

»Die Mächtigen erkennen Fälschungen nie«, sagt Hubert, »die Kulissendörfer für Stalin, die Zugfahrten von Mussolini.«

»Ich weiß, in seinem Abteil wurden die Jalousien zugezogen, wenn er durch Südtirol fuhr. Fälscher will ich keiner sein. Außerdem klappt das bei uns nicht, der Kanzler hat zu viele Aufpasser um sich.«

»Stalin und Mussolini hatten die auch, und trotzdem hat es geklappt.«

»Da ist was dran.«

»Der Zweite Weltkrieg hat auch mit einer Lüge begonnen.«

»Hitler hatte sogar die Lüge gefälscht. Nein, versuchen wir, eine gute Kopistin zu finden.«

Schluss für heute.

Ich wische über meinen nassen Fahrradsattel.

Besser morgen einen Plastiksack unter dem Hintern als über den Kopf gezogen.

29.9.1938
Eugen Czernin

In der Früh um 5h kommt der Kammerdiener leichenblass zu mir und meldet mir, dass soeben der Zimmerwärter Steinbach von einer Militärpatrouille herausgeholt und verhaftet worden sei. Im Vorzimmer steht die Frau Steinbach schluchzend. Steinbach hat sich politisch betätigt und es scheint sich bei dieser Verhaftung wie bei 20 zeitgleichen Fällen in der ganzen Gegend um Geiseln zu handeln. Ich gehe um ½ 7 zum Gendarmerie Kommando, der Wachtmeister zuckt nur die Achseln und sagt, sie sei vom Militärkommando angeordnet worden. Ich frühstücke dann und fahre um 7h mit Karl Eugen weg, nehme auch Schmuck und Wertsachen mit. Mir fällt ein Stein vom Herzen, dass Karl Eugen nicht in Petersburg bleibt und er ist jetzt auch sehr froh darüber, da es immer unheimlicher wird. Knapp hinter Petersburg fahren wir dem Lastauto mit den Gefangenen vor, die von Soldaten bewacht sind. Es sind drinnen Steinbach, der Schweizer Zecha, der Elektriker Klamert und noch andere – ich winke den armen Teufeln zu, die todtraurige Gesichter machen.

Auf meinem Schreibtisch entdecke ich eine Karte aus Büttenpapier.

Das Wappen der Republik.

Der Bundeskanzler
Christian Steiner
bittet Sie zur feierlichen Präsentation
des Gemäldes
»Die Malkunst« von Jan Vermeer

Dienstag, 2. August 2022, um 15 Uhr,

Das ist in acht Wochen.

im Arbeitszimmer des Bundeskanzlers
Wien I, Ballhausplatz 2

Er will sie wirklich bei sich haben.

Begrüßung: Bundesminister für Kunst, Kultur und Sport
Max Eichinger.
Es spricht Prof. Clemens Hartmann.

Ich soll auch noch sprechen, ohne auch nur gefragt worden zu sein!

Es wird gebeten, die Einladung beim Eintritt vorzuweisen.
U.A.W.G

So eine Frechheit.

Ich habe mir in die Lippe gebissen und blute. Mit einer Serviette der Bäckerei Wunderer tupfe ich das Blut vom Mund. Jetzt ist es so weit, ärger als befürchtet, es wird doch heiß gegessen.

Ich lasse mich in den Stuhl fallen. Er stöhnt wieder, hält mich gerade noch aus. The End. Der Abspann. Restaurator: Clemens Hartmann, Assistent: Hubert Finning, Direktorin: Erika Wenninger.

Ich beiße in ein Kipferl, vorsichtig, damit die Wunde nicht wieder zu bluten beginnt.

Jan malt.

Ich sitze und sehe ihm zu.

Stille.

Ich raffe mich auf und gieße mit dem Kaffee von gestern die vergehende Palme.

Wozu noch ein Original? Wozu all die Mühe? Nicht mehr Wahrnehmung, Handwerk und Können leiten uns, sondern blitzschnelle Berechnungen von idiotischen Maschinen, auch wenn sie von allen als intelligent bezeichnet werden. Keine Unsicherheit mehr. Alles geregelt, in Kästchen geordnet, in Rahmen gegossen. All die Pinsel und Farben, Pinzetten, Vergrößerungsbrillen, Heizspachteln und Malstöcke, all die Werkzeuge kommen in den Müll, die Malschichten werden uns keine Geschichten mehr erzählen und unentdeckte Farben hervorbringen. Die Farben auf wenige reduzieren, mir vom Computer vorschlagen lassen müssen, welche ich nehmen darf, die Bilder auf Zuruf ausdrucken samt Rahmen: Alexa, Siri, drucke mir ein Bild von Monet, von Lautrec, von Rothko.

Nicht mit mir.

Veränderung gibt es nur mit Widerspruch.

Ich wähle die Direktion an, höre von der Sekretärin, dass Erika auf Urlaub ist (wurde sie beurlaubt oder hat sie sich einen Tag freigenommen?) und werde mit Herrn Kniebacher verbunden. Ohne seine Begrüßung abzuwarten, lege ich los.

»Haben Sie nicht verstanden?«, brülle ich.

»Herr Professor, wie kann ich helfen?«, tönt Kniebachers blecherne Stimme aus dem Hörer.

»Sparen Sie sich Ihre Floskeln. Die *Malkunst* wird in zwei Monaten nicht präsentiert. Punkt. Richten Sie das Ihrem Kanzler aus.«

»Ärgern Sie sich wegen der Reihenfolge der Ansprachen? Zuerst der Minister, Sie müssen an die zweite Stelle, das verlangt das Protokoll.«

Unfassbar. Was rede ich überhaupt mit diesem Trottel. Zu viel Protokoll drängt nach Totschlag. Ich schreie noch lauter.

»Herr Kniebacher, Sie sind Angestellter dieses Museums, zumindest vorübergehend, wobei ich persönlich mir wünsche, dass diese Zeit so kurz wie möglich sein möge. Also handeln Sie auch im Sinne des Museums! Falls Ihnen das noch niemand verraten hat: Wir liefern Qualität und keine Stümpereien.«

»Ich kann Ihnen die Rede auch schreiben, wenn es Ihnen schwerfällt.«

»Lassen Sie Ihre Hobbypsychologie. Keine *Malkunst*, keine Rede. Keine Kürzungen.«

Ich schmeiße den Hörer auf das Telefon, er fällt daneben.

»Hallo, haallooo«, schrillt es aus der Muschel.

Ich knalle ihn auf die Halterung.

»Sucht euch doch einen anderen Idioten«, fluche ich in den Raum.

Ginge ich auf den geforderten Termin ein, malte eine Kopie, gäbe sie als Original aus und flöge auf, wäre mein Ruf in der Branche ruiniert.

Nein.

Ich hätte nicht wieder so schreien sollen. Jetzt werden sie mich fristlos entlassen, mich degradieren. Grund genug hätten sie nun. Zum Glück habe ich ihn nicht Volltrottel genannt, es mir nur gedacht. Man soll nicht alles aussprechen, was man denkt, solange das noch möglich ist (nicht mehr lange, bald werden sie auch Zugang zu unseren Gedanken haben).

Es klopft, unmittelbar darauf huscht Hubert herein, schließt die Tür hinter sich und tritt an meinen Schreibtisch.

»Verzeihung. Ich … ich habe zugehört«, sagt er.

»An der Tür lauschen mag ich nicht.«

»Das war nicht notwendig, es war bis in den Gang zu hören.«

Ich deute auf den Schreibtisch.

»Da, sehen Sie sich die Einladung an.«

»Ich kenne sie, ich habe sie geöffnet, ich hatte so eine Ahnung und mir Sorgen um Sie gemacht.«

»Fremde Post öffnen mag ich auch nicht.«

Hubert nimmt eine melodramatische Pose ein, mimt den Verzweifelten.

»Einpacken. Sofort, sagt Graf Czernin. Heute Nacht muss sie nach München gebracht werden.«

»Wie bitte?«

»Es ist Gefahr in Verzug. Vor dem 20. April muss das Bild in Berlin sein, um an Hitlers Geburtstag zu hängen. Davor wünscht der Führer das Gemälde in München zu sehen. Kommt sie zurück oder verschwindet sie in der Privatgalerie?«

»Sie meinen, das ist wie damals bei …?«

Hubert nickt.

Schrecklich, der arme Graf, die arme *Malkunst*.

Hubert setzt sich auf den Schreibtisch, er habe eine Idee, sagt er.

»Schon wieder? Haben Sie die Originalkopie gefunden?«

»Sie dürfen nicht sauer sein. Versprochen?«

»Wie sollte ich sauer sein, wenn Sie die Kopie gefunden haben?«

Meine Stimmung hebt sich zusehends.

»Ja, nein, vielleicht«, sagt Hubert und bittet mich in seine Werkstatt.

Er versperrt die Tür von innen. Ich verstehe, niemand soll die Kopie zu sehen bekommen.

Wir stehen vor Huberts frisch restauriertem Rubens. Meine Hoffnung auf die verschollene Kopie war nur eine Blase.

»Sehr gut geworden, gratuliere«, sage ich und beginne ihm zu erklären, dass Teile des Gesichts von Rubens selbst gemalt sind, die Blumen und der Hintergrund aber von der Hand eines seiner Schüler und der …

Er unterbricht mich, ich ärgere mich nicht, ich bin zu aufgeregt.

»Rubens' Schüler haben für den Meister gemalt, richtig?«, fragt er.

»Das habe ich Ihnen gerade erklärt.«

Er hebt den Rubens von der Staffelei und legt ihn auf den Tisch. Dahinter steht ein von einem Tuch verhängtes Bild. Er hebt das Tuch ab. Eine unvollständige *Malkunst* erscheint. Skizziert, grundiert, Jan und Clio vorgezeichnet, die Landkarte angedeutet, die Staffelei, der Vorhang, der Tisch. Eine Als-ob-*Malkunst*.

»Wo haben Sie das her?«, sage ich.

»Selbst gemacht.«

»Das sieht man.«

»Der Rubens war schnell fertig und so woll…«

Ich schneide ihm das Wort ab.

»Sind Sie total durchgeknallt?«, rufe ich.

»Pssst! Ich übe doch nur, wie früher, wie ein Schüler von Rubens. Man schulte sich seit jeher an alten Meistern, haben Sie selbst gesagt. Das hat nichts mit Fälschen zu tun. Leonardo, alle haben abgemalt, auch Rembrandt.«

»Der besonders! Aber Sie sind nicht Rembrandt.«

»Weiß ich. Aber Kopien waren wichtig, besonders wenn die Originale verloren waren.«

»Die *Malkunst* ist nicht verloren.«

»Aber die Kopie.«

»Sie wollen die verlorene Kopie kopieren?«

»Ja, das wäre dann nur die Fälschung einer Kopie, wie eine Fotokopie, also keine Fälschung.«

»Wo haben Sie die Leinwand her, ist die alt?«, frage ich.

»Von einem gleich großen Bild, ich habe es bei einem Altwarenhändler gefunden. Achtzehntes Jahrhundert. Wertlos.«

Ich hebe das Bild von der Staffelei, begutachte die Rückseite. Das Material könnte man verwenden, denke ich und stelle es zurück. Nein. Obwohl. Alles Mögliche musste ich für Opa und Papa kopieren, aber fälschen? Hätten wir die Kopie von Fleissner, könnten wir diese kopieren und das wäre dann keine Fälschung, aber eine Kopie vom Original? Und wäre sie noch so perfekt, der Kanzler würde sie als Kopie nie akzeptieren. Juble ich sie ihm als Original unter, wäre ich ein Fälscher.

»Nein«, sage ich, »das gehört sich nicht.«

»Werden Sie nun nicht zum Moralgreis.«

Frechheit. Habe ich Hubert zu viele Freiheiten gelassen?

»Nehmen Sie Medikamente?«, fragt er.

Jetzt will er mich wieder zum Arzt schicken.

»Was geht Sie das an?«

»Eine bestimmte Marke oder ein Generikum?«

Ich denke nach, was mir die Apotheke gegen den hohen

Blutdruck gegeben hat, das Markenmedikament war nicht zu bekommen.

»Okay, verstanden«, sage ich und setze Huberts Vergrößerungsbrille auf.

Die Leinwand könnte als Original durchgehen. Das Leinen ist gut, keine Baumwolle, die hat man erst später verwendet.

»Ich grundiere, zeichne vor, male die gröberen Stellen«, sagt er.

»Die sind die schwersten.«

»Dann eben die feinen, was auch immer. Denken Sie moderner, Herr Professor. Ich lade mir auch Musik aus dem Internet herunter.«

»Und kopieren Texte aus anderen Diplomarbeiten und verkaufen sie als die Ihren.«

»Das habe ich nicht gemacht.«

»Sie nicht, aber andere.«

Texte zu stehlen war ohne Internet aufwendiger, aber ungefährlicher, sie waren in Büchern versteckt und niemand hatte alles gelesen.

»Sie bestimmen, was ich malen soll, und Sie führen das Geniale des Künstlers aus.«

Er will mir schmeicheln. Ich könnte tatsächlich eine Kopie schaffen, denn man braucht ein großes Verständnis von der Natur der Dinge, um die Augen zu narren. Und das können nur gute Maler. Ein zart gemattetes Glas könnte sie schützen anstelle des derzeitigen, das wirkt wie ein Weichzeichner, der die Klarheit verschwimmen lässt und die Wahrheit verbirgt. Es gibt ohnehin verschiedene Wahrheiten, und wenn genügend Abstand zu ihr gehalten wird, könnte die Reproduktion sogar als Original durchgehen. Der Kanzler kann den Unterschied sowieso niemals erkennen. Nur wenn der Schwindel auffliegt, ist es vorbei mit mir, mit uns, mit uns allen. Aber wer besucht schon einen solchen Kanzler im Amt? Andere Politiker, keine besonderen Leuchten. Wahrscheinlich könnte man mit Geist auch nicht regieren. Trotzdem, Clemens, es bliebe ein Schwindel.

»Wir arbeiten bei mir zu Hause, und sobald die Kopie fertig ist, ersetzen wir damit das Original. Das wäre nur ein Remix, ein Mashup«, sagt Hubert.

»Auf Deutsch!«

»Eine kreative Neuordnung.«

»Das muss ich mit Jan besprechen«, sage ich.

Hubert schiebt den Kopf vor und sieht mich an.

»Ich meine mit … mir erst klären.«

Würde Jan einer solchen Rettung zustimmen?

Durch die Scheiben von Huberts Werkstatttür sehe ich Kniebacher näherkommen. Jetzt wird er mich kündigen, ich hätte nicht so schreien sollen.

»Und das Original verstecken wir im Depot hinter einem unbedeutenden Schinken«, sagt Hubert.

»Legen Sie das schnell weg, verstecken Sie Ihr Machwerk, nehmen Sie es am Abend mit nach Hause.«

Hubert wirft über die begonnene Kopie das Tuch und stellt den Rubens davor. Leise sperrt er die Tür auf.

»Seit wann sperren Sie von innen ab?«, fragt Herr Kniebacher in Huberts Richtung.

»Wegen des wertvollen Rubens«, antworte ich rasch.

»Ja, aber wenn Sie drinnen sind? Egal. Ich frage mich nur, was Sie hier bei Herrn Finning machen, anstatt sich dem Vermeer zu widmen.«

Ich weiß nichts zu sagen.

»Über das Telefonat sehe ich hinweg, Herr Professor, aber …«

Ich setze an, er spricht weiter:

»Für Ihren Vortrag bei der Präsentation habe ich Ihnen Hilfe zugestanden, doch die *Malkunst* muss in acht Wochen fertig sein. Das wurde in der Direktion mit dem Kunstministerium und dem Bundeskanzleramt vereinbart. Wenn Sie nicht einstimmen, werden wir das Bild am Montag jemand anderem zur Fertigstellung übergeben.«

»Das geht unmöglich …«, quetsche ich hervor und spüre, dass sich mein Blutdruck in schwindelnde Höhen schraubt.

Hubert springt ein.

»Der Herr Professor hat gerade mit mir gesprochen. Wir haben eine Lösung gefunden, damit der gewünschte Termin eingehalten werden kann.«

Ich erstarre zur Salzsäule, denke, das ist nicht komplett gelogen.

Kniebachers Gesicht scheint sich etwas zu entspannen.

»Das überrascht mich jetzt! Sehr vernünftig! Es wird nicht Ihr Schaden sein. Ich danke Ihnen im Namen des …«

Führers, denke ich und drehe mich weg.

»Sicher?«, fragt er.

»Sicher«, sagt Hubert und ich nicke dazu.

Herr Kniebacher verabschiedet sich und wirft die Tür hinter sich ins Schloss.

»Hubert, ich muss mich jetzt einmal beruhigen«, sage ich, bitte ihn, vorerst einmal die Dokumentation über den Rubens fertigzustellen, gehe in meine Werkstatt, setze mich mit einer frischen Packung Schokokekse zu Jan, löse den schokohaltigen Teil mit den oberen Zähnen von der unteren Seite ab und lasse ihn wie eine Hostie im Mund zergehen.

Würde Jan sich an meiner Stelle selbst kopieren? Hubert meint, niemand wird unseren Trick bemerken. Bei ihm oder bei mir zu Hause? Den Ofen auf zweihundert Grad anheizen (das kenne ich aus dem Fälscherbuch), das frische Bild hineinlegen, das macht schöne Craquelés. Huberts Wohnungsgenossin würde vermutlich dichthalten. Claudia werde ich überraschen, ihr vorerst nichts davon erzählen. Werner und den anderen muss ich nichts sagen, Laura vorerst auch nicht.

»Jan, was würdest du tun?«, frage ich.

Er bleibt still.

Er will hierbleiben, klar.

Bis zum Abend könnte die Stelle am Kronleuchter so weit fertig sein, dass sie morgen trocken ist.

Vorsichtig auftragen.

Am Abend trifft sich meine ehemalige Maturaklasse. Beim letzten Mal waren wir nur mehr zwölf. Der Tod rückt näher.

16.11.1939
Eugen Czernin

Ich habe um 12h eine lange Konferenz bei Dr. Gassauer über die Galerie, Verkaufsmöglichkeit des Vermeer etc. Es scheint, dass höchste Stellen im Reich sich dafür interessieren.

Kopfweh. Meine Augen sind leicht verschwollen, weder die kalte Dusche noch der Morgenkaffee haben meinen Zustand verbessert. Der Traum führte mich in Opas Welt. »Rette die *Malkunst,* wie ich sie und viele andere Bilder gerettet habe.« Er saß auf einer Art Thron, sprach auf mich herab, »nimm kein Kobaltblau, nur Vermeers Ultramarin«, sagte er. Ich mischte Lapislazuli, stundenlang, plötzlich war Opa Yves Klein, mein Gesicht wurde blau, das Zimmer hing voller blauer Bilder, ich schrie: »So viel Blau ist nicht auf Jans *Malkunst,* ihr zerstört das Bild.« »Und was ist mit der Draperie«, schrie Opa zurück, »du bist mein Enkel, du bist Vermeer, sie werden es dir danken, dir soll es besser gehen als mir, mir haben sie nicht einmal eine Pension bezahlt.«

Dann riss der Traum ab. Zermürbt wachte ich auf.

Inzwischen ist es stiller geworden in meinem Kopf, die Augen sind offen, die Hand bleibt ruhig. Eine Scholle hebt sich trotz Festigung vom Untergrund ab. Ich hebe sie mit der feuchten Pinselspitze auf. Winzige Stellen haben sich durch die Detonation abgetrennt, sie wurden gerettet. Ich erwärme sie mit Infrarotlicht, lege sie mit Heizspachtel und Störleim nieder wie ein Baby in sein Bett. Während ich dem Bein einige weiße Punkte appliziere, arbeitet Jan noch immer am Lorbeerkranz.

Klopfen.

Frau Karl schaut durch die geöffnete Tür.

Ich säubere den Pinsel in Wasser, wische ihn ab, lege ihn zur Seite und drehe mich zu ihr.

»Darf ich Sie etwas fragen?«

»Ja, bitte, kommen Sie.«

Ich richte ihr den Bürostuhl zurecht und setze mich auf meinen Hocker.

Sie bleibt stehen.

»Es ist …«

»Bitte?«

»Weil … es ist. Wir haben gehört …«

»Was?«

Sie stockt, dann sagt sie: »Sie werden auswählen, wer von uns gehen muss, und ich wollte sagen, also, verzeihen Sie, dass ich so direkt frage, dass ich, dass ich alleine lebe, aber deshalb möchte ich trotzdem hierbleiben.«

Sie setzt sich nieder.

Was redet sie? Ich soll was? Wen auswählen? Ihre Augen sind zusammengekniffen, am Hals hat sie weiße und rote Flecken.

»Nein«, sage ich, »das muss ein Missverständnis sein, Frau Karl. Ich suche sicher niemanden aus. Davon weiß ich nichts, mit mir hat niemand darüber gesprochen.«

»Aber Herr Kniebacher hat es gesagt.«

»Der Kniebacher schon wieder.«

»Ja, er hat erklärt, Sie stünden hinter den notwendigen Kürzungen und müssen nun als Leiter der Abteilung zwei von uns kündigen.«

Schwachsinn. Wie kommt er auf diese Idee? Und woraus reimt er sich meine Gefolgschaft? Was tun? Sofort in die Direktion rennen oder Frau Karl nicht ernst nehmen?

»Davon weiß ich nichts. Wenn ich das machen müsste, würde ich kündigen«, sage ich.

»Sie wollen kündigen?«

Frau Karl sperrt die Augen weit auf.

»Nein, nur wenn, dann, aber nein.«

»Gott sei Dank!«

»Ich verspreche Ihnen, dass wir wie gewohnt weiterarbeiten.«

»Danke. Das habe ich mir gedacht, aber die anderen haben gemeint, ich soll Sie fragen.«

Jetzt will sie doch Kaffee. Während ich die Gästetasse fülle, stelle ich mir vor, wie alle in der Abteilung die Köpfe zusammensteckten und aufgeregt diskutierten. Management durch Angst by Kniebacher.

Sie bittet um Zucker und Milch. Milch habe ich nicht, sie lehnt den Kaffee ab.

»Kniebacher und seine Bande haben nichts zu sagen. Frau Doktor Wenninger ist unsere Chefin.«

Sie sieht mich an.

»Bande?«

»Nicht Bande, Clique.«

Ein Lächeln macht sich breit. Sie hebt die Serviette, die ich neben die Tasse gelegt hatte, und wischt sich über die Lippen, obwohl sie nicht getrunken hat.

»Das haben wir uns auch gedacht. Die Clique hält eben zusammen.«

Die Flecken am Hals sind verschwunden, die Kette mit den kleinen weißen Perlen liegt wieder auf rosafarbener Haut.

»Aber auf Frau Doktor Wenninger wird nicht mehr so viel gehört wie früher, die jungen Männer haben jetzt das Sagen, nicht wahr Herr Professor?«

Wie recht sie hat, diese Männer in zu kleinen Anzügen und von jungen Frauen unterstützt. Nach außen nett und adrett, sauber, anständig. Ein Bild von Josef Danhauser würde besser ins Büro des Kanzlers passen als ein Vermeer. Eine glückliche Familie in einem schönen Wohnzimmer, jemand spielt auf dem Klavier. Trautes Heim. Was im Geheimen geschieht, bleibt in Hinterräumen versperrt. Diese Vorstellung bringt mich zum Lachen.

»Das ist aber nicht witzig!«

»Natürlich nicht. Verzeihen Sie.«

Sie scheint beruhigt, ihr Gesicht entkrampft sich.

»Bitte, sagen Sie Herrn Kniebacher nicht, dass ich bei Ihnen war.«

Ich verspreche es ihr, und dass ihr und den anderen nichts Schlimmes passieren wird, und ich weiß, dass ich lüge. Was ist, wenn ich mein Versprechen nicht halten kann, vielleicht bin ich selbst schon auf der Abschussliste.

Auf der Türschwelle sagt sie: »Danke, Herr Professor, das beruhigt mich. Wissen Sie, ich habe so eine schöne Wohnung mit Balkon, sie gibt mir Kraft, meine Pflanzen, meine Katze. Man kann heutzutage ohnehin nichts tun gegen all das, was kommt.«

Ich stelle sie mir vor, wie sie auf dem Balkon Blumen setzt, am Thymian zupft, auf dem Sofa sitzt und mit ihrer Katze spricht. Man kann nichts tun? Man muss etwas tun. Ich muss. Wir müssen.

Ich rufe Hubert auf seinem Mobiltelefon an. Kurz darauf steht er neben mir. Manche Menschen haben Ketten um den Hals, andere Kopfhörer.

»Haben Sie nachgedacht und es mit … mit sich selbst besprochen?«, sagt er und grinst.

»Was meinen Sie?«

»Die Kopie, die neue neue Kopie!«

Die neue neue? Mir fällt ein, Jan wollte ich noch fragen.

»Noch nicht. Aber Frau Karl war hier und hat gedacht, ich würde sie kündigen.«

»Das Gerücht geht im Haus um«, sagt Hubert.

»Und das sagen Sie mir erst jetzt?«

»Achtung, man hört sicher mit«, sagt er und schaltet mein Mobiltelefon aus, »ich war mir sicher, dass das nur Gequatsche ist.«

Man muss etwas tun. Nur wie?

Ich höre: »Du bist Vermeer.«

»Wir können bei mir zu Hause arbeiten«, sagt Hubert.

Ich nehme den Pinsel wieder zur Hand, tauche ihn in Wasser und sage: »Aber Sie wohnen doch mit jemandem zusammen.«

Er versichert, seine Kollegin sei genauso wie er selbst gegen die neue Regierung.

»Gut«, sage ich und verwerfe den Gedanken, in Mamas Haus zu arbeiten. Mama würde nicht dichthalten. Sie sähe mich retuschieren, am nächsten Tag wüsste es die halbe Stadt. Aber vielleicht in meinem Jugendzimmer? Sie liegt die meiste Zeit und in den ersten Stock schafft sie es sowieso nicht mehr hinauf.

»Was brauchen Sie denn noch, um endlich zuzustimmen?«, sagt Hubert.

Ich lege den Pinsel ab.

»Wir müssen es aber zeitlich präzise abstimmen, wie lange ich das Original in der Werkstatt halte, wann ich es ins Depot bringe, wie schnell wir es kopiert haben. Hubert, ist Ihnen klar, dass dies eine komplexe Organisation benötigt?«

Er nickt so, als wüsste er es.

»Also wir machen es?«, sagt er.

»Ja. Oder nein, wir würden uns strafbar machen.«

»Wie kommen Sie darauf? Nur weil wir ihm eine Kopie geben?«

»Ja, er will das Original.«

»Das ist, glaube ich, nicht strafbar. Die *Malkunst* gehört doch dem Staat, oder?«

Ich nicke.

»Und niemand hat einen materiellen Schaden, wenn sie nicht im Büro des Kanzlers hängt.«

»Stimmt«, sage ich.

»Wenn Sie eine Kopie herstellen, was wäre deren Marktwert?«

»Zwanzigtausend Euro.«

»Dann hätte der Staat zwanzigtausend Euro geschenkt bekommen und besäße noch immer das Original.«

»An Ihnen ist ein Mathematiker verloren gegangen«, sage ich.

»Ich bin noch nicht fertig. Betrug und Täuschung müsste eine Schädigung voraussetzen. Schädigen wir irgendjemanden oder irgendetwas?«

»Den Kanzler.«

»Das wäre allenfalls peinlich für ihn, aber er hätte keinen strafrechtlich relevanten Schaden.«

»Woher wissen Sie das schon wieder? Ein Anwalt ist an Ihnen auch verloren gegangen!«

»Mein Onkel ist Jurist. Ich habe ihn gefragt.«

»Also: Dem Staat fügen wir mit der untergeschobenen Kopie keinen Schaden zu, im Gegenteil, er gewinnt eine gute Kopie dazu, und die Täuschung ist für den Kanzler bloß peinlich, aber das wäre ja auch nicht schlecht«, sage ich, lache und klopfe Hubert auf die Schulter, »nur in der Arbeitszeit dürfen wir sie nicht kopieren, und für das Material muss ich selbst aufkommen.«

»Was wollen Sie jetzt tun?«

»Ja, wir …«

Hubert springt auf mich zu.

Ich dränge ihn weg, sage: »Das wird nicht leicht.«

»Nehmen Sie es leichter.«

Leichter nehmen! Willst du Schweres bewältigen, dann musst du es leicht angehen (soll Brecht gesagt haben).

»Ja, gut, also dann.«

Er umarmt mich.

»Schon gut«, sage ich.

»Um sechs Uhr im Café Engländer, ich muss vorher noch das Fälscherbuch suchen«, flüstere ich.

»Das haben Sie? Toll. Dann haben Sie sich ja schon damit auseinandergesetzt.«

»Nur um andere zu entlarven.«

»Gute Ausrede.«

Hubert bittet mich, endlich den Kellner zu fragen, warum das Café »Engländer« heißt. Als hätte ich nichts Besseres zu tun!

»Fragen Sie doch selbst«, sage ich.

»Na gut.«

Er holt das letzte Kipferl aus der Papiertüte, beißt die Hälfte ab und läuft mit dem Rest in seine Werkstatt, wie ein Hund, der etwas vom Esstisch gestohlen hat.

Vorerst einmal weiter an der Landkarte.

Ich schalte die Leuchte ein.

Ein schmaler Krater, der dürfte durch das Einrollen entstanden sein. Man weiß sofort, dass sie lange vor dem Bild hergestellt worden sein muss. Hatte Jan sie im Atelier hängen oder sie ins Bild platziert? Ob meine Reproduktion (Reproduktion klingt besser als Kopie, und noch besser als Fälschung) seinen Ansprüchen nahekommen wird? Egal. Die *Malkunst* muss weiterexistieren, und wenn nicht im Museum, dann im Dunkel des Depots.

»Es wird nur ein Abklatsch, Jan. Verzeih, du bist niemals kopierbar, aber niemand wird den Unterschied bemerken.«

Ich werde sie in einen geschlossenen Rahmen hängen lassen mit Spezialglas davor. In zwei Monaten könnten wir sie schaffen, länger durfte man ohnehin nie kopieren, so war es früher vom Museum vorgeschrieben, jede Kopie musste in dieser Zeit fertig sein. Aber einen Vermeer in zwei Monaten? Van Meegeren hat noch kürzer gebraucht, so gut wie der bin ich auch. Und niemand im Kanzleramt wird je das Bild aus dem Rahmen nehmen und es genau untersuchen. Nein, welche Vermessenheit von mir auch nur zu denken, die *Malkunst* kopieren zu können und sie dann noch als Original zu verklickern.

»Think big, Clemens«, höre ich Jan sagen.

Seit wann spricht er Englisch?

Jetzt redet er groß, obwohl er an seiner Leinwand selbst nicht weiterkommt. Aber er hat recht. Ich sollte meine ständigen Zweifel loslassen. Loslassen, auch so ein Psychotipp, was soll das sein, wie soll das gehen? Eher absichern, Clemens. Ich werde mich absichern, auf dem Bildrahmen eine winzige Notiz anbringen, in das Bild ein kleines Geheimnis unter der Oberfläche einfügen, das dann bei der Entdeckung des Schwindels beweist, dass nur die Täuschung des Kanzlers eine Mogelei war und ich nie vorhatte, die *Malkunst* zu fälschen. Ich könnte auch bei einem Notar ein Protokoll über die Reproduktion hinterlegen, dann bleibt die Kopie zwar geheim, ist aber doch in gewisser Weise offiziell und mein Motiv belegbar. Erst nach meinem Tod wird bekannt, was ich hier verbrochen habe. Aber es ist ja kein Verbrechen, also auch kein Notar. Und eine solche Regierung wie heute wird es nicht mehr geben. Oder nur mehr solche? Der Tod kann früher kommen als man glaubt und diese Herrschaft verbleibt, wird noch schlimmer. Die Vergangenheit dümpelt im Untergrund wie Magma, das jederzeit flüssig an die Oberfläche treten kann. Alles kommt zurück. Hermann Göring ließ Kopien bedeutender Gemälde herstellen, um die Originale vor den Bombenangriffen zu schützen, ließ sie in die Wolfsschanze verräumen. Lange wusste man nach dem Krieg nicht, ob es Originale oder Kopien waren. Ich bringe doch auch nur das Original vor feindlichen Übergriffen in Sicherheit und verstecke es im Keller des Museums so, dass es überlebt.

»Was willst du noch? Mach endlich eine Kopie.«

Jetzt drängt sogar Jan. Ja, was brauche ich noch? Entscheidungen waren nie meine Stärke. Was brauchen Sie noch, hat auch Hubert gefragt. Er öffnet die Tür einen Spalt und bittet mich, das hochaufgelöste Foto der *Malkunst*, das unser Fotograf vor dem Transport nach Amsterdam aufgenommen hat, am Abend mitzunehmen.

Jetzt aber los, Clemens.

»Schließen Sie die Tür. Von innen«, sage ich, »bitte, kaufen Sie noch so eine Leinwand wie die Ihre, also eine alte als neue, und nicht aus Baumwolle.«

»Das weiß ich doch.«

»Ich weiß, dass Sie das wissen. Nur zu meiner Beruhigung.«

»Warum nehmen wir nicht meine begonnene Kopie?«

»Beginnen wir noch einmal ganz von vorne.«

Er schaut mir über die Schulter, ich kritzle rasch die Namen:

Bleiweiß, gelber Ocker, roter Ocker, Siena natur, Siena gebrannt, Umbra natur, Umbra gebrannt, grüne Erde, echtes Ultramarin, Elfenbeinschwarz.

»Das sind zu viele Farben«, sagt er, »die alten Meister nahmen maximal acht, manche überhaupt nur vier. Nehmen wir doch die Rubenspalette.«

»Nein. Gelb, Rot und vor allem das Grün verblassen zu schnell. Wir nehmen die originale Reproduktionspalette, die alte, bewährte F...palette.«

Hubert schiebt den Kopf vor, sieht mich an.

»Sie meinen die Fälscherpa...?«

»So direkt wollte ich es nicht sagen.«

Ich stecke ihm alles Geld zu, das ich in der Tasche habe, und hoffe, es wird reichen.

Wo steht mein Peugeot? Ich habe ihn seit Wochen nicht mehr bewegt, wenn nicht seit zwei Monaten.

Um vier Uhr fahre ich zu Mama. Das Fälscherbuch muss in meinem Jugendzimmer sein.

Der ungewohnte neue Kaffee aus der nachhaltigen Produktion schmeckt schlecht. Den armen Kaffeebauern bleibt mehr, deshalb habe ich ihn gekauft. Lieber selbst leiden als andere leiden lassen. Ich trinke die volle Tasse in einem Zug aus.

Wir haben noch fünf Wochen. Im Museum restauriere ich, in Huberts Wohnung fälsche ich. Langsam gefällt mir mein Abenteuer.

Erst die Wand von Jans Zimmer, danach sein Rücken.

Die Stimme aus dem Radio berichtet, dass ab sofort in allen Ministerien Offiziere des Heeres platziert sind. Am Sonntag ist ein Aufmarsch erlaubt worden, zur Feier des »Tages der Ehre«. Ich höre Schreien und Grölen, habe Angst vor der Zukunft, nicht vor dem Auffliegen unserer Täuschungsaktion, nein, vor einer Heimat, wie sie gerade aufersteht. Sparen wurde vor der Wahl versprochen, überall wird jetzt gekürzt, nur nicht bei Polizei und Heer. Das gefällt der Masse. Die Menschen wähnen sich sicher und sehen nicht, wie sie betrogen werden. Die Vernebelung durch die Mächtigen wirkt, die Folgen werden zu spät bemerkt werden. Die fröhliche Stimme vom Wetterbericht sagt: »Sonnige Tage erwarten uns.« Warum vertuschen sie, sagen nicht, dass es endlich regnen sollte, dass die falsche Wärme bedrohlich ist. Ach was, meine Reproduktion werde ich auch vernebeln. Ich dehne mich, strecke die Arme in die Höhe.

Weiterpinseln, Clemens.

Ich versuche, meine rechte Hand ruhig zu halten.

Gestern mussten wir unsere Kopie noch einmal vom Rahmen abziehen. Käferbefall. Die Tiere waren durch die Hitze wieder auferstanden und erst hervorgekrochen, als sie ein sicheres Zuhause vermuteten, und das haben sie in Huberts Zimmer gefunden. Im Dunkel und in der Stille wagten sie sich ans Licht, braune, fremde Nagekäfer, die sich als harmlose Würmer tarnen. Den größten Käfer sah ich während des Essens aus dem Rahmen über die Leinwand robben, nur wenige Millimeter groß, sehr gefräßig, mit seinen haarigen gamsbartähnlichen Fühlern tastete er seinen Weg ab. Haut man diesen Käfern auf den Kopf, leben sie weiter, nicht auszurotten mit ihren Panzern. In der Stille hört man sie klopfen. Man kann nicht leise genug sein, um sie rechtzeitig zu hören. Ihre Mundwerkzeuge fressen Gänge, legen Eier in Ritzen und Spalten, Tausende Nachkommen schlüpfen, verschwinden in der Dunkelheit, nichts, das sie aufhalten könnte, durchdringen sie die Materie so lange, bis sie zerfällt. Dann kommen sie hervor und verschwinden, als wären sie nie da gewesen.

Jetzt bin ich danebengefahren.

Hubert hat sie in ein Glas gelockt und wollte sie im nächsten Park aussetzen. Kein Tier soll getötet werden. Bei uns im Museum werden von Ungeziefer befallene Objekte in Plastikzelte verpackt und begast. Furchtbar, aber ein Befall ist hochgefährlich, dabei muss man genau hinsehen, um ihn rechtzeitig zu erkennen.

Mich schüttelt es vor Ekel.

Hubert stürmt herein, außer Atem, er sei zu spät, entschuldigt sich, gegenüber finde eine Massenveranstaltung statt, er habe es nicht durch die Menge und die Absperrungen geschafft. Tausende Menschen, Militär, Würstel, Blasmusik, Ansprachen, Geschrei, Polizei, Begeisterung, die Regierung feiere den zweiten Jahrestag ihres Wahlsieges. Der Kanzler habe seinen Vize ins Mikrofon brüllen lassen, während er selbst sich in einem Animationsfilm habe präsentieren lassen. Nach jeder Parole des Vizekanzlers sei die Menge aufgebraust wie ein Tsunami, bis endlich nach den Rufen der Massen der Kanzler wie ein Messias erschienen sei. So muss man sich in Zeiten meiner Großeltern gefühlt haben, die einen: blinde Begeisterung, die anderen: Angst.

»In der Masse muss man nicht denken«, sage ich, »die Menschen imitieren einander, vervielfältigen sich, jeder fälscht sich und den anderen und glaubt, ein Original zu sein.«

»Super gesagt, Professor. Die Fälschung ist ein Massenphänomen.«

Der Lärm ist noch immer zu hören, strömt herüber wie von einem Popkonzert, nur leider ist es nicht Musik.

Wollte Opa mit seiner nationalen Gesinnung die hohe Kunst vor der Vermassung retten? Leitete ihn die Angst, das Deutsche zu verlieren, deutete er bewusst die italienischen und französischen Künste als rein deutsche um? Irgendwo müsste sein Buch über das Barock in Mamas Villa zu finden sein (im Studium habe ich über seine Kunsttheorien eine kritische Arbeit geschrieben, die müsste auch noch in meinem Zimmer sein).

»Was willst du noch? Mach endlich eine Kopie.«

»Ich bin schon dabei, Jan, nur nicht hier im Museum.«

12.3.1938
Eugen Czernin

Kalt. Vormittag Konferenz mit Weltrubzky. Aus Wien jagt eine Nachricht die andere, das Radio ist bereits von den Nazis übernommen worden und bringt Nazi-Hymnen. Hitler kommt heute Nachmittag nach Linz, die Großmächte rühren sich überhaupt nicht und lassen den Dingen ihren Lauf. Alles, worauf man in Österreich noch ein klein wenig gehofft hatte, ist über Nacht in nichts zergangen, die Nazis finden keinen Widerstand, die sogenannte Vaterländische Front ist mit einem Federstrich aufgelöst und mit Jubel stürzt sich Österreich in das Dritte Reich. So wenig Ehrgefühl u. Selbstachtung wird man wohl bei wenigen Völkern finden wie bei den Österreichern. Großer Sturm gegen die Juden, kein Österreicher darf das Land verlassen. Nachmittags hören wir am Radio die Vorbereitungen zum Empfange Hitlers in Wien, wilde Begeisterung, es dreht einem den Magen um. Die Ankunft und die Rede dieses Teufels hören wir Gottlob nicht.

Die Nachrichten bringen, dass das Bargeld abgeschafft wird. Scheine können nicht so sicher hergestellt werden, dass man sie nicht wieder fälschen kann. Fälscher sind lernfähig.

Ich sehe mich im Spiegel. Ich kopiere, ohne aufzufallen, schaffe ein Werk, das es nicht gibt, aber vorgibt eines zu sein. Nur das Tarnen im Museum ist etwas anstrengend. Meine Kolleginnen kommen täglich mit Vorwänden in meine Werkstatt, fragen, wie ich versprechen konnte, schneller zu restaurieren, ob ich eine neue Technik hätte und diese verheimlichen wolle? Sie sehen sich um, können aber nichts entdecken. Die ausgelegten Fettnäpfchen rechtzeitig zu bemerken, macht mir Spaß. Clemens, du bist gut. Die Kopie geht dir bisher leicht von der Hand. Lange genug geübt hast du ja, ohne zu wissen, wofür du das lernen musstest.

Am Abend machen wir weiter.

Ich stelle Kaffee auf.

»Guten Morgen, Jan.«

Auf dem Vorhang muss eine Stelle neu verklebt werden. Ich heize die Spachtel an.

Es klingelt.

Magister Stöckl bittet mich zu einer Sitzung.

Mist.

Ich schalte die Espressomaschine wieder aus.

Im Direktionsbüro sitzen Erika, Kniebacher, Frau Karl, Frau Leichtfried, Herr Müntzner, die Tischler Hauser und Richter. Rechteckige verschiedenfarbige Karten sind zu einem Stoß getürmt, Magister Stöckl steht vor einem Flipchart. Ich fürchte einen Workshop mit Ausfüllen von Kärtchen, Gruppenspielen zur Förderung des Teamworks und dem gemeinsamen Einschwören auf die Zukunft. Vielleicht müssen wir auch Konzepte entwickeln, die uns selbst abschaffen.

Ich hatte mich beim letzten Mal geweigert mitzutun. Das kam bei Magister Stöckl nicht gut an. Heute hat er sich Verstärkung durch Kniebacher geholt. Ich muss mitmachen, um nicht aufzufallen, oder eine Ausrede finden.

»Danke, dass Sie teilnehmen«, sagt der Berater.

Was bleibt uns übrig?

»Wir wollen vorerst die neuen Marketingmaßnahmen besprechen und anschließend die Abläufe durchdenken, wie wir sie optimieren können, wie wir insgesamt effizienter und transparenter werden.«

Ich beschließe, die nächsten vier Wochen besonders darauf zu achten, wie ich die Intransparenz erhalte und die gewünschte Transparenz vorspiele.

»Wir sollen denken?«, sage ich, »und dürfen sogar sagen, was wir denken?«

»Natürlich, genau das wünschen wir. Seien Sie mutig, setzen Sie sich leidenschaftlich ein«, sagt Herr Kniebacher.

»Das klingt wie aus der Werbung«, murmle ich zu meiner Nachbarin, aber er hat es gehört.

»Also bitte, Herr Professor, das war aber jetzt ein No-Go. Wir wollen hier offen und klar miteinander umgehen und konstruktive Zukunftslösungen finden. Glauben Sie nicht alles, was herumerzählt wird, niemand will etwas Böses.«

Glauben Sie nicht immer, was Ihnen vorgegaukelt wird, sollte es heißen, Kniebacher.

Erika ersucht uns, mitzuarbeiten. Wir sitzen mit gesenktem Blick, schauen zur Seite, nach oben, schweigen.

Frau Karl lächelt mir zu.

»Wir werden drei Stunden benötigen«, erklärt Magister Stöckl und bittet die Mitarbeiter und Mitarbeiterinnen (er gendert!) der Restaurierung, eine Gruppe zu bilden, die Tischler eine zweite und die Leitung des Museums eine dritte. Der Fotograf muss alleine bleiben.

»Wo ist Herr Finning?«, fragt Herr Kniebacher und sieht zu Magister Stöckl.

Der zuckt zusammen und sieht mich hilfesuchend an. Der arme Stöckl muss seinen Job machen, sonst ist er auch bald weg.

»Ich habe Hubert heute freigegeben«, sage ich (er muss doch an unserer Kopie arbeiten).

Kniebacher macht ein saures Gesicht, Stöckl setzt mit seinen Anweisungen fort.

»Ich bitte nun die Gruppen Restaurierung, Tischler und Fotografie, ihre Arbeitsabläufe am Beispiel eines Tages, beginnend am Morgen bis zum Abend, auf einem Blatt des Flipcharts aufzuzeichnen. Sie können auch die Kärtchen verwenden, sie beschriften und auf das Flipchartpapier kleben.«

»Seien Sie kreativ!«, ergänzt Herr Kniebacher.

Bin ich schon, denke ich und grinse.

»Die Direktionsgruppe überlegt inzwischen, wie wir die Restaurierungsdurchlaufzeit um dreißig Prozent kürzen können, samt einer Einsparung der Materialien um zwanzig Prozent.«

Herr Müntzner steht alleine herum, Frau Leichtfried nimmt einen Filzstift in die Hand und beginnt, Kärtchen auszuteilen. Frau Karl reißt einen Papierbogen so heftig vom Flipchartgestell, dass er zerreißt. Die beiden Tischler schreiben: Kleben, Schleifen, Fräsen, Streichen und sind nach einer Minute fertig, Herr Müntzner fotografiert Stöckl und Kniebacher von allen Seiten, was ihm eine Verwarnung von Kniebacher einbringt.

Ich zeige auf wie zuletzt in der achten Klasse.

»Verzeihung, ich sollte doch schneller mit der *Malkunst* fertig werden?«, sage ich und erkläre, ich dürfe keine Zeit verlieren.

»Ausnahmsweise, aber zeichnen Sie in den kommenden Tagen Ihre Ideen zu den Einsparungen auf einem Blatt Papier auf.«

Gewonnen. Entkommen.

Ich renne in meine Werkstatt, sperre auf und setze mich zum Schreibtisch.

Es raucht und stinkt.

Die Heizspachtel.

Ich ziehe den Stecker aus der Dose, öffne das Fenster und warte, bis sie abgekühlt ist. Nicht auszudenken, was passiert wäre, hätte ich weiter am Workshop teilgenommen.

Ich stehe auf, gehe auf und ab, prüfe die Temperatur der Spachtel, stecke sie wieder an. Dann setze ich am Vorhang mit dem Verkitten der Malschicht fort.

Mein Handschuh ist klebrig.

Ich ziehe ihn ab und einen neuen über.

Ein winziger Schnitt, die Lupenbrille lässt ihn riesig erscheinen.

Das Radio bringt einen Bericht über die Restaurierung von Notre-Dame. Sie ist vor nun schon mehr als drei Jahren abgebrannt und noch immer für Besucher gesperrt. Der Präsident hatte doch eine schnelle Wiederherstellung gefordert. Überall dasselbe. Die Politiker fordern und die Experten sagen, dass eine gründliche Restaurierung Zeit braucht. Ich habe Glück, denke ich, Notre-Dame kann man nicht fälschen.

Zu Mittag treffe ich Frau Leichtfried und Frau Karl in der Kantine.

»Wie war der Vormittag?«, frage ich.

»Wir mussten Potenziale erkunden und unsere Qualität überdenken«, sagt Frau Leichtfried.

»Was wird nur werden?«, klagt Frau Karl, »alles wird reduziert und zuletzt sind wir dran.«

»Wie geht es Ihrer Katze?«

Mehr weiß ich nicht zu sagen und ich bestelle ein Sandwich mit Putenschinken. Mit »Guten Appetit« an die Damen gehe ich zurück in meine Werkstatt.

Auf dem Weg sehe ich Erika um die Ecke biegen, auf mich zulaufen. Sie hält an.

»Clemens, Herr Kniebacher sagt, du wirst nun doch rechtzeitig mit der *Malkunst* fertig. Wie jetzt so plötzlich?«

Was sage ich Erika? Die Wahrheit?

»Ich werde unbezahlte Überstunden machen, zusätzlich am Wochenende arbeiten und das Bild fallweise zu Hause retuschieren.«

Die halbe Wahrheit ist mir eingefallen, immerhin auch eine logische Möglichkeit.

»Zu Hause, bist du wahnsinnig? Das geht nicht, du weißt doch, die Versicherung.«

»Willst du, dass es rechtzeitig für den Kanzler fertig wird oder dass ich so lange benötige wie ich veranschlagt habe?«

Erika richtet ihren Mund zu meinem Ohr.

»Wie willst du es aus dem Museum hinausbringen?«

Spielt sie doppelt?

»Ich komme am Morgen mit einem Bild in gleicher Größe wie die *Malkunst*, verpackt, und tausche sie in der Werkstatt aus. So gehe ich wie jeden Tag am Portier vorbei nach Hause. Niemand wird sich erlauben, mich zu kontrollieren.«

Etwas derart Unmögliches offenzulegen, verdeckt am besten die Wahrheit.

»Wenn du meinst.«

»War doch nur ein Witz«, sage ich und lache gequält, »nein, ich habe eine neue Methode ausgedacht, mit der es sich ausgehen könnte.«

Damit lüge ich nicht und sage doch nicht die Wahrheit.

»Eine neue Methode kenne ich nicht, ich habe nirgends darüber gelesen.«

Das hat nicht geklappt, sie liest alle neuesten Erkenntnisse in allen Fachjournalen.

»Ich habe … sie noch nicht beschrieben, erst auf den Druck hin, den ihr mir macht, ausgedacht«, stottere ich.

Mir wird heiß. Vorsicht, Clemens, die Haut verrät die Wahrheit.

»Da bin ich aber neugierig, wie du das anstellen willst«, sagt sie und lächelt.

Fällt sie auf meinen Trick herein oder ahnt sie ihn? Wenn ja, wird sie ihn nicht schlimm finden. Man kann nur denjenigen betrügen, der betrogen werden will. Ich setze ein Pokergesicht auf und versichere ihr, eine Lösung gefunden zu haben.

»Gut so. Ich habe alles versucht, aber weder beim Kniebacher noch im Kanzleramt etwas erreichen können, die bleiben stur. Es tut mir leid, Clemens.«

Wir beenden unser Illusionstheater mit gegenseitigen Wünschen für einen schönen Nachmittag.

Zurück in meiner Werkstatt schaue ich auf das Display meines Telefons. Claudia hat geschrieben. Ich hoffe, sie will noch nicht zurückkommen und ich kann unbemerkt an der Kopie weiterarbeiten.

»Du sehnst dich doch nach ihr«, sagt Jan.

Jetzt liest er schon die geheimsten Gedanken.

»Das geht dich nichts an«, sage ich.

Er lacht.

»Mach es wie Odysseus, binde dich an den Mast, damit du nicht in die Tiefe gezogen wirst, und veredle deine Süchte in hohe Kunst.«

»Ja, ja, schon gut«, sage ich und setze an der Tapisserie fort. Sie ist so gemalt, dass man sie greifen möchte und zur Seite ziehen. Wie er nur die feinen Fäden hinbekam? Ich will ihn nicht fragen, er kann antworten, wenn er will, er kennt meine Gedanken. Die ungefütterte Seite ist prominent im Vordergrund, die Rückseite der schönen Fassade, Tarnung und Enttarnung sind vertauscht, das Ocker kippt in zarte Grüntöne.

»Die waren einmal blau.«

»Ich weiß«, sage ich, »aber zu stark restauriert ist auch ruiniert.«

Hubert schreibt: »Wohnung ausgemalt, für abends Salat vorbereitet ;-).«

Wohnung ausgemalt?

Mama wundert sich über meinen neuerlichen Besuch. Vor drei Tagen das Buch, heute wegen des Episkops.

»In letzter Zeit kommst du öfter als früher«, sagt sie.

Im Fernsehen läuft gerade die Talkshow mit dem Titel »Ich will keine Lebensgefährtin, sondern Ehefrau sein«. Sie erfinden täglich neue Themen. Menschen kotzen ihre Meinungen, die sonst niemand hören will, in die Wohn- und Schlafzimmer anderer. Seit Papa nicht mehr am Leben ist, sitzt sie meist im Biedermeierfauteuil und lässt den ganzen Tag lang den Apparat laufen. Talkshows sieht sie am liebsten, eigentlich hört sie sie nur, löst nebenher Kreuzworträtsel, legt Patiencen oder telefoniert mit Freundinnen. Mir wird kaltes Schnitzel angeboten (heute von der Pflegerin gemacht, früher von unserer Haushälterin). Schnitzel war das Lieblingsessen von Papa. Wiener Schnitzel am Sonntag, mit Kartoffelsalat. Die übrig gebliebenen kalten Schnitzel gab es dann unter der Woche. Mama hält Traditionen aufrecht. Ich lehne ab und gehe hinauf, suche erst in meinem Zimmer, finde das Gerät schließlich auf dem Dachboden, neben Bildern, die sich im Laufe der Jahre angesammelt haben. Da stehen sie, in Decken gepackt, mit Karton geschützt, in Papier eingeschlagen und mit Schnüren umwickelt, die Bilder aus früheren Zeiten. Viele sollen die Russen mitgenommen haben, bevor sie abzogen, heißt es seit ich denken kann. Ich ziehe eines hervor, öffne die Schnur, schiebe ein Stück Karton zur Seite, hebe das Papier hoch. Der

Arcimboldo, den ich für Papa kopiert und ihm zu seinem fünfzigsten Geburtstag geschenkt habe. Gar nicht so schlecht für einen Dreiundzwanzigjährigen. Ich verpacke ihn wieder und stelle ihn zurück. Mit dem Episkop unter dem Arm verabschiede ich mich von Mama.

»Kommst du morgen auch?«, fragt sie.

»Kann sein, Mama.«

Die Pflegerin bitte ich, sofort anzurufen, falls sich Mamas Zustand verschlechtert.

Kurz nach zehn. Ich überquere den Ring, spaziere zwischen vereinzelt gehenden Menschen, roten Fahnen und Transparenten. Der armselige Rest eines Aufmarsches. Der wurde wohl erlaubt, weil sie ohnehin zahnlos geworden sind. Den Morgenkaffee habe ich bereits beim Bäcker getrunken, an einem Tisch vor seinem Geschäft, der jedes Jahr ab Mai aufgestellt wird, gleich ob es regnet oder die Sonne scheint. Heute scheint sie. Ich schwitze.

Der Kamera an der Wand weiche ich aus, öffne mit meiner Chipkarte die Türen und betrete unsere Werkstätten. Das Wochenende verwandelt die Räume in eine verlassene Goldgräberstadt. Türen sind offen oder angelehnt, Fenster abgedunkelt, Bilder stehen, hängen, lehnen und warten auf den nächsten Arbeitstag, Pinsel, Spachteln, Farben, Papierreste, Hobel, Dosen, Schleifmaschinen, Bohrer, Lineale liegen geordnet, hingeworfen, aufgetürmt. In der Schreibtischlade hinter den Keksschachteln finde ich den rostigen Schlüssel (ihn könnte ich auch einmal restaurieren), verstaue ihn in meiner Hosentasche und wische mir mit dem Unterarm den Schweiß von der Stirn. Die Chipkarte lässt die Tür wieder schließen. Klack-Klack-Klack. Mit dem Eisenschlüssel in der Tasche überquere ich den Innenhof und stehe vor einer weiteren Tür. Scheinwerferlicht schaltet sich ein. Mein Chip öffnet auch den Eingang zum »langen Gang«. So wird er genannt, der unterirdisch durch das gesamte Gebäude verlaufende Tunnel zu den Kellern und Lagern, die sich seitlich aufreihen. Das Licht geht an, und immer wieder von Neuem, sobald ich einen weiteren Sektor erreiche. Monitore hängen an Wänden, sie zeigen Zahlen und Diagramme. Die Kühle trocknet meine Haut. Am Ende des Ganges taucht die von mir angesteuerte Tür auf. Ich greife zum Schlüssel. Das Schloss klemmt, dann dreht es sich doch. Dunkel. Kein Licht. Die Taschenlampe des Mobiltelefons hilft, einen Schalter zu finden. Neonlicht flackert auf. Holzschränke stehen wie Särge nebeneinander, nur flach und aufrecht, Hunderte Gemälde, große, kleine, hängen auf riesigen verschiebbaren Gittern. Unsere Katakomben. Die Luftverhältnisse waren früher ohne Hightech auch nicht schlechter, denke ich. Ich schiebe einen der Gemäldesärge zur Seite, Staub lässt mich husten. Hier könnte ein geeigneter Platz für die restaurierte *Malkunst* sein, in dieser Ecke fände sie ihr neues Exil. Die Luft kennt sie, sie ähnelt dem Altausseer Tunnel. Und stößt man hier später einmal auf sie, wird man meinen, man hätte die verschollene Fleissner-Kopie entdeckt. Der Platz gegenüber passt noch besser. Ich filme die Stelle, halte das Telefon in die Luft und drehe mich um dreihundertsechzig Grad. Die Aufnahme werde ich Hubert schicken, sobald ich wieder im Freien bin. Zurück an der Tür, drehe ich das Licht ab und verschließe sie. Der Schatten, den ich auf den Boden des langen Ganges bis zur hinteren Wand werfe, verwandelt mich zum »Dritten Mann«, meine Schritte hallen dumpf wie die seinen. Den Schlüssel in der rechten Hosentasche fest umklammernd, grüße ich den Security-Mann am Ausgang und zeige meinen Ausweis. Ich kenne ihn nicht, wahrscheinlich ist er von einer Leihfirma.

»Kann ich helfen?«, fragt er.

Eigentlich will er wissen, was ich hier mache.

»Ich habe die Basisluftfeuchte und die Klimakonstanz kontrolliert. Ab und zu muss das sein.«

Meine Worte beeindrucken den Sicherheitsmann, die Begriffe klingen bedeutend.

Der Unterwelt entkommen betrete ich den Innenhof. Endlich wieder frische Luft.

Die Sonne blendet.

So könnte es klappen, denke ich und setze die Sonnenbrille auf.

Den Portier grüße ich im Vorbeigehen. Zwischen Bäumen und mächtigen Zäunen schaut das Bundeskanzleramt hervor. Er wird nichts merken und der chinesische Staatspräsident noch weniger. Beschwingt spaziere ich entlang des Rings, biege ab in den Park. Im Gras liegen Einsame und Zweisame, auf Decken oder Jacken, ein Kind läuft einem Ball nach, ein Hund hinterher. In meiner Kindheit war das Betreten des Rasens hier verboten, wie so vieles.

Es gibt auch gute Neuerungen.

Zu Mittag klingle ich an Huberts Wohnungstür mit meiner Tragtasche, in der ich das Foto der *Malkunst* und das Episkop befördere. Hubert schläft noch, Tilla öffnet im Schlafanzug.

»Kaffee steht in der Küche«, murmelt sie und verschwindet.

Ich stelle den Sack ab, setze mich, sehe ein Handy auf dem Tisch liegen, vier Eier, eine leere Schüssel, Leinöl in einem Fläschchen, Essig, ein Leinentuch. Ich öffne die kleine Flasche, halte sie hoch, sehe nach der Farbe, rieche daran. Wo hat Hubert nur ein so gutes Leinöl gefunden? Unglaublich. Er schleicht herein, barfuß, ein überlanges T-Shirt voll schwarzer Striche bedeckt seinen Oberkörper, die Haare zerzaust.

»Moin.«

»Guten Morgen. Ich war im Keller und habe die Stelle ausgesucht, wo wir das Original verstecken können. Ich habe sie auf Ihr Handy geschickt«, sage ich.

Er nimmt es vom Tisch, drückt herum.

»Ah, ja, cool. Aber gefährlich.«

»Nein. An der Stelle ist sie sicher, dort wird sie niemand finden.«

»Nicht die Stelle, den Film über das Handy zu schicken, das ist jetzt sicher schon auf einem Server. Gleich löschen und in Zukunft nichts mehr über Handy senden, und wenn, nur verschlüsselt.«

»War Ihre letzte Nachricht verschlüsselt? Wohnung ausgemalt?«

»Ja, ich wollte Ihnen sagen, dass wir schon weit sind. Aber wir werden in Zukunft besser über eine Enigma-Maschine kommunizieren.«

Dabei lacht er und hustet.

»Geraucht?«, frage ich.

»Getrunken.«

Ich nicke wissend (mein letzter Barbesuch ist noch nicht so lange her!) und starte mit der Tempera, schlage das Ei so an den Schüsselrand, dass die Schale springt. Der gesamte Inhalt ergießt sich in die Schüssel.

»Mist«, fluche ich und löse das Gelb vom Eiweiß, »sonst platzt die Farbe beim Trocknen ab.«

»Also wie Mayonnaise anrühren?«

»Oder wie Eierlikör, ohne Likör – die perfekte Eitempera.«

»Den hat meine Oma auch immer gemacht, grauslich, extrem süß.«

Nach fünf Minuten schlagen und rühren schmerzt mein Arm. Ich stecke einen Trichter in die Flaschenöffnung, lege das Leinentuch darüber und gieße die schleimige Flüssigkeit hinein.

Sie tropft.

Langsam.

Perfekt.

»Woher haben Sie das Leinöl?«

»Mein Geheimnis«, sagt er und trägt unsere Telefone aus der Küche.

Wieder zurück erklärt er, er habe es von einem alten Restaurator, einem sehr alten.

»Den müsste ich kennen.«

»Ein Russe.«

»Mafia? Dann kenne ich ihn nicht.«

Er reagiert nicht.

»Wie weit sind wir?«, frage ich.

»Malschicht abgeschliffen, Leinwand grundiert, erste Umrisse skizziert«, meldet er wie ein Soldat.

»Bravo. Und trocken?«

Er nickt.

Ich ziehe das Foto der *Malkunst* und das Episkop aus der Tasche, nehme das Fläschchen und trage alles in Huberts Zimmer. Er verdunkelt den Raum. Ich lasse das Episkop die *Malkunst* auf die Leinwand werfen und vergleiche unsere bisherigen Farbflächen und Linien. Mit ausladenden Bewegungen ergänze ich die Vorzeichnungen, die Landkarte, den Vorhang, den Fußboden. Hubert bereitet die Pigmente mit der Eitempera vor.

»Sehen Sie, Hubert? Jetzt sind wir nicht mehr die ängstlichen Restauratoren, sondern selbstsichere Maler, sonst würde man die Fälschung erkennen. Und jetzt Sie. Tragen Sie auf wie ein Impressionist.«

Hubert beginnt zögerlich.

»Wie ein Impressionist, habe ich gesagt, die Konturen nicht so genau auftragen.«

Als Fälscher werden wir von Retuscheuren zu Malern. Wir zeichnen, malen, täuschen Vergänglichkeit vor, den Nachmittag, den Abend lang, die halbe Nacht.

Er sieht mich fragend an.

»Sehr gut, kommt dem Original schon nahe. Sie werden noch ein Meister. In der Renaissance wurde ein Schüler erst zum Meister erhoben, wenn die Kopie von der Vorlage nicht zu unterscheiden war.«

Was haben Opa und Papa eigentlich mit meinen vielen Kopien, die ich für sie anfertigen musste, gemacht? Ich habe nur den Arcimboldo gefunden. Verkauft? Gute Kopien sind teuer. Viele Reiche, die ein berühmtes Bild erworben haben, hängen sich Kopien ins Wohnzimmer, während die Originale im Dunkel der Safes dahintümpeln.

»Wenn man uns hier entdeckt, werden wir verhaftet«, sage ich.

»Rechtlich kann uns doch nichts geschehen«, sagt Hubert.

»Inzwischen verurteilen die Gerichte, was sie von oben diktiert bekommen«, sage ich, obwohl ich hoffe, dass es noch nicht so weit ist. Noch nicht.

Tilla ruft uns in die Küche, sie tischt Salat und mit Ricotta gefüllte Ravioli auf, reibt Pecorino darüber. Ihre Küche sieht aus wie in einem Restaurant, denke ich. Riesige Abwasch, zwei hohe Kühlschränke, ein Plakat »Restaurant Helbig«. Hubert bemerkt das Herumschweifen meines Blicks.

»Die Küche ist die alte aus Tillas Restaurant.«

»Sie war schon zu klein geworden, ich musste eine neue einrichten«, sagt sie und schenkt Montepulciano ein.

»Helbig, wie das berühmte Auktionshaus?«, sage ich, obwohl ich es selbst hasse, wenn ich nach meinem Großvater gefragt werde.

Tilla nickt.

»Verzeihung.«

»Nein, schon gut.«

Sie beginnt zu erzählen. Eine bedrückte Stimmung glaube ich wahrzunehmen, zäh wie Dicksaft, eine übervolle Leere. In solchen Situationen stellen Menschen entweder die dummen

Fragen, die ich nicht mag, schweigen oder wechseln das Thema. Ich bin neugierig geworden und riskiere es weiter, wobei ich nicht weiß, ob es überhaupt riskant ist.

»Vor vier Jahren gab es eine Ausstellung in Berlin«, ich merke, dass ich mich irre, und korrigiere schnell, »nein, in München.«

Tilla hebt und senkt langsam den Kopf.

»Du hast noch nie erzählt, dass deine Familie im Kunsthandel tätig war«, sagt Hubert.

»Von denen lebt keiner mehr.«

Was ist es, das so bedrückend wirkt? Opa?

»Hatte mein Großvater auch mit der Arisierung des Hauses Helbig zu tun?«, frage ich fast ängstlich, auch wenn ich weiß, dass es keine Sippenhaftung gibt.

Tilla verneint, sie denke nicht. Die Nazis hätten schon seit 1933 gegen das Haus gehetzt und die Auktionen als undeutsche Art und Gebarung angeprangert. Die Familie besitze noch einige wenige Bilder von ihrer Großmutter in München.

Erleichterung.

»In München?«, sagt Hubert.

»Da war unser Stammhaus, ich habe dort nur mehr eine kleine Wohnung«, sagt sie.

»Aber in Frankfurt war auch eine Galerie Helbig«, sage ich.

»Ja, es gab mehrere Standorte.«

Ich traue mich nicht weiter zu fragen.

Hubert geht aus der Küche.

Tilla schenkt die Gläser voll.

Er setzt sich wieder an den Tisch.

»Die Farben sind fast trocken.«

»Sehr gut.«

Mehr fällt mir nicht ein.

Wir stoßen an.

»Auf eure Kopie!«

Ich hebe mir eine zweite Portion aus der Schüssel auf meinen Teller, Tilla holt eine Vanilleeisbox aus dem Kühlschrank und schenkt Kaffee in Tassen.

»Was ist aus der Galerie geworden?«, fragt Hubert.

Dank seiner Naivität durchbricht er die gedämpfte Stimmung.

»Die Firma wurde enteignet und später an einen Händler verkauft«, sagt sie, rührt die Sahne an, hebt mit einem Löffel Eis aus der Box und stellt uns Affogato auf den Tisch.

»Köstlich«, sagt Hubert.

»Schlimm, schlimm«, sage ich.

»Ja, es soll furchtbar gewesen sein, ich weiß es von meinem Vater und durch die Ausstellung. Mein Urgroßvater wollte 1939 die Galerie und das Auktionshaus noch seinem arischen Prokuristen überschreiben, das wurde aber von der Bayerischen Regierung abgelehnt, er wurde in der Pogromnacht verhaftet, niedergeschlagen und ist gestorben, mit fünfundsiebzig.«

»Sie haben ihn umgebracht.«

»Ja.«

»Die Schweine.«

Ich lasse die Nachspeise stehen, Hubert löffelt die Tasse aus, Tilla isst langsam.

»Sehen Sie, Herr Professor, deshalb hält Tilla dicht, im Gegenteil, sie freut sich, dass wir dieser Regierung eins auswischen.«

Ich nehme jetzt doch einen Löffel, das Eis ist im Kaffee zerschmolzen.

Nach weiteren zwei Gläsern Montepulciano sehe ich nach unserer Kopie. Die Farben sind staubtrocken.

Gegen Mitternacht radle ich durch die kalte, klare Luft. Der alte Helbig tut mir leid.

7. Oktober 1940

Der Führer hat das bekannte Bild der Czerninschen Galerie »Die Malkunst« des Vermeer van Delft für den Betrag von 1.650.000 RM erworben.

11. Oktober 1940

Ich lenke den neuen Steyr-Dienstwagen, das Museum hat ihn vor Kurzem zugewiesen bekommen. Schöner Wagen, gehörte zuvor einem jüdischen Industriellen. Jetzt sind endlich wir an der Reihe. Die beiden Herren im Fond – den einen kenne ich aus dem Museum, der andere dürfte von der Zentralstelle für Denkmalschutz sein – unterhalten sich über den Preis. Ein SS-Offizier sitzt neben mir, er zeigt auf den Wegweiser: Schloss Vöstenhof rechts. Wir schlängeln uns die Staubstraße hoch, ich muss runterschalten, halten vor dem verschlossenen Tor. Ein Hund bellt. Ich ziehe an der Glocke. Das Bellen wird lauter. Drehen des Türschlosses. Die Dame hält eine Dogge am Halsband, betont, wir bräuchten keine Angst zu haben, er würde nichts tun, aber das sagen sie immer und dann wird man gebissen. Der SS-Mann greift zur Revolvertasche und drückt das Tor auf. Gerne lässt sie uns nicht hinein. Die Herren ziehen einen Brief hervor. Sie führt uns in einen großen Raum, eine Mischung aus Salon und Rittersaal, an den Wänden kleine und große Gemälde, ein Hirschkopf, Geweihe, eine Kommode. Wir setzen uns in riesige Sessel, behalten die Mäntel an, nur die Hüte nehmen wir ab, der Helm bleibt auf.

Die Herren halten der Dame mehrmals den Brief hin. Sie schweigt, schüttelt nur den Kopf.

»Ich habe das Gemälde so gut wie nicht hier«, sagt sie.

»Was meinen Sie mit ›so gut wie nicht‹?«, fragt der Herr vom Denkmalschutz.

Der Vertreter des Museums sagt, man wisse vom Anwalt des

Grafen Jaromir Czernin, des Cousins des Grafen Eugen, dass das Bild wegen der Bombardements hierhergebracht worden sei.

»Ich habe weder Informationen über den Verkauf noch über die Herausgabe von meinem Schwiegersohn erhalten.«

Sie sei die Besitzerin des Schlosses, der Cousin habe über den Verkauf nicht allein zu bestimmen, und sie sei nicht willig, das Bild herauszugeben.

Der Herr vom Museum zeigt ein weiteres Papier.

»Wir müssen es umgehend nach Wien bringen, der Führer wünscht, es morgen Früh in München zu sehen.«

»Niemals ohne Bestätigung meines Schwiegersohns, des Grafen Eugen Czernin von Chudenitz oder seines Anwalts.«

»Dann warten wir, bis Sie so weit sind, es herauszugeben«, sagen die Herren.

Der SS-Mann steht auf und geht im Salon auf und ab.

Über eine Stunde warte ich nun schon.

Dann schiebt sie ein Bild hinter einem Schrank hervor. Die Männer wickeln es in die Decke, die einer aus seiner Tasche zieht. Man verabschiedet sich mit »Heil Hitler!«.

»Grüß Gott«, antwortet sie leise.

Ich hebe das Bild in den Kofferraum. Wir nehmen unsere Plätze ein. Ich starte den Wagen, er springt gleich an und surrt schön. Die Dame steht am Tor, bis sie aus meiner Sicht verschwunden ist.

Die beiden Herren flüstern.

In Wien steigen sie aus.

Ich fahre die halbe Nacht durch bis nach München.

Das Bild wird herausgehoben.

Ich übernachte im Führerbau.

Wirklich ein toller Wagen, denke ich beim Einschlafen.

Der Fernsehapparat in meinem Schlafzimmer läuft. Ich sehe eine Giraffe. Sie schlägt mit den Hinterbeinen auf einen Löwen ein, er springt sie an. Eine Giraffe sei nicht leicht zu fangen, auch für Löwen, sagt der Sprecher. Ich drehe mich auf die Seite, noch eine Runde schlafen. Polizisten springen mich an, reißen mir die falsche *Malkunst* aus den Händen, fesseln mich. Anklagebank im Volksgerichtshof. Rote Roben, der Richter schreit: »Sie sind ja ein schäbiger Lump.« Ich reiße die Bettdecke weg, sitze aufrecht. Wo bin ich? Ich schwitze und lasse mich zurückfallen. Für zehn Uhr waren wir in Huberts Wohnung verabredet. Ich springe aus dem Bett, die kalte Dusche und der Kaffee muntern mich auf.

Fünf nach elf. Tillas Küche. Gedämpftes Licht fällt durch die heruntergelassenen Rollos. Hubert gießt Tee auf, ich nehme Kaffee. Kekse stehen auf dem Tisch.

»Ich habe neue Alterungen eingefügt«, sagt Hubert und strahlt. Sein T-Shirt zieren ein Löwe und viele weiße und schwarze Flecken.

»Wischen Sie die Pinsel da hinein?«, sage ich und zeige auf seinen Bauch.

»Das geht schneller. Sie lecken die Pinsel doch auch ab.«

Er beißt in einen Keks. Ich nehme auch einen, er schmeckt ungewohnt, sehr gesund, aber auch irgendwie gut, tunke ihn in den Kaffee.

»Haben Sie das Bakelit bekommen?«

»Klaro. Wozu brauchen wir das eigentlich?«

»Es lässt die Ölfarben schneller trocknen.«

Wir tragen unsere Getränke und die Schale mit den Keksen in Huberts Zimmer, bereiten die Lösungsmittel und die Pigmente vor.

»Original?«, sage ich.

»Aus dem siebzehnten Jahrhundert?«, sagt Hubert.

»Auch von der Mafia?«

»Der ist nicht von der Mafia, er hat nur seine Beziehungen«, sagt Tilla und geht aus dem Raum.

Die Wohnung verwandelt sich in eine asiatische Fälscherfabrik.

»Ohhaaa, das zieht rein«, sagt Hubert, während er die Nase über das Lösungsmittel hält.

»Nehmen Sie die Maske. Hier.«

Ich reiche ihm den Mundschutz.

»Nein. Riecht doch super!«

Er saugt die Dämpfe noch einmal ein, dann lässt er seine eine Stereoanlage die Pink Floyd dröhnen und ruft: »Fälschen muss Spaß machen, sonst wird es nichts!«

Diese jungen Leute, nehmen unsere einstigen Idole wieder her.

»Super«, sage ich, »das war unsere Musik vor dreißig Jahren.«

»Hey you, out there in the cold«, singt er.

Tilla steht hinter uns.

»Hier riecht es ja wie in einer Autolackiererei«, schreit sie, und das muss sie, um die Musik zu übertönen.

Sie reißt die Fenster auf. Menschen winken von ihrem Balkon aus zu uns herüber.

»Achtung, die sehen, was wir hier machen«, rufe ich und werfe dem bereits erkennbaren Bildnis die Decke vom Sofa über. Hubert bleibt am Fenster stehen und winkt seinen Nachbarn mit dem Pinsel in der Hand zurück. Farbe spritzt durch den Raum, ich kann mich gerade noch rechtzeitig bücken.

»Sind Sie high?«, sage ich.

Tilla dreht leiser, schließt das Fenster, Hubert lässt sich auf das Sofa fallen.

»Wow, cool.«

Mit Humor fälschen, sonst wird es nichts. Er hat recht, wie langweilig waren die akademischen Lehrbücher für uns Kunststudenten.

Ich nehme einen der feinen Haarpinsel. Diesen werde ich später zu Hilfe nehmen, die Seidenfäden müssen glänzen, die Wollfäden lasse ich matt. Der Vorhang ist eingeschlagen, er wird schnell kopiert sein, die Innenseite ist nach außen gestülpt. Vorsicht, Clemens, was so locker aussieht, ist genauso viel Arbeit, wie wenn es die Vorderseite wäre.

Später höre ich aus der Küche das Geklapper von Geschirr, Metall an Metall, Teller. Wahrscheinlich kocht Tilla für Hubert irgendwas zum Ausnüchtern, denke ich, während ich Gelb auftrage. Hier nehmen wir einen Trick zu Hilfe, er wirkt Wunder, mit ihm geht es schneller. Später werde ich ihn Hubert zeigen.

Er verschwindet im Bad.

Als er wieder da ist und wieder er selbst, erkläre ich: »Sie malen die gelben Pigmente vor, dann setze ich mit Auripigment Lichtpunkte.«

»Auripigment habe ich nicht bekommen. Nur Königsgelb«, sagt er.

»Auch gut, das gibt es schon seit dem Altertum.«

»Dann sollten wir aber die Leinwand an der Stelle etwas beschädigen und danach wieder restaurieren, sonst fällt es bei einer Prüfung auf.«

»Ich glaube nicht, dass sich irgendjemand erlaubt, ein von mir restauriertes Bild zu prüfen. Aber wenn Sie unbedingt glauben, machen Sie das«, sage ich.

Jetzt zieht Hubert eine Maske über.

Er mischt, ich tupfe einige Lichtstellen.

»Wann doublieren wir die Kopie?«

Das Doublieren habe ich vergessen. Verdammt. Ich wende das Bild. Zum Glück ist noch genügend überschüssige Leinwand vorhanden, wie bei einer Hose, die noch Stoff unter dem Saum hat. Den Nachmittag über basteln wir am Einfügen und Verkleben.

Hubert tritt einen Schritt vom Bild zurück und legt den Kopf schief.

»Gut geworden bisher.«

»Haben Sie zufällig noch Rotwein?«, sage ich.

»Zufällig ja.«

Hubert kommt mit einer Flasche und zwei Gläsern wieder. Bis spätnachts kippen wir mehrere.

»Ich gehe noch ins Jenseits, kommen Sie mit?«, fragt er.

»Noch warte ich mit dem Jenseits.«

Über meinen Wortwitz muss ich lachen, er scheint ihn nicht zu verstehen.

»Also bis morgen …«, ich blicke auf meine Uhr, »… bis heute.«

Eine feucht-nebelige Nacht, dumpfes Licht in der Stadt.

15. Oktober 1940

Von den Strapazen noch erschöpft, sitze ich nach einigen Tagen Gefängnis nun wieder in meiner Galerie, sehe die leere Stelle an der Wand. Die Malkunst ist sicher in Vöstenhof verwahrt.

Das Telefon läutet. Der Kammerdiener übergibt mir den Hörer.

»Eugen, grüß dich, ich konnte dich nicht erreichen, wo warst du, ich hätte dich gebraucht«, sagt meine Schwiegermutter.

»Ich war inhaftiert.«

»Um Gottes willen!«

»Keine Sorge. Nach drei Tagen haben sie mich gehen lassen.«

»Gott sei Dank. Du musst wissen, es waren Männer hier, die den Vermeer abgeholt haben.«

Ich lasse mich in den Fauteuil fallen.

»Hitler habe das Bild gekauft und Jaromir habe das eingefädelt.«

Ich kann nicht sprechen.

»Eugen, bist du noch da?«

Mein Diener stellt ein Glas Cognac auf den Tisch. Ich trinke es in einem Zug aus.

»Ist es jetzt doch so weit gekommen«, sage ich, »das Denkmalamt hatte doch verlangt, dass es in Österreich verbleiben muss, und jeden Verkauf untersagt.«

»Es soll in den Führerbau nach München gebracht worden sein. Ich wollte es nicht herausgeben.«

»Da bin ich mir sicher«, sage ich, verabschiede mich und starre auf den hellen Teil der Tapete, den das wichtigste Gemälde

meiner Sammlung hinterlassen hat. Der Diener gießt weiteren Cognac in das Glas. Die Köchin kommt aufgeregt. Wir sitzen bis nach Mitternacht. Nur mehr eine Erinnerung.

Druck im Kopf, mein Bauch krampft, kurz nach neun Uhr vor der Eröffnung der großen Rubens-Ausstellung. Das von Hubert bearbeitete Porträt wurde bereits vor fünf Tagen aus seiner Werkstatt abgeholt, nun hängt es in der Galerie. Seine erste große Restaurierung in unserem Museum. Er ist aufgeregt und macht auf cool. Weite graue Schlapphose, der Stoff der Hosenbeine eingerissen, Jacke in Rostrot, rosa Hemd mit hellblauer Krawatte, rotes Stecktuch. Um zehn Uhr soll sie starten. Großer Bahnhof: Fernsehen, Radio, Presse, Minister, selbst der belgische König.

»Hallooooo!«, höre ich Hubert dumpf.

Ich nehme meine neuen Kopfhörer ab und lege den Pinsel zur Seite.

»Wow!«, sagt er.

Stolz zeige ich ihm meine ohrenumschließenden Bluetooth-Kopfhörer. Laura hat mir genau erklärt, worauf ich beim Kauf achten muss. Mindestens neun Dezibel und dreißig bis zwanzigtausend Hertz. Was das bedeutet, weiß ich nicht, sie hat es auf einen Zettel geschrieben und ich habe ihn der netten Verkäuferin übergeben. Mit einem Was-kann-ich-für-Sie-Tun lief sie mir entgegen. Das sind die coolen Geschäfte, man wird bedient und dabei noch freundlich. »Mara«, sagte ihr Namensschild, ob sie wirklich so heißt oder ob sie von der Firma einen eigenen Namen verpasst bekommen hat? Vielleicht heißt sie Ludmilla.

»Heute nicht elegant wie sonst zu besonderen Anlässen? Keine geföhnte Frisur?«

Will er mich foppen? Gehänselt werden hat mich schon in

der Schule aufgeregt, manchmal fegte ich dann wütend meine Hefte und Bücher vom Tisch, was mir einen Eintrag ins Klassenbuch einbrachte, oder vom Religionslehrer einen schwarzen Punkt. Dann lachten sie mich aus, die lieben Mitschüler (es waren immer die Buben).

»Nur weil Sie sich heute so toll gestylt haben, sollten Sie sich nicht schöner wähnen, als Sie sind. Sonst geht es Ihnen wie der Medusa«, sage ich und bin erfreut, dass mir dieser Gag eingefallen ist. Ich nehme an, er versteht ihn, aber er zuckt nur mit den Schultern.

»Wo haben Sie die alte Hose her?«, sage ich.

»Die ist neu, sehen Sie das nicht, war irre teuer.«

»Aber sie ist zerrissen.«

»Das macht sie ja teuer, sie ist auf alt gemacht.«

»Das Neue auf alt ist teurer als originales Alt?«

»Sicher! Gehen wir endlich?«

»Nein, ich habe keine Lust. Ich bin nicht passend gekleidet«, sage ich.

»Sie werden das tolle Buffet versäumen.«

»Rubens' *Haupt der Medusa* restaurieren zu müssen, hat mir den Appetit verdorben. Grauslich, die Viecher, und es war schwierig, sie wieder lebendig aussehen zu lassen. Aber Sie mögen ja diese Tiere.«

»Meinen Sie die Würmer und Schlangen, die über den Kopf und zu den Augen kriechen, oder den fischähnlichen rosa Moloch?«

Er weiß, wie er mich quälen kann.

»Vielleicht wollen Sie es noch genauer beschreiben, damit mir noch übler wird?«

»Aus dem Hals hängen die blutigen Adern des abgehackten Kopfes.«

Er schüttelt sich vor Lachen.

»Aufhören! Gehen Sie schon, und bringen Sie mir etwas vom Buffet mit.«

»Die Haut beginnt einen gelbgrauen Schimmer zu bilden, die Augen quellen hervor, die Spinnen kriechen zum geöffneten Hals …«

»Raus!«

»Entschuldigung, bei der nächsten Restaurierung retuschiere ich die Tiere. Versprochen!«

»Eine nächste wird es nicht geben, Hubert, da werden wir gekündigt sein.«

»Dann nennen wir unser Projekt ab nun ›Illusionieren‹«, flüstert er und lässt die Tür zufallen.

Es ist ja keine Fälschung, sondern eine Reproduktion, aber Illusion ist noch besser! Wie Trompe-l'Œil. Wir fälschen den Begriff Fälschung und dann ist sie keine mehr. »Maggi« war auch eine Reproduktion, keine originale Suppe mehr, nur billige Würfel, die Illusion einer Suppe.

»Ich bleibe hier bei dir«, sage ich erfreut über meine Erkenntnis und schiebe den Stuhl näher zu Jan.

»Ich habe Rubens noch gekannt. Er war viel älter als ich, war mit einer jungen Frau zusammen. Das hat ihm auch nichts genützt, die Malerei war trotzdem altmodisch.«

»Nicht einmal nach dem Tod endet die Konkurrenz unter euch Künstlern«, antworte ich ihm und nehme Ölfarbe, um die blaugrüne Draperie weiter zu bearbeiten.

Mit groben Pinseln muss Jan hier gemalt haben, die Pinselstriche sind deutlich zu sehen. Näher ran. Die groben waren früher wahrscheinlich auch billiger als die feinen mit Marderhaar. Das hätte Herrn Magister Stöckl gefallen. Borstenpinsel? Mit ihnen pointillierte er die Lichtreflexionen. Aber mit solchen kann ich das nicht retuschieren, hier muss ich tricksen, ich bleibe bei Marderhaar.

Es klopft und schon steht Erika aufgeregt neben mir.

»Beeil dich, gleich beginnen die Reden des Bundespräsidenten und des Kanzlers. Des Königs. Du musst neben mir sitzen.«

»Danke für die Einladung, aber diesen Quatsch will ich nicht hören. Außerdem muss ich schneller arbeiten. Das wollt ihr doch alle von mir.«

»Du bist genauso stur wie früher.«

Ohne ein weiteres Wort rauscht sie ab.

Goldrichtig, dass wir unsere Illusion mehrschichtig grundiert haben. Die letzten Malschichten müssten nun auch trocken sein und durchscheinen.

Ich zittere vor Freude.

Ruhig bleiben, Clemens.

»Jan, die vielen Farbschichten, die großen Flächen hast du so lebendig geschafft. Wahnsinn, die Spiegelungen am Kronleuchter, das Erspüren-Lassen der Stoffe, der Metalle. Das bekomme ich mit einer Illusion nicht so hin.«

»Mach kein Drama, deine Kopie wird gut genug, außerdem kommt sie doch hinter Glas.«

Gut genug. Jan hat recht. Ich sei als Vater gut genug, das sagte auch der Psychologe, den ich nach der Scheidung aufgesucht habe. Die Angst, Laura würde darunter leiden, hat mich zu ihm geführt. »Stellen Sie sich vor, Sie hätten sich so perfekt präsentiert wie Ihr Vater und Ihr Großvater«, meinte er.

Ich lecke den Pinsel ab. Ölfarbe. Ich springe auf, spüle mit Wasser den Mund aus und spucke den Schleim ins Waschbecken. Den öligen Geschmack vertreibe ich mit Schokokeksen und dem kalt gewordenen Morgenkaffee.

Braun mit etwas Schwarz mischen. Tiefbraun. Ein Kompromiss, der die Farben noch mehr verunreinigt. »Man muss Kompromisse schließen können«, soll auch einer von Opas Standardsprüchen gewesen sein. Er hat sich mehrmals umgefärbt, von schwarz rechts außen zu braun und zurück zu braunschwarz, je nach Bedarf. Die Braunen wollten ihn, weil er schon als junger Kunsthistoriker eine große Nummer gewesen sein soll, und er wollte sie. Tauschgeschäfte. Nach dem Krieg haben sie alle zusammengehalten und sich gegenseitig freigesprochen, die Kunsthistoriker. Als Enkel mussten wir uns alleine durch den Nebel der Vergangenheit schlagen, den sie über alles ausgebreitet haben, und es ist noch lange nicht alles gehoben.

Ich mische ein wenig Gelb dazu, die Grüntöne sind mit der Zeit blau geworden.

Jetzt noch mit feinen Strichen schließen.

Ich setze mich an den Schreibtisch, lege den Kopf auf Arm und Tischplatte, atme aus, fliege, »grandios, die vielen Vermeers«, sagt ein Besucher meiner Ausstellung. Zwischen falschen Vermeers hängen echte Hartmanns. »Clemens Hartmann ist Vermeer«, steht fett auf einem Plakat. Ansprachen. Applaus. Interviews. Mama fürchtet, meine Kunst sei modern, sie fragt: »Hast du gegessen? Frischen Kartoffelsalat?«

Kaffeeduft.

Vor mir stehen frischer Kaffee und ein Teller mit Sacher-, Linzer-, Nuss-, Punschtorten, Petits Fours, Apfelstreuselkuchen (mein Liebling!).

»Man hat Sie vermisst«, sagt Hubert.

Ich streiche mir die zerzausten Haare glatt, richte mich zurecht, stehe auf und strecke mich.

»Danke«, sage ich gähnend. »Und wie war es?«

»Eine Jahrhundertausstellung, sagt man.«

»Und Ihr Bild mittendrin. Gratuliere!«

»Gut, dass Sie mir ein Porträt gegeben haben, die prallen Körper wären nicht so meines gewesen.«

»Gefallen Ihnen die Rubensfrauen nicht?«

»Ihnen doch auch nicht.«

»Solche Fülle war damals modern.«

»Die Glücklichen konnten essen, so viel sie wollten.«

»Und die Männer liebten die Formen.«

Mit dem Berg von Kuchen und dem Kaffeeduft könnte meine Werkstatt als Jausenstation durchgehen. Ich hole einen kleinen Teller aus dem Schrank und setze mich mit einem Stück Apfelstreuselkuchen zur Arbeit. Der Berg voller Süßigkeiten findet zwischen den Farbtuben Platz. Jan sitzt auf einem Polster, der braucht noch etwas Ölfarbe. Unter dem Teller finde ich den feinen Haarpinsel.

Nach einem heftigen Klopfen höre ich Frau Leichtfried und Frau Karl.

»Wo waren Sie?«

»Ich nutze jede Minute, um fertig zu werden«, sage ich.

Frau Leichtfried stellt sich neben die Leinwand und beobachtet mich.

»Sie restaurieren ab nun schneller, Herr Professor, habe ich gehört, nicht wahr?«

Ich reagiere nicht.

»Herr Kniebacher meint, wenn Sie es als unser Chef können, dann werden wir doch auch schneller arbeiten können«, sagt Frau Karl.

Verdammt! Von ihm kommt das jetzt auch. Er wird sich noch wundern. Nur weil eine Aktie zweistellig zugelegt hat, heißt es nicht, dass es sich um ein gutes Investment handelt.

Hubert bietet ihnen Süßes an.

Frau Leichtfried lehnt mit »Danke, ich hatte reichlich« ab, Frau Karl legt eine Hand auf ihren flachen Bauch und deutet an, er sei voll. Kaffee wollen beide. Hubert schenkt ein.

»Stellen Sie sich vor, Herr Professor«, sagt Frau Leichtfried,

»gestern hat Herr Magister Stöckl zu mir gesagt: Sie arbeiten seit zwanzig Jahren hier, die Zeiten ändern sich, bald brauchen wir Sie nicht mehr, jetzt kommen die Computer.«

Wohl dem, der sich durch schwankende Kurse nicht aus der Ruhe bringen lässt.

»Die Roboter werden unsere Arbeiten übernehmen.«

»Man operiert heute ja auch schon ohne Anwesenheit des Arztes.«

Mit »Der steht aber vor einem Computer und führt einen Stick oder eine Maus, oder was auch immer. So schnell können sie uns nicht ersetzen« versuche ich sie zu beruhigen, obwohl mich das Bild schreckt. Muss ich in Zukunft mit einer Maus in der Hand retuschieren?

Ich kontrolliere den Farbauftrag.

»Meine Damen, so heiß wird bei uns nicht gegessen«, sagt Hubert, nimmt das Stück Linzer Torte und schiebt es sich so in den Mund, dass Brösel auf den Boden fallen.

Hat Hubert den blöden Spruch übernommen? Er irrt jedenfalls, es wird brandheiß, sie wissen es nur noch nicht.

»Jetzt haben Sie die ganze Linzer Torte aufgegessen. Meine Lieblingstorte!«, raunzt Frau Karl.

Jetzt will sie doch essen?

Sitzend fahre ich mit meinem Hocker zum Schreibtisch, bremse, schiebe den noch ziemlich vollen Teller den Damen entgegen, steuere wieder zurück zur Staffelei.

»Nehmen Sie doch etwas nach Hause mit.«

Damit hoffe ich auf ein baldiges Beenden des Stilllebens mit Torten. Die Damen verstehen den Wink.

»Nein, danke«, sagt Frau Karl, blickt zu Frau Leichtfried, dann wickelt sie doch alle Petits Fours in eine Serviette ein. Wohl für ihre kleine Heimat, denke ich.

An der Türschwelle sagt Frau Leichtfried: »Wahrscheinlich

haben Sie ein Geheimnis, wie Sie das schnellere Retuschieren schaffen und trotzdem die Qualität erhalten können. Nur wollen Sie es uns nicht verraten.«

Sie ist zweideutig wie unsere falsche *Malkunst.*

Nachdem die Tür von außen geschlossen ist, frage ich Hubert: »Ahnt sie etwas, oder glaubt sie etwas zu wissen?«

»Beides vielleicht. Sie scheint nicht puritanisch zu sein, sie trägt eine gefälschte Hermès-Tasche.«

Hätte ich nie erkannt.

Führerbau, München, Oktober 1940

Nachmittag. Mächtige Türen gehen auf und zu, Tische stehen exakt im rechten Winkel zueinander, lederne Sessel stehen bereit. Ich stelle Cognac und Wasser auf den Couchtisch. Seit einer Stunde bereiten die Kunsthistoriker Doktor Hans Posse und Doktor Norbert Hartmann die Präsentation vor. Sie öffnen Mappen mit Fotos von erworbenen Gemälden und solchen, die es noch werden sollen. Wir warten. Nervosität breitet sich aus.

Um sechzehn Uhr fünfzehn reißen die beiden Uniformierten und ich die Arme hoch, die meterhohen Flügeltüren sind aufgegangen. Posse und Hartmann springen auf. Alle im Raum außer IHM zeigen mit ihren rechten Armen und flacher Hand zur Decke, Posse knallt die Absätze zusammen, er ist im Großen Krieg Offizier gewesen. Der Führer winkelt kurz den Arm ab, lässt den Mantel von der Schulter fallen, von seinem Adjutanten auffangen, der übergibt ihn mir. Ich bin stolz, nicht nur den Mantel, sondern auch des Führers Schirmkappe tragen und auf den Kleiderständer hängen zu dürfen. Die beiden Herren senken die Arme und verbeugen sich. Die Soldaten gehen wieder ihrer Aufgabe nach, bewachen die Türen mit durchgedrücktem Rücken, das Kinn frei, der Blick in die Ferne.

»Meine Herren«, sagt Hitler.

Der Führer nimmt Platz, er will wissen, wie weit der Bestand für das Führermuseum gediehen ist.

»Es geht zügig voran, mein Führer«, sagt Posse, »Sammlungen aus dem gesamten Reich, aus Frankreich, aus Polen sind sichergestellt.«

»Die Wiener Sammlung Rothschild ist auch bereits hier«, sagt Hartmann.

»Endlich! Wie lange habe ich schon die Rothschildsammlungen verlangt, geredet und geredet.«

Der Führer spricht leise, Posse wendet sein linkes Ohr in Hitlers Richtung.

»Reichsleiter Bormann wird Ihnen noch heute Abend über den Stand der volks- und staatsfeindlichen Vermögen berichten«, sagt er.

Ob sich der Schirach noch querstellt und alles in Wien behalten will, fragt der Führer.

»Wir verhandeln mit ihm«, sagt Hartmann, »er ist erbost, weil Vermeers ›Die Malkunst‹ nicht mehr in Wien ist.«

Hartmann deutet dabei auf das Bild, es steht gegenüber auf einer Staffelei, bereit zur Besichtigung durch den Führer.

»Wunderbar!«, sagt er und erklärt, dass Seyß-Inquart dem Schirach einen anderen, neu entdeckten Vermeer schenken wird.

»Ich darf Ihnen gratulieren, mein Führer, mit dem Führervorbehalt haben Sie alle Konkurrenten beim Kauf des Vermeer ausgeschaltet«, sagt Posse.

»Sogar den Reemtsma«, pflichtet Hartmann bei.

Hitler, Posse und Hartmann lachen.

Ich schenke Cognac ein, der Führer trinkt Wasser, möchte eine Kleinigkeit essen. Ich laufe aus dem Raum, komme nach wenigen Minuten mit einem vollen Teller zurück.

»Ich habe sie aus Wien mitgebracht«, sagt Hartmann.

Hitler beißt ab, tunkt die andere Hälfte in den Senf und rührt darin herum.

»Endlich wieder echte Sacherwürstel.«

Zufrieden nimmt der Führer die Skulptur in die Hand, die in der Mitte des Tisches steht, und lehnt sich zurück.

»Sie ist aus der Sammlung Bondy, wir konnten sie komplett

übernehmen, wunderbare Stücke. Ich habe Ihnen dieses zur Ansicht aufgestellt«, sagt Hartmann.

Der Führer springt auf, stellt die Figur auf den Tisch und verschwindet hinter einer Tapetentür.

»Wir müssen ihm endlich den Vermeer zeigen«, meint Hartmann, nimmt eine Zigarette aus seinem Etui und führt sie zum Mund.

»Lassen Sie das, der Führer hasst Raucher.«

Hartmann legt die Zigarette zurück.

»Was sucht der Führer hinter der Wand?«

»Es ist sein privates Bad«, sagt Posse.

Die Tapetentür wird wieder geöffnet. Jetzt wünscht Hitler den neuen Vermeer zu sehen. Die Herren Hartmann und Posse stellen sich vor das Bild, ziehen Handschuhe über und heben das Gemälde hoch.

»Wunderbar«, schwärmt Hitler.

Er hüpft in die Höhe, hebt kurz einen der bestiefelten Unterschenkel bis auf Kniehöhe, biegt ihn ab, stellt ihn wieder stramm, der Steinboden gibt einen dumpfen Ton von sich.

Alle setzen sich zurück zum Couchtisch.

Mein Dienst dauert, bis der Führer abreist.

Ist so der Traum von heute Nacht zu verstehen? Das Steuer abgeben und an den sensiblen Stellen nicht zu schnell arbeiten? Ich sitze im Auto, auf dem Rücksitz eine Schachtel, am Lenkrad sitzt Mama, wir rasen bergab, durch Kurven, fliegen beinahe heraus. Was ist in der Schachtel? Geöffnet sehe ich darin einen Hasen hocken, er sieht mich an, ich höre ein Quietschen. Wir schleudern. Dann war ich wach.

Kurz nach neun bin ich im Museum angekommen und sitze nun vor der *Malkunst.*

Hubert könnte öfter ohne mich an der Kopie weiterarbeiten und sich an der Clio beweisen. Nein, dieses zarte Gesicht, diese feine und durchscheinende Haut kann ich ihm nicht allein überlassen, auch wenn er den Rubens vortrefflich retuschiert hat. Er soll einstweilen den Fußboden fertigstellen. Die Farben müssen stimmen, mischen kann er wie kein anderer.

Ich eröffne ihm meinen Wunsch, er hüpft und ruft: »Ich darf, ich darf!«

»Ruhe! Hören Sie auf! Sie dürfen das nur, weil wir mit der Kopie schneller fertig werden müssen.«

Das war jetzt nicht nett von dir, Clemens.

Mit »Sie sind der Meister des Mischens« mache ich es wieder gut.

Sein Gesicht hellt sich auf.

»Fahren Sie nach Hause und arbeiten Sie an unserer Kopie weiter. Ich komme am Abend nach.«

Das Museumstelefon läutet. Erika. Sie will in einer Stunde vorbeikommen.

»Allein oder mit Kniebacher?«, frage ich.

»Allein.«

Um vierzehn Uhr öffnet sie die Tür.

»Die tägliche Kontrolle?«, frage ich.

Ich werfe einen Blick zur Seite, sie nimmt am Schreibtisch Platz. Drehe ich mich zu ihr, sieht sie zur Decke, drehe ich mich zum Bild, habe ich das Gefühl, sie beobachtet mich.

»Es sieht aber nicht so aus, als würde die *Malkunst* rechtzeitig fertig werden, da sind noch so viele Stellen unbearbeitet«, sagt sie.

Ignorieren? Thema wechseln? Schweigen? Den Empörten spielen? Schließlich entscheide ich mich für: »Das sieht nur so aus, kurz vor einer Premiere glaubt man auch, das Stück wird nie fertig, dann die Premiere – alles ist wunderbar.«

»Aber nicht beim Restaurieren, da kann man das schon abschätzen.«

Ich spiele den Konzentrierten.

»Clemens? Hörst du mich? Hallo!«, ruft sie.

»Du wirst sehen, der Kanzler wird zufrieden sein. Vertrau mir«, sage ich.

Überhören hat auch nicht geklappt.

»Das tu ich, Clemens. Du wirst es schon schaffen mit deinem angeblich so neuen Verfahren, von dem auch schon deine Kolleginnen erzählen. Magst du mir deine so innovative Technik verraten?«

»Ich habe sie in den letzten Monaten nach jahrelanger Forschung entwickelt, ich muss sie nur noch ausformulieren.«

Wenn alles vorbei ist, wird meine Methode vergessen sein. Odysseus hat auch fleißig gelogen und wurde dafür als Held gefeiert.

»Also gut«, sagt sie, »du wirst es auf deine Weise lösen. Ich tu so, als wüsste ich von nichts.«

So, als wüsste sie von nichts? Wieder lächelt sie, wie schon mehrmals zuvor. Sie kann nicht wissen, was wir vorhaben, aber sie könnte ahnen, dass etwas im Busch ist. Vielleicht sollte ich sie doch einweihen?

Noch nicht.

»Wechseln wir das Thema«, sagt Erika, »Laura hat mich interviewt.«

»Wozu?«

»Über deinen Großvater.«

Jetzt kommt dieses Thema auch noch hoch.

»Was will sie mit meinem Großvater?«, sage ich.

»Sie schreibt doch diese Arbeit zur NS-Provenienzforschung, und da spielt er ja nicht nur als kompetenter Kunsthistoriker mit, sondern sowohl als Aufdecker von Fälschungen als auch als Fälscher. Sie möchte die vielen Vernebelungen um ihn und um all die anderen zwischen 1938 und 1965 auflösen. Ich finde das toll von ihr, wir haben das Thema in unserer Jugend ja wirklich nur gestreift.«

»Ja, toll, wunderbar. Mich will sie auch befragen.«

»Du scheinst nicht so begeistert zu sein.«

»Mir ist einiges zu viel in letzter Zeit. Die Vergangenheit kommt immer öfter hoch, die *Malkunst* schneller kop… restaurieren, die Arbeitsveränderungen hier im Haus, Mama geht es nicht so gut, Jan spricht. Was noch alles?«

»Wer spricht?«

»Hubert, meine ich, er braucht auch Führung.«

»Also gut. Ich lasse dich jetzt mit deiner neuen Methode«, sagt sie, »das Wichtigste ist, dass du den Termin halten kannst. Wir sehen uns.«

Ich würde lieber gleich zu Hubert fahren und an unserer Illusion weitermalen, nein, die Arbeit jetzt schon zu beenden fiele auf, Kniebacher wird bereits seine Spitzel auf mich angesetzt haben, um zu kontrollieren, wie Erika oder Frau Karl, Frau Leichtfried, ob ich auch schnell genug arbeite und pünktlich das restaurierte Bild abliefern werde. Herr Müntzner hat am Vormittag verdächtig viele Fotos geschossen, was er wirklich fotografiert hat, kann ich nicht sagen, ständig war er in der Nähe.

Eine Tonne muss her, nicht zu groß, aus Metall, und ohne Henkel. Ich finde sie im Internet. Nur ein Händler hat sie im Angebot.

»Sie haben Glück«, sagt der Verkäufer am Telefon, »gerade hereinbekommen.«

Im Geschäft bitte ich um ein Maßband, messe den Umfang. Der Verkäufer scheint sich zu wundern, sieht mir gespannt zu.

»Sie haben einen großen Garten?«, fragt er.

Wieso? Ach, so.

»Ja«, sage ich, »sie ist für das Laub.«

»Das ist aber eine Regentonne. Für das Laub haben wir eine aus Leichtplastik.«

»Richtig, natürlich, ich nehme sie als Mülltonne.«

Ich zahle. Der Verkäufer öffnet mir die Tür. Vor dem Geschäft stelle ich sie ab und rufe ein Kombi-Taxi. Der Fahrer des alten Mercedes fährt mich zu meinem Auto, ohne zu sprechen. Er bekommt ein extra hohes Trinkgeld in der Hoffnung, er würde dichthalten, wenn ihn die Kriminalpolizei fragen sollte; obwohl sie ja als Mülltonne für meine Küche durchgehen könnte.

»Danke, stimmt schon«, sage ich und setze lächelnd nach: »Mülltonne!«

Aber ihn scheint das nicht zu interessieren, er nimmt das Geld und fährt ab. Ich schiebe sie auf den Rücksitz meines kleinen Peugeot.

Wir haben noch vier Tage.

Ein Parkplatz vor dem Haus.

Durch die Gegensprechanlage rauscht Tilla.

»Hubert ist noch nicht zu Hause.«

Die Haustür springt trotzdem auf. Ich kämpfe mich, die Tonne an meine Hüfte gepresst, die Treppe hoch, zu zweit passen wir nicht in den zwischen den Stiegen eingezwängten Aufzug. Ich stelle sie im zweiten Stock schwitzend ab. Endlich stoße ich in den dritten Stock vor. In Wien ist der dritte Stock nicht immer der dritte. Parterre, Hochparterre, Mezzanin, erster, zweiter, und dann erst der dritte, macht fünf.

»Hätten Sie doch etwas gesagt, ich hätte geholfen«, sagt Tilla.

»Kein Problem.« (Gelogen, Clemens, natürlich war das ein Problem, aber bei dir zu Hause wurde nicht geklagt, schon gar nicht um Hilfe gebeten.)

»Solche Tonnen haben wir als Mülleimer im Restaurant«, sagt sie.

»Macht nichts«, antworte ich (auch gelogen).

Sie stellt Kaffee neben die Staffelei. Ich sitze und fühle mich schlapp. Meine Kondition ist auf dem Nullpunkt, die Energie eine Bergbahn, die ins Tal rast. Sechs Wochen keine Bewegung, nur sitzen, restaurieren, fälschen, schummeln, jetzt das Schleppen der Tonne. Was ist Original, was Reproduktion? Ich denke an Opa. Vielleicht wäre er stolz auf mich, oder er hielte es für einen unverzeihlichen Fehler, den Führer zu belügen. Clemens, bremse dich ein, sonst rast die Bergbahn noch schneller.

Ich kontrolliere unsere *Malkunst*.

Hubert steht auf einmal neben mir.

»Klasse, sie sieht aus wie neu«, sagt er und zeigt auf das Bild.

»Zu neu«, sage ich, »das ist ja das Problem.«

»Haben Sie den Humor im Museum abgegeben? Endlich reparieren wir nicht immer nur Altes, sondern machen etwas Eigenes.«

»Was soll davon etwas Eigenes sein?«

»Nothing is original. Mit ihr schaffen wir eine neue Wirklichkeit.«

»Das ist bloß nachgemachtes Altes.«

»Aber heute neu produziert. Wir malen etwas Aktuelles hinein, okay, so schaffen wir im Jetzt eine neue Qualität. Viele Künstler haben die *Malkunst* zu Hilfe genommen und eigene Varianten gemalt.«

Spinnt er? Was soll ich Neues hineinmalen, ohne dass es auffällt? Altes mit Neuem nebeneinander, auch das war in meiner Familie verboten. Und alles, was jünger war als Altdeutsch sowieso. Als mich Papa in meiner Wohnung besuchte, er kam ein einziges Mal, war er empört. Ein Bauhaus-Stuhl in der Nähe einer Jugendstilkommode.

»Wir malen ein Handy. Oder wir setzen dem Maler Kopfhörer auf«, sagt Hubert, »wir müssen kreativ sein, der Kreative stiehlt und täuscht, der Handwerker kopiert nur.«

Das meint er jetzt nicht ernst. Ich versuche einen strafenden Blick.

»Oder eine Variante der Maske«, sagt Hubert.

Die Maske könnte passen, das wäre unauffällig, sie liegt schräg und schaut zur Decke. Aber wen abbilden?

»Nehmen Sie Ihr Gesicht, Sie sehen der Maske ohnehin ähnlich.«

Die Idee gefällt mir irgendwie. Die Bergbahn fährt wieder hinauf.

Ich gebe Hubert mein Mobiltelefon, lege mich auf sein Bett und bitte ihn um ein Foto meines Gesichts. Er lässt mich mehrmals die Position wechseln. Passt. So gefalle ich mir.

Hubert lehnt das Handy an die Staffelei und beginnt, die Umrisse meines Gesichts auf das Bild zu übertragen.

Eine Stunde später sehe ich meine Totenmaske auf dem Tisch in Jans Atelier liegen. Jetzt nicht ans Sterben denken, Clemens. Die Farbe ist frisch. Mit dem Föhn trockne ich. Dann nimmt Hubert die Kopie von der Staffelei und die lose befestigte Leinwand vom Rahmen ab. Wir tragen sie in die Küche. Die Tonne nehmen wir mit. Auf dem Weg schrecke ich zusammen. Ich hatte nur den Umfang gemessen, nicht ihren Durchmesser. Passt sie ins Backrohr?

»Es geht sich knapp aus, es ist doch eine Profiküche, ich habe schon abgemessen.«

Hubert hat meinen Schreck richtig interpretiert.

»Sie sind großartig. Mir ist das Herz in die Hose gerutscht.«

»Perfekt«, sagt er, nachdem er ihren Durchmesser mit der Öffnung des Backrohres verglichen hat.

Er dreht den Regler auf zweihundert Grad, ich stelle die Zeituhr auf fünf Minuten. Dann spannen wir die Leinwand um die Tonne, langsam, damit die Farbe nicht absplittert. Einige Sprünge lassen wir geschehen, sie helfen der Echtheit.

Jetzt warten, bis die Temperatur erreicht ist.

Ab in den Ofen.

Ich bin die Hexe.

Schließen.

Abwechselnd schauen wir ins Rohr.

Das Bild brät vor sich hin.

Ding Dong.

Jetzt drehen.

Noch sieben Minuten.

In der Zwischenzeit räumen wir die Tiefkühltruhe leer und verstauen so viele Lebensmittel wie möglich im Kühlschrank. Zum Glück ist wenig in der Truhe. Ich kontrolliere noch einmal den Zustand des Bildes. Die zwölf Minuten waren richtig geschätzt. Wir nehmen Geschirrtücher, umwickeln unsere Hände und heben die Tonne aus dem Ofen.

»Perfekt«, sage ich, wir klatschen unsere Hände aneinander wie bei einem Schuhplattlertanz, »jetzt die Schockkühlung. So bekommen wir schöne Sprünge, realistische Craquelés. Die Risse verstärke ich später, mit schwarzer Tusche.«

»Lassen wir die Leinwand besser noch auskühlen«, sagt Hubert, »das Kondenswasser könnte schaden.«

»Sie haben recht. Toll. Hubert, an Ihnen ist ein Fälscher verloren gegangen.«

Die Tonne mit unserer Kopie legen wir der Länge nach in Truhe.

»Kochen und Fälschen haben viel miteinander zu tun«, sagt Tilla, »gute Grundmaterialien, passende Zutaten und Temperaturen, richtiger Rhythmus.«

Sie stellt uns belegte Brote auf den Tisch, bietet uns Wein an.

»Vielleicht lerne ich so doch noch das Kochen«, sage ich.

»Aber, wieso das Bild kühlen?«, fragt sie.

»Das macht schöne Sprünge«, sage ich.

»Schnelles Kühlen kann Leben retten«, sagt Hubert, »Walt Disney hat sich auch einfrieren lassen.«

»Das hat ihn bis jetzt aber nicht gerettet.«

Wir stoßen mit unseren Weingläsern an.

Nach dreißig Minuten wecken wir unsere Kopie aus dem künstlichen Tiefschlaf und lösen die leicht angefrorene Leinwand von der Tonne ab. Die falsche *Malkunst* liegt ausgebreitet auf dem abgeräumten Küchentisch. Gemüse, Vanilleeis, Hühner, Wild und Rindfleisch wandern zurück in die Kühltruhe.

»Wow, sie sieht dem Original schon verblüffend ähnlich«, sagt Hubert.

»Steif wie in Totenstarre. Und noch etwas zu frisch«, sage ich. Während sie sich vom Schock erholt, trinken wir Rotwein und warten, dass sie sich auf dem Küchentisch langsam flachlegt.

Vorsichtig spannen wir sie zurück über den Rahmen. Jetzt Risse und Sprünge verstärken, braunen Firnis, das gibt Alter, mit schwarzer Tusche das Craquelé ziehen, am Keilrahmen Stellen abfeilen, schleifen, die inneren Ecken kitten.

Hubert bereitet die Imitation der Rückseite vor, Fotos helfen ihm.

»Nicht zu viele Zahlen schreiben und Pickerl ankleben«, warne ich, »das hat Beltracchi auffliegen lassen. Passt auch das Bild, verrät oft der Rahmen die Lüge. Aber auf die Rückseite unseres Bildes wird ohnehin niemand schauen.«

Auf ein Blatt Papier schreibe ich: KOPIE, ERSTELLT VON CLEMENS HARTMANN 2022 (Hubert nenne ich nicht. Wird sie gefunden, soll man mich alleine verantwortlich machen). Ich falte es so zusammen, dass ich es zwischen Keilrahmen und Bildrückseite verstecken kann. Es soll der Beweis sein, dass ich nur getürkt habe und nicht gefälscht.

10.10.1940
Martin Bormann an Architekt Reger

Wie ich schon sagte, wünscht der Führer, dass der Vermeer in einem Panzerschrank im Luftschutzkeller untergebracht wird. Als geeigneten Panzerschrank sieht der Führer jene Ausführung, die der Reichsschatzmeister bei seinen Karteikästen verwandt hat, an; vielleicht kann uns also sogar der Herr Reichsschatzmeister einen dieser Panzerschränke – ohne Einbau – zur Verfügung stellen.

Zehn nach neun. Der Kaffee gluckst vor sich hin. Rauschen im Kopf, verschwommenes Sehen. Schon vor einigen Tagen ist mein Schwindel heftiger geworden, ich schlafe unruhig, kann kaum den Pinsel halten. Bisher habe ich meinen Zustand vor allen verbergen können.

Und morgen der Festakt.

Ich lege den Kopf in die Hände und stütze mich auf der Schreibtischplatte ab. Clemens, du wolltest es ihnen zeigen, den selbstsüchtigen Zwergen, die sich als Riesen aufspielen und sich alles einverleiben, was ihrer Selbstgefälligkeit dient, und hattest doch beschlossen, das Gemälde davor zu schützen, von ihnen entwertet zu werden. Jetzt bleib nicht auf halbem Weg stehen.

Ich schleppe mich zur Tür, hänge ein von mir zittrig gemaltes Schild über die äußere Schnalle, BITTE NICHT STÖREN! KOMPLIZIERTE UND DRINGENDE RESTAURIERUNG!, sperre von innen ab und ziehe den Vorhang zu.

Unsere falsche *Malkunst* liegt mit dem Gesicht nach unten auf dem Arbeitstisch. Zeitig in der Früh, kurz vor Eintreffen der Kolleginnen, hat sie Hubert ins Museum geschafft. Etwas hereinzubefördern ist leichter als etwas hinauszubekommen. Wir bringen oft Leinen, neue und alte Rahmen, billige Ware zur Begutachtung, Werkzeug, was auch immer, ins Museum, vieles wird uns geliefert. Ich hatte ihm gestern Abend beim Verabschieden noch den Ersatzschlüssel für meine Werkstatt übergeben. In einer großen Zeichenmappe versteckt schleuste er sie vorbei am Portier ins Gebäude.

Ich stelle unser Werk auf die Staffelei. Es müssen ihm noch

mehr Narben und kleine Schnitte zugefügt werden, damit es echt wirkt. Fügen Sie immer einen kleinen Fehler ein, sonst sind die Kunden unzufrieden, sie wollen nörgeln, lautete ein Ratschlag meines Lehrers. Mit der Rasierklinge schneide ich kleine Risse, kratze etwas Farbe ab, übermale die Stelle, da und dort ein Tupfen, ziehe einen Strich. »2.8.« schreibe ich winzig klein mit Bleistift auf den Keilrahmen. Noch einmal der Föhn, dann kontrolliere ich die Farben. Staubtrocken und hart. Ich stelle die falsche neben die echte *Malkunst.*

»Nicht schlecht, mein Zwilling, die Maske ist aber nicht perfekt.«

»Die soll mich darstellen.«

»Das sieht dir ähnlich!«

Die *Malkunst* hülle ich in Seidenpapier, schlage sie in eine Luftpolsterfolie ein und lege eine dünne Leinendecke darüber, nichts soll durchscheinen. Dann schnüre ich zu.

»Nicht so eng«, höre ich wieder Jans Stimme.

»Es ist ja nur für ein paar Tage«, flüstere ich und verstecke das besondere Paket zwischen Wand und Schrank. Ich rufe Hubert per WhatsApp zu mir, sperre leise auf und, sobald er im Raum ist, schnell wieder zu. Unsere Kopie heben wir in den von den Tischlern restaurierten Rahmen und legen die Glasscheibe darüber. Hubert fotografiert unser Werk.

Um zwei Uhr wird unsere Fälschung als Original von einer auf Kunst spezialisierten Spedition abgeholt und in einem gepanzerten Wagen, begleitet von einer Polizeieskorte, in das fünfhundert Meter entfernte Kanzleramt gebracht. Was für ein Auftrieb. Es wird hinter dem Schreibtisch des Kanzlers in passender Höhe hängen, um dem davor stehenden oder sitzenden Politiker einen eindrucksvollen Hintergrund zu bieten, nicht zu hoch, ein wenig über dem Kopf, und nicht zu tief, damit das Gemälde nicht von seinem Körper verdeckt wird.

Die Halterungen und Sicherungen wurden, so hat man mir berichtet, genau nach seinen Abmessungen, stehend und sitzend, bereits angebracht, sodass ihm das Bild in jeder Position ein bedeutendes Gewicht verleiht. Die Hängung, das Klimagerät und den Alarm sollte ich laut Herrn Kniebacher gemeinsam mit Feuerwehr und Polizei kontrollieren. Ich hatte eine komplizierte und hochempfindliche Alarmanlage ausgesucht, eine nähere Betrachtung des Bildes ist damit beinahe unmöglich.

Vier Uhr. Ich fahre nach Hause. Transport und Hängung sind erledigt. Hubert hat geholfen, mich von Fragen abzuschirmen, und antwortete ohne Inhalt. Das muss man können. Viel reden, ohne etwas zu sagen. Das werde ich für meine morgige Ansprache verwenden.

Mit einem Glas Rotwein beginne ich, meine Rede zu entwerfen.

Sehr geehrter Herr Bundeskanzler, sehr geehrter Herr Bundesminister, sehr geehrte D. und H., es ist mir eine große Ehre, das von mir und meinem Assistenten frisch restaurierte Bild *Die Malkunst* von Jan Vermeer im Bundeskanzleramt präsentieren zu dürfen. Nach dem furchtbaren Attentat … (das werde ich improvisieren) … Kein Maler hat mit einem vergleichbar kleinen Œuvre eine solche Berühmtheit erlangt wie Jan Vermeer. Wurde er im achtzehnten Jahrhundert nur selten erwähnt, fand er erst zu Beginn des neunzehnten Jahrhunderts zunehmend Beachtung … bla, bla, bla … Heute gilt V. als einer der bedeutendsten niederländischen Maler … die naturnahe Wiedergabe des Lichts und die klare, vielseitige Farbpalette heben seine Werke heraus … Das wachsende Interesse an Vermeer rief auch zahlreiche Fälscher auf den Plan (zu gefährlich? Nein, das zeigt meine Selbstsicherheit! Ein Mörder wurde nur gefasst, weil er zu dem ihn suchenden Polizeihubschrauber nicht hochsah. So hatte er sich verraten. Alle Menschen schauen nach oben, sobald sie einen Hubschrauber am Himmel sehen). Künstlerisch verarbeitet in eigenständigen Werken wurden Vermeers Gemälde immer wieder, beispielsweise durch Salvador Dalí, Gerhard Richter, Maria Lassnig ~~und Clemens Hartmann~~. Ob und in welchem Umfang der Delfter Maler tatsächlich die Camera obscura verwendete, um fotografische Bildqualitäten zu erzielen, bleibt umstritten … Die Entstehung wird zwischen 1666 und 1688 angesetzt … in der Folgezeit ging das Bild durch verschiedene Hände und gelangte schließlich für mehrere Generationen in den Besitz der österreichischen Familie Czernin, von der es Adolf Hitler 1940 um eine große Summe erwarb … nach dem Krieg … Überstellung durch die Alliierten … Aufnahme in den Bestand des Kunsthistorischen Museums Wien. Nur durch eine spezielle Methode und unseren (Hubert erwähnen!) außerordentlichen Einsatz gelang es, das Gemälde restauratorisch rechtzeitig fertigzustellen … es ist äußerst empfindlich und darf daher unter keinen Umständen Bewegungen ausgesetzt werden. Es ist durch einen speziellen Rahmen und durch ein Sicherheitsglas geschützt.

Das muss genügen, der Rest kommt spontan.

Ein Rauschen wie aus der Tiefe.

Über WhatsApp sehe ich Claudia.

»Du siehst müde aus«, sagt sie.

»Ja, ich habe eine anstrengende Zeit hinter mir, aber jetzt hängt sie beim Kanzler.«

»Doch so schnell?«

»Hubert hat geholfen.«

»Vierhändig Klavier gespielt?«

Sie lacht, glaubt mir nicht. Wie recht sie hat.

»Und bei dir?«

Wir sprechen über eine halbe Stunde. Ich lese ihr meine Skizzen zur morgigen Rede vor, sie korrigiert, gibt mir Tipps, wünscht mir viel Kraft. Sie müsse noch länger bleiben, sagt sie, wegen des großen Erfolgs sei eine Zusatzausstellung geplant. Toll, wie sie ihre Ideen verwirklicht. Wenn sie jetzt schon käme, wäre ich ohnehin in Schwierigkeiten, obwohl sie mir fehlt. Wie sollte ich ihr die Restaurierung der echten *Malkunst* erklären?

»Ich muss jetzt ins Bett gehen«, sagt sie.

»Schlaf gut.«

Wir winken uns zu.

Um neun Uhr liege ich im Bett. Der Restaurierung muss ich in den nächsten Wochen genügend Zeit einräumen – meine Augen fallen zu – ich werde sie im Depot …

KUNST DEM VOLK
Sonderheft zum 20. April 1943

Im härtesten Jahre, das der Krieg dem Deutschen Volke auferlegte, möchten wir mit dieser Ausgabe unserem Führer zu seinem 54. Geburtstag gratulieren. Wir nehmen den Tag zum Anlass, auf die vielen bedeutenden Werke hinzuweisen, die durch das tatkräftige Einschreiten des Führers der Deutschen Nation erhalten blieben. So konnte auch das Gemälde »Die Malkunst« von Jan Vermeer als fester Besitz für das Deutsche Volk und als eines der Hauptstücke für das Führermuseum in Linz gewonnen werden. Großartig sind die Leistungen, die unser großer Führer als Bewahrer und Erneuerer der deutschen Kunst vollbrachte. Kraft seiner Persönlichkeit zeigte er neue und gesunde Wege auf und setzte hohe, dem deutschen Volk dienende Ziele. Der immer bedrohlicher werdende Niedergang unserer Kunst wurde zum Stillstand gebracht. Die Kunst ist wieder gesund.

München, im April 1943
Norbert Hartmann

Am Nachmittag des 2. August warten die Präsidenten dreier Staaten mit ihren Einflüsterern, der Minister für Kunst, Kultur und Sport, Schauspieler, Sportler, A- und B-Promis und ich auf das Kommen des Kanzlers.

Noch fünf Minuten.

Wo ist Hubert? Er sollte doch neben mir sitzen. Ich nehme auf dem für mich reservierten Stuhl in der ersten Reihe Platz. Die sorgfältig ausgewählten Gäste drängen sich um Sitze, der Rest muss stehen, seitlich oder an der Rückwand. Der Minister reicht mir die Hand. Ich deute ein Aufstehen an.

»Das ist er«, höre ich flüstern.

Ich denke, sie meinen den Kanzler. Nein, sie meinen mich. Mich, der es als Einziger geschafft hat, das Bild zu restaurieren oder mich, der etwas Verwerfliches getan hat?

Der Zeremonienmeister öffnet die hohe weiß-goldene Tür. Das Quartett hebt die Geigen und klemmt das Cello zwischen die Beine. Der Kanzler erscheint, das Kinn erhoben, die Haare gegelt. Er lächelt ins Publikum, wartet artig das Ende von Mozarts D-Dur-Streichquartett ab. Hinter ihm hängt unsere falsche *Malkunst*. Ich senke den Kopf, um mein Schmunzeln zu verbergen, ich könnte von einer Kamera beobachtet werden. Schon beim Eintritt haben die Gäste versucht, möglichst nahe an das Bild heranzukommen. Zwei Bewacher hoben ihre Arme und deuteten mit ihren dem Publikum zugewandten Händen an, den Abstand zu wahren.

Das Klicken der Fotoapparate dämpft den Beginn der Rede des Kanzlers.

»Wir wollen das Vermächtnis der Großeltern ernst nehmen,

es würdigen und weiterführen, ja, etwas schaffen, was in Zukunft – ohne vermessen sein zu wollen – für andere Nationen richtungweisend sein wird.«

Immer die Großväter.

»Wir sind dem Schutz unserer Heimat, unserer nationalen Identität und Eigenständigkeit verpflichtet. Besonders dieses Gemälde ist schützenswert, denn es war seit jeher und immer wieder im Besitz bedeutender unserer Heimat entsprungener Menschen.«

Entspringen kann man nur dem Gefängnis. Oder will er poetisch sein? Wer hat ihm das geschrieben? Der Kniebacher?

»Künstlerische Freiheit bedingt die kritische Auseinandersetzung mit der modernen Kunst, denn unsere reichhaltige und vielfältige abendländische Kultur ist bedroht und muss bewahrt werden. Sie verbindet die europäischen Kulturnationen. Der Erhalt unserer Kulturdenkmäler hat daher eine hohe Bedeutung.«

Richtig. Deshalb hängt ja hinter dir eine Kopie.

»Daher habe ich mich entschlossen, und es wurde mir die Ehre zuteil, dieses einzigartige Bild *Die Malkunst* von Jan Vermeer für das Kanzleramt zu gewinnen. Besonders bedanke ich mich bei Professor Clemens Hartmann, der in bewährter Weise das Unmögliche geschafft hat, mit Fleiß und hohem Können – er stammt ja aus einer bekannten Kunsthistorikerfamilie – das durch ein Attentat schwer beeinträchtige Gemälde wieder in seinen ursprünglichen Zustand zu versetzen.«

Kurz wendet sich sein Blick zu mir, dann wieder in die Menge. Er spricht mit Begeisterung weiter.

»Mein Ziel ist, dass wir so gestärkt werden, damit wir den eingeschlagenen Kurs der Veränderung im Sinne des Volkes in kurzer Zeit umsetzen können. Dieses einzigartige Gemälde soll wie der Abendstern daran erinnern und uns in die Zukunft leiten.«

Langer Applaus. Der neben mir sitzende Kunstminister erhebt sich. Mit heiserer Stimme und ein wenig Rührung beginnt er seine Ansprache. Ich höre ihn, als wäre ich unter Wasser.

»Kultur als Gesamtheit aller menschlichen Ausdrucksformen findet ihre höchste schöpferische ... Daher ist es an der Zeit, ... Sprache, Geschichte und Kultur sind deutsch. ... Teil der deutschen Volks-, Sprach- und Kulturgemeinschaft ... eine Heimat bewahren ... Sicherheit ermöglicht.«

Der Applaus klingt dumpf.

»Herr Professor. Herr Pro...!«

Ich tauche auf, stelle mich vor das Publikum und spule meine Rede wie in Trance ab. Der Applaus zeigt mir, dass ich nicht so schlecht gewesen sein kann.

Jetzt drängt sich eine Gruppe Besucher um mich und mit Respektabstand um das Bild, eine andere um den Kanzler, ein Herr fotografiert es mit seinem Mobiltelefon mehrmals, sieht mich lange an. Die üblichen Fragen, wie lange, was ist echt, was ist neu (alles!), wo bekommt man die Farben her? (Das weiß Hubert, wo zum Teufel ist er eigentlich?)

Eine junge Dame betrachtet das Bild lange. Sie wird von den Bewachern auf Abstand gehalten.

»Ist sie nicht etwas überrestauriert?«, sagt sie.

»Noch etwas frisch, könnte man sagen, gnädige Frau.«

Meine Antwort scheint sie halb zufriedenzustellen. Sie wackelt mit dem Kopf wie manche Inder beim Jasagen und hält mir ihre Visitenkarte entgegen.

Dr. Veronika Nemecek, Dorotheum.

»Von Weitem kann man sich täuschen«, sage ich.

Erkennt sie den Schwindel?

Beim Gehen lächelt sie.

Man ersucht mich, zum Kanzler vor unsere *Malkunst* zu kommen. Die Bewacher gehen zur Seite, Fotos mit mir, ohne mich, aber immer mit dem Kanzler und unserem Bild. Das Mikrofon wird ihm vors Gesicht gehalten. Seine Falsettstimme verschwindet im Lärm des Gedränges. Ich höre Gesprächsfetzen wie »wieder mehr für die Fleißigen tun … wir haben erst begonnen … ich bleibe mir selbst treu und vertrete das, was ich früher schon vertreten habe … unser neuer Führungsstil wird ein Beispiel werden in ganz Europa«.

Kamera und Mikrofon wenden sich mir zu.

»Wie lange haben sie gebraucht, um die *Malkunst* wiederherzustellen?«

»Sechs Monate. Aber so etwas ist ein laufender Prozess.«

»Meinen Sie, die Restaurierung ist nicht fertig geworden?«

»Nein, natürlich nicht (jetzt habe ich mich beinahe verraten). Solch ein Gemälde kann nie komplett wiederhergestellt sein, es ist seit Jahrhunderten vielen Veränderungen ausgesetzt.«

»Das Bild wurde nach dem Krieg von Norbert Hartmann genau untersucht, nachdem es dem Museum von den Amerikanern übergeben worden war. Hat Ihnen das jetzt geholfen? Das ist doch Ihr Großvater.«

»Das war er.«

Der Journalist überhört die kleine Spitze.

»Er hatte ein ausgeprägtes Bekenntnis zu einer ländlichen, vitalen und kraftvollen Malerei, nicht wahr«, sagt er.

»Tatsächlich? Er soll sehr genau gewesen sein, fast pingelig, insofern hat mir seine Verwandtschaft geholfen, aber ich habe eigentlich so gut wie keine persönlichen Erinnerungen an ihn. Ich war ein Kind, als er starb, er spielte mit mir, erzählte Geschichten. Können die Fragen nach ihm endlich einmal aufhören?«

Das hätte ich jetzt nicht sagen sollen.

»Ich danke für das Interview.«

Abrupt beendet der Journalist das Gespräch.

Ich ergattere einige Brötchen und ein Glas Weißwein, spreche mit Freunden, Kollegen, dem Direktor der Grafischen Sammlung, der Kulturstadträtin. Nach drei Gläsern Wein werde ich gebeten, die Räume zu verlassen. Die Entourage des Kanzlers muss zum nächsten Event. Kanzler und Minister drücken mir noch einmal die Hand. Die Menge bewegt sich die Stufen hinunter, manche halten sich an den goldenen Geländern fest, werden gestützt. Schwarze Limousinen nehmen sie auf, nur Einzelne stehen noch verloren herum.

Hubert läuft auf mich zu.

»Wie war's?«

»Wo waren Sie?«

Er sei spät dran gewesen, sie hätten ihn tatsächlich nicht mehr reingelassen, sagt er. Er habe die Feier hier draußen über einen riesigen Flachbildschirm verfolgt.

»Sie waren gut«, sagt er.

»Ich habe keine Erinnerung an meine Rede.«

»Jetzt müssen wir feiern, die Sache ist durchgestanden. Unser Bild hängt und keiner wird mehr danach fragen.«

Viertel vor zehn. Noch immer der Druck im Kopf. Ich habe länger in den Morgen hinein geschlafen, geschwitzt, ein halb wacher Schlaf. Schlägt die Erschöpfung wieder zu, die Ängste? Oder ist es die Hitze? Ich malte Malkünste. Sie hingen in Schaufenstern, auf Plakatwänden, in Wohnungen, bewarben Waschmittel und Zigaretten. Im wachschlafenden Traum liefen die Bilder wie freie Elektronen. Irgendwann stand ich auf und warf zwei Aspirin ein. Und dann noch Lauras Anruf heute Früh. Mama gehe es nicht gut, die Hitze mache ihr zu schaffen. Die Pflegerin wird ihr schon helfen, ich brauche jetzt Ruhe nach all den Aufregungen der letzten Wochen!

Um zehn Uhr greife ich nach der Espressomaschine. Aber Kaffee geht heute gar nicht, nur Wasser.

Ich sehe nach, ob die *Malkunst* noch da ist.

Ein kurzer Moment der Angst.

Sie ist da.

Fälschen war vielleicht doch keine gute Idee. Jetzt habe ich das Original bei mir in der Werkstatt stehen und kann es hier nicht fertigstellen. Restauriere ich im Museum, fällt das sofort auf, mache ich es woanders, müsste ich mich freistellen lassen. Die Kniebachers und Stöckls würden das nie genehmigen.

Also wie und wo?

Hubert streckt den Kopf in meine Werkstatt, in grüner kurzer Hose, die Pilotensonnenbrille vor den Augen.

»Wo wollen Sie die *Malkunst* fertig retuschieren?«

Ich zucke mit den Schultern.

»Im Haus Ihrer Mutter würde es am wenigsten auffallen, nur falls wir hier einmal kontrolliert werden.«

Er hat recht. Das wäre auch gleich eine Lösung mit der kränklichen Mama. Zumindest anwesend wäre ich. Hubert fragt, woran er als Nächstes arbeiten soll, er sei voller Energie und warte auf neue Herausforderungen.

Was gebe ich ihm? Und was werde ich hier bearbeiten?

Er steht herum und wartet, dann zieht er die Lehne des Schreibtischstuhls heran und will sich setzen.

»Gehen wir durch die Räume und schauen nach, welche Bilder uns brauchen«, sage ich.

Hubert stellt den Stuhl wieder zurück und geht zur Tür.

Ich schließe ab.

In jedem Saal grüßen uns die Aufseher. Wir halten vor Bildern an, gehen an ihnen vorbei, stehen lang, kurz, ich erkläre, wo und warum nicht oder noch nicht retuschiert werden muss, wann eine Kontrolle notwendig werden wird. Er schreibt in sein Notizheft. Die Italiener vielleicht, oder die *Rosenkranzmadonna* könnte eine Reinigung vertragen, auch die Spanier und die Franzosen. Hubert geht zu nah an eine Bildbeschreibung, der Alarm piepst. Besucher richten ihre Blicke auf uns. Der Wärter lächelt. In Saal neun prüfen wir mehrere Holbeins für die Ausstellung »Altdeutsche Meister« im kommenden Jahr. Weiter vorbei an den vielen Bruegels, sie sind auch in gutem Zustand.

»Schauen wir ins Depot für die Ersatzaufhängungen, dort sind einige, die sollten fertiggestellt werden.«

Auf dem Weg fragt mich Hubert: »Wann starten wir mit dem Old-German-Paintery-Kick-off?«

Lieb von ihm, er will mich aufheitern.

Wir schieben die auf Rädern gleitenden Wände raus und wieder rein, an denen die Bilder hängen.

»Den *Tybis* sollten wir uns vornehmen«, sage ich.

Hubert schreibt: *Dirck Tybis*, Holbein der Jüngere.

Dann entdecke ich einen Valckenborch.

»Er könnte uns auch brauchen.«

»*Gebirgslandschaft mit räuberischem Überfall und Stuckofen*, das muss einem erst einfallen.«

Hubert schreibt lachend, er ist gut drauf, im Gegensatz zu mir.

»Sicher kein Originaltitel, den hat sich irgendein Kunsthistoriker einfallen lassen«, sage ich.

Auf dem Rückweg begegnen wir Erika. Sie bittet mich, in ihr Büro zu kommen, und läuft davon.

»Lassen Sie die Bilder am Nachmittag zu uns in die Werkstatt bringen«, bitte ich Hubert.

An der Direktionstür halte ich an. Wird sie mich wieder fragen, wie ich so schnell mit der *Malkunst* fertig werden konnte? Was ist, wenn sie Verdacht geschöpft hat? Hat sie bereits Nachforschungen angestellt? Oder weiß sie es und spielt mit? Ich trete ein und stehe da wie einer, der wegen einer Lauserei zum Schuldirektor geschickt wurde. Erika springt auf, verschwindet im Nebenraum und kommt mit Herrn Kniebacher zurück – sie hat ihre Hände hinter sich versteckt, er mit einer Flasche in der Hand.

Habe ich sie gestört?

Erika sieht mich ernst an.

»Lieber Clemens!«, sagt sie.

Nicht so schlimm, die Polizei wurde wohl noch nicht gerufen.

»Lieber Herr Professor Hartmann«, sagt Herr Kniebacher überhöflich, fast schleimig.

Er überprüft mit der freien Hand, ob der Krawattenknoten sitzt.

»Wir sind alle sehr froh, dass du die *Malkunst* rechtzeitig fertigstellen konntest«, sagt Erika.

»Wir sind alle sehr froh, dass Sie die *Malkunst* rechtzeitig fertigstellen konnten, und haben vom Kanzleramt daraufhin eine zusätzliche Subventionszusage erhalten. Vielen Dank.«

Sie schiebt ihre rechte Hand nach vor, reicht sie mir zum Gratulieren, die linke übergibt mir eine Bonbonniere, »Cappuccino Confect«, seit jeher eine meiner Lieblingsmarken. Sie hat sich erinnert.

Ich muss lächeln.

Herr Kniebacher übergibt mir eine Flasche Cognac, Rémy Martin VSOP. Gut zum Weiterschenken.

»Mich freut es sehr, dass du dich freust und nochmals: Danke«, sagt Erika.

»Mich freut es auch sehr, und nochmals: Danke.«

Plappert er immer alles nach?

Ich bemerke meine Erleichterung, die die morgendliche Schwere in aufkeimende Freude verwandelt, und bleibe einige Minuten zum Small Talk, um keinen Anlass für Misstrauen zu bieten.

Im Abgehen drückt mir Kniebacher so fest die Hand, dass ich auf dem Gang den Schmerz herausschütteln muss. Ein Mann, ein Händedruck.

Ich bitte Hubert zu mir.

»Die Bilder kommen in einer Stunde. Wie war der Termin?«, fragt er und starrt auf die offene Bonbonniere auf dem Tisch.

»Wie Sie sehen, gut. Bedienen Sie sich! Sie ahnen nichts. Im Gegenteil, mir wurde gedankt.«

»Und von mir haben Sie gar nichts gesagt?«

Er nimmt eine Schokokugel und beißt eine Hälfte ab.

Er hat recht, ich habe ihn nicht erwähnt, war nur froh, dass sie nichts von unserem Tausch bemerkt haben. Hubert wirft den Rest der Kugel durch die Luft in den Mund, trifft, lutscht und schleckt sich die Finger ab.

»Natürlich habe ich Sie erwähnt«, sage ich, »ich soll Ihnen großen Dank aussprechen und Ihnen diese Flasche Cognac übergeben.«

Ich nehme die Flasche aus dem Schrank und halte sie ihm feierlich hin.

»Für mich? Vielen Dank. Den nehme ich zum Kochen.«

»Bitte erzählen Sie niemandem von dem Cognac. Herr Kniebacher will nicht, dass bekannt wird, dass er Alkohol verschenkt.«

Clemens, du falscher Hund. Aber manchmal muss man lügen, um jemandem eine Freude zu bereiten. Ich bitte ihn, den Holbein und den Valckenborch zu übernehmen, ich hätte privat noch einiges zu erledigen.

»Gut, ich suche inzwischen die Unterlagen der letzten Restaurierungen im Archiv heraus.«

Ich nicke und verlasse das Haus, um mir die Füße zu vertreten und nachzudenken. Auf dem Platz vor dem Museum gerate ich in eine Gruppe chinesischer Touristen, bleibe stecken, reagiere ungehalten, mache mich frei, laufe dreimal um das Maria-Theresia-Denkmal, dann Richtung Volksgarten. Zwischen den noch immer (oder schon wieder?) vereinzelt blühenden Rosen komme ich zur Ruhe.

Mama und die *Malkunst?*

Das ist die Lösung.

Zehn nach neun. Der heißeste Tag seit Beginn der Aufzeichnungen. Wie oft habe ich den Satz heuer schon aus dem Radio gehört. Nach dem Aufwachen wusste ich die Lösung. Ich werde mir für die *Malkunst* freinehmen und sie in meinem Jugendzimmer in Mamas Villa restaurieren. Ich könnte sagen, meine Mutter sei schwer krank und brauche Pflege. Schwer krank wäre zu viel, gebrechlich könnte ich sagen, und angeschlagen, wegen der extremen Hitze, das wäre sogar wahr. Sie braucht Pflege und basta, mehr muss ich nicht erklären und mehr soll auch niemand wissen. Meine offenen Urlaubstage und den Sommerurlaub nehme ich dazu; das wären dann mehr als zwei Monate Auszeit.

Ich gehe Richtung Direktionsbüro, renne zurück, kontrolliere, ob das Original noch da ist, schließe die Werkstatt doppelt ab und laufe wieder in Richtung Direktion. Die Tür steht weit offen. Erika sieht mich und merkt launig an, ich sei nun schon täglich bei ihr.

»Du gehst mir eben ab, in den letzten Wochen hast du mich ständig besucht«, sage ich.

Zuerst macht sie große Augen, dann sagt sie: »Quatsch.«

Sie stellt zwei Tassen Kaffee auf den Couchtisch. Ich eröffne ihr meinen Vorschlag, Auszeit nehmen zu wollen.

»Dachte ich mir doch, dass du um Zeit bitten wirst«, flüstert sie und sagt dann laut: »Drei Wochen kann ich mir vorstellen.«

»Es könnten aber mindestens zwei Monate werden«, sage ich.

»Ich kann rechnen, Clemens. Geht es deiner Mutter so schlecht?

Das tut mir leid, ich kann mich noch so gut an sie erinnern. Wir haben uns wunderbar verstanden.«

Gib Ruhe mit den alten Geschichten!

Herr Kniebacher stürmt herein und setzt sich zu uns. Wo kommt der jetzt her? Hat er gelauscht?

»Wie schmeckt der Cognac?«

»Wunderbar«, sage ich.

»Wunderbar, Sie haben recht, Sie haben auch wirklich Wunderbares geleistet. Aber zwei Monate …«

»Eben«, sage ich und meine das Wunderbare.

»Lassen Sie mich bitte ausreden! Zwei Monate sind unmöglich, denken Sie an die vielen Bilder und an Ihre Mitarbeiter! Es braucht Führung, Leadership.«

»Die Leute brauchen mich nicht. Herr Kniebacher, sie können das alles allein, sie sind Profis. Sie und Herr Magister Stöckl wollen doch modern sein, innovativ: Mittlerweile wird doch das Ende der Führung propagiert: das selbst organisierte Unternehmen.«

»So weit sind wir noch nicht, das sind Utopien. Drei Wochen sind möglich.«

»Meine Urlaubstage müssen Sie dazurechnen, und über den Sommer sind ohnehin viele meiner Mitarbeiterinnen auf Urlaub, die Rubens-Ausstellung läuft bis Dezember und die Ausstellung über die Altdeutsche Malerei ist erst im nächsten Jahr.«

»Herr Professor, verzeihen Sie meine Direktheit, aber Sie brauchen immer so lange zum Restaurieren, da müssen wir früh genug beginnen, sonst muss ich wieder Druck machen und das mache ich nicht gerne«, sagt er und lächelt mir zu.

Will er witzig sein?

Ich schweige besser.

Erika lenkt ein: »Ich kann mir das nur vorstellen, wenn du

immer wieder, sagen wir einmal pro Woche, vorbeikommst und die Arbeiten kontrollierst.«

»Jetzt ist August, der zählt nicht mehr, im September beginnt die gewohnte Arbeit, dann ist schon Oktober und ich wäre wieder voll da«, sage ich.

»Sie wollen mich überrumpeln, Herr Professor, aber ich bleibe dabei, es ist zu lang, außer …«, sagt Herr Kniebacher.

»Außer?«, frage ich.

»Sie würden zwei Monate lang auf Ihr Gehalt verzichten.«

Das sitzt. Er will gute Zahlen vorzeigen, Leadership ist ihm doch nicht so wichtig.

»Einen, okay, zwei nicht«, sage ich, kippe schnell den letzten Schluck runter und laufe zur Tür.

»Halt, nicht so schnell!«, ruft Herr Kniebacher.

Er ist aufgesprungen.

»Ich denke, Karl, wir können es genehmigen«, beruhigt Erika.

Karl? Sind die beiden schon per Du? Ich grinse.

Er hält die Hand vor den Mund, dann kratzt er sich an der Stirn.

»Gut, zwei, und ein Gehalt weniger, aber nur, wenn Sie, wie Erika gesagt hat, jede Woche vorbeikommen und den Fortgang der Arbeiten kontrollieren.«

»Danke«, sage ich im Hinausgehen.

»Liebe Grüße an deine Mutter«, ruft mir Erika hinterher.

Meint sie das ernst?

»Besten Dank, den Urlaubsschein lasse ich vorbeibringen«, rufe ich zurück.

Und weg bin ich.

Zurück in der Werkstatt fragt Hubert: »Wie wollen Sie sie hinausbringen?«

Er deutet auf das Paket hinter dem Schrank.

»Sie ist verpackt, ich schreibe groß PORTRÄT KAISER FRANZ JOSEF darauf. Wenn man mich kontrolliert, sage ich, es muss ins Bundeskanzleramt. Hier kennt mich jeder, und wenn nicht, zücke ich meinen Museumsausweis. Außerdem ist mein Name noch nicht ramponiert.«

Hubert hält den Zeigefinger auf dem Mund. Habe ich zu laut gesprochen? Dann kaut er an einem Nagel herum. Ist jetzt er ängstlich?

Mit: »Die restaurierte *Malkunst* werde ich dann im Depot im Keller verstecken, Hubert. Wenn wir in drei oder in acht Jahren eine neue Regierung haben, werde ich sie als die verschollene Kopie auftauchen lassen und die Bilder austauschen. Dann ist wieder alles beim Alten«, versuche ich ihn zu beruhigen.

Dann bist du doch schon über sechzig, Clemens, und hoffentlich noch hier im Museum. Oder bereits entlassen, oder im Knast, nein das nicht. Morgen werde ich den Kolleginnen meinen Urlaub mitteilen und die *Malkunst* in Mamas Haus bringen.

Wo habe ich nur wieder mein Auto abgestellt?

»Hubert, ich restauriere sie bei meiner Mutter. Bis Ende Oktober komme ich nur einmal pro Woche ins Museum. Sie können mich aber natürlich gern jederzeit besuchen.«

»Und mithelfen?«

»Mithelfen können Sie auch.«

Nur meine eigene Malerei muss warten.

Fünf nach neun. Der Peugeot parkt im Hof des Museums. Ich stelle Kaffee auf. Zwei Kipferl habe ich mitgebracht, eines für Hubert, eines für mich. Heute wird wohl niemand zu Besuch kommen. Ich packe eine Spachtel in eine Tragtasche, die wichtigsten Instrumente liegen schon im Auto. Jetzt nur noch die Runde drehen, allen die Hände schütteln, mich verabschieden, ihnen erklären, dass ich in Wien bleiben, jede Woche einmal vorbeikommen werde, und wenn sie dazwischen etwas brauchen, können sie mich anrufen. Die Tischler wünschen mir schönen Urlaub, Frau Karl und Frau Lielacher bieten Hilfe für meine Mutter an (Erika hat gequatscht!), der Fotograf ist außer Haus, Frau Leichtfried bittet mich, auf mich achtzugeben, denn man wisse ja nie. Was meint sie? Natürlich weiß man nie. Ob man stirbt? Hat sie doch etwas bemerkt? Man weiß ja nie. Ein brauchbarer Spruch, er lässt alles offen. Auf dem Rückweg nehme ich Hubert mit zu mir.

Mist, ich habe schon wieder vergessen, die Tür abzuschließen. Wir laufen zu meiner Werkstatt, ich sehe hinter den Schrank, die *Malkunst* ist noch da.

Der Kaffee ist zu heiß, ich kühle ihn mit einem Schuss Wasser, während Hubert das eingepackte Original hervorholt und es in mein Auto verfrachten will.

»Warten Sie, wir tragen sie zu zweit«, sage ich.

»Nein, das geht schon.«

Ich halte ihm die Tür auf und werfe noch einmal einen Blick in meine Werkstatt. Hubert trägt das Bild langsam, mit weichem Auftreten den Gang entlang in den Hof, ich sperre den Wagen auf, wir legen es schräg auf den Rücksitz und schnallen es an. Niemand hat kontrolliert. Meine Vorsichtsmaßnahmen waren nicht notwendig. Oder doch? Sie haben mich wahrscheinlich selbstsicherer durch alle Ausgänge geleitet.

»Sie können sie am Wochenende besuchen«, sage ich.

»Gerne.«

»Analysieren Sie inzwischen bitte den Valckenborch und den *Tybis*, aber noch nicht beginnen. Ich schau mir beide nächste Woche auch noch an.«

»Soll ich nicht doch mitfahren?«

Ich schüttle den Kopf.

»Das könnte auffallen und im Museum Fantasien blühen lassen, dass wir etwas im Schilde führen.«

Ich fahre langsam, um Erschütterungen zu vermeiden, französische Autos sind weich gefedert, zu langsam für die Autofahrer hinter mir. Sie hupen, wissen nicht, wie viele Millionen ich transportiere. Die Sonne blendet trotz meiner Brille. Ich schwitze, die Aufregung setzt mir zu. Ich klappe den Sonnenschutz herunter. Freie Fahrt auf der Wienzeile. Ich sehe in den Rückspiegel, ein schwarzer Bus klebt an mir. Auch er kann nicht wissen, welchen Wert ich befördere. Jetzt steht er hinter mir. Gleich werden Männer herausspringen, mich aus dem Auto zerren, knebeln, die *Malkunst* schnappen, uns beide in ihren Bus verladen, davonfahren. Uff, der Bus ist abgebogen. Du siehst zu viele Krimis, Clemens. Hinter mir wechseln die Fahrzeuge. Auch das kann ein Trick der Zivilpolizei sein, sie klemmen einen ein, und dann zack. Ich biege um die Ecke, sehe einen freien Parkplatz direkt vor Mamas Villa und blicke mich um. Niemand, der mich dabei erwischen könnte, ein Millionenbild ins Haus zu verfrachten. Ein Mann mit einem Schäferhund verschwindet in einem Haus. Ich hebe das Bild aus dem Wagen, vorsichtig, sachte – so wie ich Laura in ihrer

Trage aus dem Auto gehoben habe, als sie noch ein Baby war, bringe es in den ersten Stock, in mein ehemaliges Zimmer, und lasse mich auf einem Stuhl nieder.

Hier ist sie sicher.

Ich laufe die Stiegen hinunter. Mama sitzt in ihrem Fauteuil.

»Hallo, Mama!«

»Du bist verschwitzt.«

Mit dem Unterarm wische ich den Schweiß von meiner Stirn. Ihre silbergrauen Haare mit frischen Dauerwellen (der Friseur war hier), der Brillantring, die Goldringe an der anderen Hand, glitzern. Mama, und doch sitzt du bei der Hitze mit Pullover und Socken, wirkst müde, die Augen halb geschlossen, fragst, ob du schon schlafen gehen kannst (das hast du mich noch nie gefragt), sagst: »Du musst mir aufhelfen.«

Die Pflegerin erklärt mir auf meine Verwunderung über die übergezogenen Stricksachen hin, dass der Frau Hofrat oft so kalt sei und dass sie doch dem Herrn Professor dies oft schon gesagt habe. Ich kann mich nicht erinnern. Hier ist die Welt noch in Ordnung: Mama die Frau Hofrat und ich der Herr Professor. Sie übergibt Mama den Stock und stemmt sie hoch. Mama schlüpft in gefütterte Hausschuhe und rutscht Schritt für Schritt in Richtung Schlafzimmer.

Ich warte, bis sie mich ruft.

»Clemens!«

Wenn sie etwas wollte, war sie immer schon laut.

Im Bett liegend, streckt sie mir eine Hand entgegen.

»Bleibst du?«

»Noch ein wenig.«

Ich halte kurz ihre Hand.

Sie flüstert: »Keine Sorge, es geht mir gut.«

Na ja, denke ich und sage: »Ich komme morgen wieder.«

»Das ist gut.«

Ihre Augenlider senken sich. Ich lasse sie mit der Pflegerin und dem verpackten Bild im Haus zurück.

Es ist kurz nach sieben Uhr und die Sonne hat Kraft. Ab Morgen werde ich öfter hier übernachten.

Acht Uhr. Frühstück mit Mama, sie ist seit sechs Uhr wach. Drei Wochen habe ich nun schon pendelnd zwischen meiner Wohnung, dem Museum und ihr verbracht, habe oft in die Nacht hineingearbeitet, weshalb die *Malkunst* nun etwas früher ihrem einstigen Zustand nahekommt.

Mama erzählt viel, was ich mit Furcht und Erleichterung betrachte. Dass sie während des Studiums Papa kennengelernt hat, habe ich tausendmal gehört, auch dass sie wegen der Heirat nicht fertigstudieren, dafür in neue Kreise aufsteigen konnte. Die hohe Gesellschaft war ihr immer wichtig. Bin ich der Einzige, dem sie das heute noch erzählen kann? Sie bittet mich um Zucker und einen Englischkurs. Einen Englischkurs? Was will sie damit? Sie könne doch mit Kopfhörern lernen, erklärt sie mir. Ich weiß, dass sie kaum ein Wort Englisch kann, verstehen nicht und sprechen noch weniger.

»Ich habe zu Hause einen (›alten‹ sage ich nicht) Englischkurs mit Kassetten und einen Recorder, ich bringe ihn dir morgen.«

»Aber mit Kopfhörern, solche, wie du sie hast.«

Dabei zeigt sie auf meinen Hals, der von den Kopfhörern umklammert wird.

»Ja, Mama, so ähnliche.«

»Mein Schwiegervater konnte Englisch.«

»Opa?«

»Ja. Das hat ihm bei den Verhören der Amerikaner geholfen. Sonst hätten sie ihn nicht so schnell freigelassen.«

»Was soll ihm das geholfen haben? Manche der Amis konnten doch Deutsch oder sie hatten Native Speaker.«

»Bitte?«

»Einheimische. Deutsche oder Österreicher, die vor den Nazis geflohen waren, als Verhöroffiziere.«

»Fahnenflüchtige?«

Sie hält mir zitternd die Tasse hin, ich stelle sie auf den kleinen Tisch.

»Noch Kaffee bitte.«

Ich schenke ein, gieße viel Milch dazu, versenke zwei Stück Würfelzucker in der Tasse, rühre um und reiche sie ihr.

»Schon wieder Kaffee. Ich will keinen.«

Ich sage ihr nicht, dass sie soeben welchen verlangt hat, sondern stelle die Tasse beiseite. Ich müsse Geduld haben, hat mich die Pflegerin aufgeklärt, immer mit ihren Wünschen mitgehen. »Validation« nenne man das. Mama trinkt dann doch den gezuckerten Milchkaffee.

»Mach die Lade auf«, sagt sie laut und deutet auf die Kommode, »die obere.«

Ich ziehe, die Lade ruckelt. Aufgestapelte Mappen. Eine Schachtel. Zeitschriften *Kunst dem Volk.* Fotoalben. Eine schwarze Ledermappe mit dem Emblem »NH«.

»Gib mir bitte die Schachtel.«

Ihre Stimme zittert.

Ich zittere auch und lege die lederne Box auf die Bettdecke. Dann helfe ich ihr, sich aufzurichten, stopfe ein drittes Kissen hinter ihren Rücken. Sie kramt in der Schachtel, zieht ein Foto heraus.

»Da, dein Großvater mit dem Schirach in der Gemäldegalerie.«

Ich glaube, etwas Stolz in ihrer Haltung zu erkennen.

»Schau! Da bin ich mit meiner Mutti, lustig. Die Schuhe habe ich geliebt, aber die Masche nicht.«

Ich nehme das Bild zur Hand.

»Und hier Opa mit deiner anderen Oma, sie soll es geliebt haben, bei Empfängen mit all den oberen dabei zu sein.«

Du später auch, Mama.

Opa war belastet, klar, dass er so nahe an der damaligen Macht war, wusste ich. Es dürfte stimmen, dass er auch einer von Hitlers Beratern war. Nur als Kunsthistoriker, aber schlimm genug. Zumindest hat er niemanden getötet (damit versuche ich mich zu beruhigen). Oder hat er damit Kunstsammler in den Selbstmord getrieben? Man übte damals jede Menge Druck aus, die Kunstwerke billig zu veräußern.

Mama unterbricht meine Gedanken.

»Wie heißt das Bild, das du so großartig restauriert hast? Ich habe es in der Zeitung gelesen.«

»Die Malkunst.«

»Unser junger Kanzler hat es im Amt hängen, wunderbar. Es ist schön, dass wir unsere Heimat in seine Hände gelegt haben.«

Das sagt die Theaterdiva auf YouTube auch. Sie hat sich einen ordentlichen Shitstorm damit eingeheimst. Daraufhin wurde ihr Kanal zunächst gesperrt, aber nach Intervention des Kanzleramts gleich wieder geöffnet.

»Ich hatte immer großen Respekt vor ihm.«

Sie wirft ein Foto zur Seite. Es fällt neben das Bett. Ich hebe es auf.

»Vor Opa?«

Er blickt streng auf dem Bild. Sie kramt in der Schachtel, holt ein Foto nach dem anderen heraus und legt sie vor sich auf.

Eines mit ihrem Bruder.

»Da ist dein Onkel Hans, aber den hast du nie kennengelernt, oder?«

»Nein. Der ist doch so jung gestorben.«

»Ach ja. Der Hansi.«

Ihr Kopf wackelt, sie sieht lange auf das Foto.

»Da sind Unterlagen drinnen, die musst du zu dir nehmen und verstecken oder sie vernichten«, ruft sie in die Stille und zeigt auf ein blaues Kuvert.

Ich öffne es, ziehe bräunliche Papiere heraus, mit Maschine beschrieben, lese: Doktor Norbert Hartmann, Pensionierung, Berufsverbot, Enthebung aus allen Ämtern.

»Opa durfte nach dem Krieg nicht arbeiten? Ich dachte immer, er hat an der Universität unterrichtet.«

»Ja, schon, er war ja berühmt. Kurz haben sie ihn alle schuldig gesprochen, auch seine Kollegen, nur der Sedlmayr nicht. So ein wunderbarer Mensch. Man brauchte ihn doch.«

Der Sedlmayr hatte als ehemals illegaler Nazi eine Zeit lang auch Berufsverbot. Als junger Student, die Professoren kannten ihn noch, musste ich mir immer wieder anhören, was für ein großartiger Mann mein Opa gewesen sei und dass ich mich glücklich schätzen könne, so einen Großvater gehabt zu haben. Die jungen Dozenten verbanden mich zum Glück nicht mehr mit ihm, sie hatten ihn vergessen.

Sie hält mir ein Foto hin.

»Schau wie süß, du mit deinem Kasperl, den hast du so geliebt.«

Ich sehe mich als Fünfjährigen mit einer Porzellanfigur in der Hand, ein Mädchen, das ihren Spielzeugkoffer nicht verschließen kann, weil der Kasperl herausschaut. Ich habe sie heute noch bei mir auf der Kommode stehen. Opa hat sie mir geschenkt. Ein echter Goldscheider. Als Kind war mir nicht klar, dass sie aus einer arisierten Porzellanmanufaktur stammte. Wie auch. Ich spüre Schmerzen im Kopf, soll ich die ehemaligen Besitzer oder ihre Nachkommen suchen und sie zurückgeben? Ich lege das Foto zurück in die Schachtel.

Auf einem der Papiere steht: »Geständnis«.

Ich lese laut: »Geständnis … falsche Namen angegeben zu haben … Geldsummen erfunden.«

Opa, ein Betrüger auch nach dem Krieg? Trete ich jetzt voll in seine Fußstapfen?

»Das sind Lügen. Reiß nicht alte Gräben auf, das haben sie ihm angedichtet, das war nicht er.«

Mama ist laut.

»Wer sonst, Mama?«

Die Pflegerin klopft und fragt, ob sie etwas tun könne. Ich schüttle den Kopf. Meine Mutter darf sich nicht so aufregen, bittet sie mich.

Dieses »das war ich nicht« erinnert mich an früher und an unsere Politiker. Selbst wenn ihnen ihre eigenen Aussagen vorgespielt werden, sagen sie, das sei eine Manipulation.

»Aber hier steht es gedruckt: Falsche Käufe angegeben mit falschen Namen und Geldbeträgen, die nie gezahlt wurden, reiner Diebstahl. Er hat es sogar zugegeben«, sage ich.

»Alles Lüge.«

Kreative Neuordnung würde das Hubert nennen, ein Remix. Nein, das ist kein Mashup, das ist tausendmal ärger. Clemens, auch wenn du nichts dafürkannst, man kommt dem Schatten nicht aus und nimmt manches in das eigene Leben mit.

»Lass es verschwinden. Das ist vorbei, oder wirf es weg.«

Sie drückt an der Fernbedienung herum. Der Apparat wird schwarz.

»Kannst du mir das Programm umschalten?«

Die Pflegerin hat die Tür geöffnet, sie übernimmt die Prozedur.

Mein Handy meldet sich. Erika fragt, wann ich das nächste Mal im Museum sein werde.

»Am Montag.«

»Ich muss mit dir sprechen. Aber nicht am Telefon.«

Sprechen? Wegen der Heizspachtel, die ich mir kreativ neu zugeordnet habe? Oder will sie Mama besuchen? Dann könnte sie die *Malkunst* entdecken, das muss ich verhindern, nein, das hätte sie gleich am Telefon gefragt.

Ich schiebe die Papiere ins Kuvert, die Fotos in die Schachtel, alles zurück in die Lade.

»Bis später Mama«, sage ich.

Sie hört es nicht mehr.

Mit Kaffee, einem Stück Schokoladekuchen und dem freundlichen Foto von Opa in den Händen gehe ich nach oben.

In meinem Zimmer richte ich die Malsachen zurecht. Die Tasse fällt um. Zu blöd, ich habe sie auf einen Pinsel gestellt. Mit einem Leinentuch, das eigentlich zum Abtrocknen des Pinsels gedacht ist, reinige ich den Tisch. Auf der Staffelei steht die *Malkunst.* Ich lehne das Foto an das Original. Opa sitzt entspannt im Sessel mit Anzug und Fliege. Ich habe Erinnerungen, wie er mit mir auf dem Sofa kauert und lustige Geschichten erzählt. Ich spüre eine Schwere. Trauer? Schwer wie Blei? Ich habe immer gespürt, dass etwas nicht stimmte, schon als Kind, diesen lang andauernden Nachhall aus Zeiten, mit denen ich nichts verbinden konnte. Mama erzählte, wenn etwas bei uns zu Hause nicht gerade hing, ein Bild oder die Tischdecke schief war, rückte er sie zurecht. Beim Essen durfte ich nicht sprechen, außer ich wurde gefragt, dabei wollte ich immer etwas sagen. Oder war es Papa? Wie kann man lieb und hartherzig zugleich sein und für solche Ungeheuer arbeiten? Opa, das waren zwei Männer, einer für die Familie, der andere gefangen in seinen Überzeugungen. Wo ist da die Trennwand zwischen privat und Arbeit zu finden? Man kann nicht immer nur die Psyche hernehmen, wie allgemein erklärt wird, die Gier, der Hass, das greift zu kurz. Es sind die Muster, die wirken, das System, das bestimmt, die Komposition setzt den Rahmen und die Menschen handeln. Was hätte ich als Bub anders machen können, ich hatte nicht die passenden Fragen.

Ich lege das Foto zur Seite.

Weiter retuschieren, Clemens.

Was will Erika wieder von mir?

Herr Kniebacher sei noch im Ministerium, sagt Erika, sie stellt einen Espresso auf den Couchtisch. Ich warte auf Aufklärung.

»Ich will gleich zur Sache kommen, es gibt Gerüchte, im Kanzleramt hänge eine Fälschung.«

»Vom Dollfuß-Bild? Das würde mich nicht wundern«, sage ich, um abzulenken, nehme betont bedächtig ein Plundergebäck, obwohl ich diese aufgebackene Backware nicht mag, aber ich muss wirken, als ließen mich die Gerüchte kalt.

»Das hängt schon lange nicht mehr dort. Und deswegen würde ich dich auch nicht zu mir bitten.«

»Vom Kaiser Franz Josef?«

»Nein, von der *Malkunst!*«

»Wie kommt man nur auf so eine abstruse Idee? Kann das Original gestohlen worden sein? Das wäre ja schrecklich!«

»Langsam, Clemens.«

»… und durch eine Kopie ersetzt? Das wäre dann eine Fälschung.«

»Warte, ich will ja das Gerücht entkräften. Herr Kniebacher wurde jedenfalls ins Kunstministerium bestellt.«

Dreifacher Salto ist angesagt.

»Oder haben die Nachfahren das Original gegen die verschollene Kopie getauscht?«

Rede ich mich schon in einen Strudel? Verzeihe mir, Erika, dass ich nicht ehrlich zu dir sein darf, sonst verliert das Museum das Original, das bald wieder in unserer Galerie hängen wird.

»Das Bundeskanzleramt hat einen Brief einer Kunsthistorikerin erhalten mit Vermutungen über eine mögliche Fälschung.«

»Lächerlich.«

»Die Altersrisse sollen durch Brechen oder Backen erzeugt worden sein.«

»Brechen oder Backen?«

»Die Craquelés hätten keinen Bezug zur Oberflächenstruktur.«

»Wer kommt denn auf so was?«

Mein Lächeln wirkt wohl etwas gequält, Erika kennt mich.

»Es ist eine Kunsthistorikerin vom Dorotheum«, sagt sie.

Die junge Frau, die bei der Präsentation mit dem Kopf gewackelt und gemeint hat, das Bild sei überrestauriert? Irgendwo muss ich noch ihre Visitenkarte haben.

»Hat sie vielleicht den Kanzler gemeint, der ist doch ein Klon seiner selbst?«

Mein Versuch, witzig zu sein, wird von dem nach Atem ringenden Kniebacher unterbrochen, der hereinstürzt.

»Der Kanzler fordert sofortige Klärung. Ich muss ihm bis morgen eine Antwort präsentieren. Grüß Gott, Herr Professor.«

Ich grüße mit einem Heben des Kinns.

»Er hat seinen Freund, den Innenminister eingeschaltet.«

»Die Polizei hat doch mit Kunst nichts auf dem Hut!«, sage ich.

»Nichts auf dem Hut, nennen Sie das? Es wurde an die Abteilung Kulturgutkriminalität weitergeleitet.«

Ich merke, wie heiß mir ist, Erika wird es auffallen.

»Ich kann jederzeit ein Echtheitszertifikat ausstellen«, sage ich.

Herr Kniebacher schüttelt den Kopf.

»Sie sind raus aus der Sache. Sie könnten schließlich selbst der Fälscher sein. Ihr plötzlicher Umschwung vom Gegner zum Bereitwilligen? Und die kurze Zeit, in der Sie die Restaurierung geschafft haben?«

Jetzt nicht klein beigeben, Clemens, ich schwenke um auf Empörung.

»Zuerst soll ich schneller arbeiten und dann wird mir das vorgeworfen, das ist ja die Höhe. Was wissen Sie schon von neuen Methoden des Retuschierens!«

»Erika, weißt du etwas von einer neuen Methode?«, fragt Herr Kniebacher.

»Ja, er hat davon gesprochen«, sagt sie und fixiert mich.

Ich halte ihren Blick nicht aus.

»Trotzdem«, sagt er, »man wird derzeit eine Expertise von Ihnen nicht akzeptieren.«

Meine Empörung schlägt in Angst um. Ich spüre Stress bis in meinen Hals hochsteigen. Jetzt muss ich schnell sein und die *Malkunst* fertigstellen.

»Herr Hartmann hat sicher nicht gefälscht«, sagt Erika.

Sie sieht zu Kniebacher, hält den Kopf schief.

»Sein Assistent?«, sagt er.

»Das hätte Clemens, also Professor Hartmann gemerkt.«

Herr Kniebacher geht auf und ab, scheint nachzudenken, dann: »Die Sache muss vollständig geprüft werden.«

Ich fühle mich wie eine Maus, die am Ausgang ihres Loches Licht sieht und weiß, dass davor die Katze wartet.

»Danke, dass du gekommen bist, Clemens, wir kriegen das schon hin, mach dir keine Sorgen«, sagt Erika.

»Wir müssen das hinbekommen«, betont Kniebacher.

»Mache ich mir nicht, Erika (dabei weiß ich, dass sie weiß, dass ich mir Sorgen mache!).«

Dabei behalte ich die Hände in den Hosentaschen.

»Sie werden von uns hören«, setzt Kniebacher nach.

Zum Türöffnen ziehe ich die rechte Hand langsam aus der Hosentasche, führe sie hoch bis zur Türschnalle und lächle im Abgang.

Zehn Tage habe ich gewartet, aber nichts Beunruhigendes gehört, das Wochenende durchgearbeitet, die Heizspachtel ins Museum zurückgebracht. Nur eine Stunde lang hatten mich meine Kolleginnen aufgehalten, wollten wissen, ob etwas »dran« sei, sie hätten von dem Gerücht letzte Woche gehört und diskutiert, aber daran glaube hier niemand und die Untersuchung würde ja alles aufklären.

»Lächerlich«, sagte ich, obwohl es mir den Magen zuschnürte.

Nichts darauf zu sagen, könnte als Eingeständnis interpretiert werden.

»Welche Untersuchung?«

In meiner Werkstatt finde ich die Antwort.

Untersuchung zur Causa:
Verdacht der Fälschung des Gemäldes »Die Malkunst« von Jan Vermeer
durch Unbekannt.
Wann: 5.10.2022 um 10 Uhr
Wo: Kunsthistorisches Museum – Raum III
Kommission:
Dr. Erika Wenninger, Kunsthistorisches Museum
Mag. Friedhelm Schlesinger, Dorotheum
Dr. Manfred Brix, gerichtlich beeideter Sachverständiger
Kriminalrat Mag. Friedrich Krön, Bundeskriminalamt

Die *Malkunst* zu kopieren war eine Schnapsidee. Man wird mich meinem Großvater gleichstellen. Ich zerknülle das Papier und pfeffere es in die Ecke.

Wer ist aller dabei? Erika, einer von der Polizei, Doktor Brix und der Schlesinger vom Dorotheum. Ich hebe es wieder auf, bügle es auf der Schreibtischplatte mit der Faust glatt und lese den Text noch einmal.

In zwei Tagen.

Ich bin ruiniert.

Der Schlesinger ist doch schon an die neunzig. Er schätze mich nur wegen meines Großvaters, so sagte er einmal, nicht wegen meiner modernistischen Restaurierungstechniken. Modernistisch. Er soll Opa noch gekannt haben. Ich habe ihm auf einem Kongress vor allen Zuhörern seine Arisierungsexpertisen vorgeworfen, aber das war vor über zwanzig Jahren. Ihn muss der Kniebacher aus dem Grab geholt haben. Dass er immer noch beschäftigt wird! Sie müssen ihn wohl bei Laune halten, damit er nicht auspackt über ihre einstigen Verkaufsvermittlungen enteigneter Kunstwerke. Ich krame in der Schreibtischlade und fische die Visitenkarte der Dame heraus, der die *Malkunst* überrestauriert vorgekommen war.

Dr. Veronika Nemecek, Dorotheum.

Hubert klopft.

Ich melde mich nicht.

Er tritt trotzdem ein.

»Sie sind ja ganz weiß im Gesicht.«

»Sie hat uns«, sage ich.

»Wer?«

»Die Nemesis.«

Hubert schaut mich fragend an.

»Die Rachegöttin vom Dorotheum.«

Ich halte ihm die Visitenkarte hin.

Er bittet um den Brief, liest und fragt: »Wie weit sind Sie mit ihr?«

»Noch gar nicht.«

»Nicht mit der Nemecek, mit der …«

»Meinen Sie mit der M?«, unterbreche ich und mime mit den Händen ein hochgestelltes Rechteck.

Hubert nickt.

»Fast fertig«, sage ich.

»Im Raum drei sind doch viele Bilder gelagert, oder?«, sagt er.

»Ja, alles, was noch begutachtet werden muss.«

»Gut.«

»Gar nicht gut!«, rufe ich, fast ein Schreien.

Die Aufregung hat mich, die Realität ist zurück. Nicht noch hysterischer werden, Clemens.

»Jetzt warten Sie doch mal«, sagt Hubert. »Einundzwanzig ist perfekt.«

Ich stütze den Kopf in die Hände. Der Apfel fällt nicht weit vom Stamm. Ein blöder Spruch, aber so wird man es sehen.

Ich raffe mich auf.

»Ich werde Sie schützen, Hubert, Sie haben nichts mit der Kopie zu tun.«

Huberts Augen bewegen sich durch den Raum.

»Wann wird unser Bild gebracht?«, sagt er.

»Unseres? Sie meinen das falsche?«

»Ja.«

»Ich muss fragen, aber …«

Ich sehe Erika vorsichtig die Tür öffnen, sie steckt den Kopf herein, Kniebacher hinter ihr.

»Clemens. Wie geht es dir?«, sagt sie.

»Geht so.«

»Und deiner Mutter?«

»Auch. Danke der Nachfrage.

Sie zieht Kniebacher am Arm nach.

»Was soll das mit der Untersuchung?«, schießt es aus mir heraus.

»Darüber wollten wir mit dir sprechen.«

»Und es Ihnen persönlich sagen«, sagt Kniebacher.

»Zu spät, der Brief ist schon bei mir gelandet«, sage ich.

»Das tut mir leid«, sagt er, »aber wir müssen dem Gerücht auf der Suche nach Wahrheit nachgehen.«

»Klar. Weil Sie sich immer so genau an Gesetze halten. Beim Faktenverdrehen sind doch Sie und Ihre Partei die Meister.«

»Clemens, bitte!«, sagt Erika.

»Ordnung muss sein«, sagt Kniebacher leise.

»Die Welt ist niemals in Ordnung«, sage ich, »Ihre schon gar nicht.«

Er schweigt. Ihm ist wohl auch mulmig. Stieße er auf unsere Kopie, wären unser aller Stunden gezählt. Der Kanzler wäre blamiert, das wäre zwar eine Freude, aber auf meine Kosten, und auf seine.

»Man wird nichts Besonderes feststellen«, sage ich laut und fürchte, man wird doch.

»Da bin ich sicher, Clemens.«

»Wann wird die *Malkunst* gebracht?«, fragt Hubert.

»Morgen Vormittag«, sagt Herr Kniebacher.

Ich sehe Hubert grinsen.

»Muss ich dabei sein?«, frage ich.

»Sicher, um Rede und Antwort zu stehen. Aber nur auf Fragen antworten«, sagt Herr Kniebacher, dabei streckt er den Zeigefinger hoch.

»Bitte Karl«, bremst sie Herrn Kniebacher ein, »wir wollen doch Herrn Professor Hartmann weiterhin respektvoll behandeln.«

Seine Mundwinkel ziehen sich unter die Waagrechte.

»Gut. Dann sehen wir uns also am fünften um zehn Uhr«, sagt Erika.

Sie verlassen die Werkstatt, die bald nicht mehr die meine sein wird.

»Perfekt«, sagt Hubert.

»Was soll immer dieses ›perfekt‹?«

Er setzt sich auf den Schreibtisch und grinst weiter vor sich hin.

»Wir müssen bis morgen die *Malkunst* hier haben.«

»Die echte?«, frage ich.

Hubert nickt.

»Sie ist fast fertig retuschiert. Aber das wird uns nun auch nichts mehr nützen.«

»Manchmal geschieht ein Wunder, Herr Professor, man muss nur daran glauben. Wenn wir unsere Gedanken darauf richten, wird es eintreten.«

»Ihr Wort in Gottes Ohr.«

Die Fenster sind geöffnet, die Sonne wirft das Licht in den Raum wie auf Vermeers Gemälden. Ich gehe mit Mamas Föhn die Stiege hinauf. Die Staffelei aus meiner Studienzeit trägt heute zum letzten Mal das Original. Die Farben müssen rasch trocknen und ich muss schnell arbeiten, ohne zu schludern, gerade auf den letzten Metern könnten sich Fehler einschleichen. Man glaubt, man ist fertig, und ist es doch noch nicht, und genau dann passiert etwas Unerwartetes.

Die Tube Gelb ist leer. Ich drücke die letzten Patzen aus, nehme die Lupenbrille zu Hilfe und setze Punkte auf die Trombone.

Die Gerüchte im Museum sind noch nicht abgeklungen, alles wartet auf die Untersuchung. Morgen muss ich die *Malkunst* ins Museum hineinschaffen. Hubert hat mich gestern gewarnt, ich könnte verstärkt kontrolliert werden. Was dann? Keine Ahnung. Ich warte auf das Wunder und es kommt nicht. Der Portier wird kein Problem sein, aber die Security soll jetzt auch unter der Woche am Seiteneingang stehen.

Auf dem Dachboden suche ich nach einem passenden Bild zur Tarnung der *Malkunst* unter den von Papa und Opa gesammelten (gesammelt ist gut!) Gemälden, oder übernommenen (übernommen ist auch gut!). Einige der ehemaligen Besitzer habe ich ausgeforscht, die Bilder zum Rückstellen vorbereitet und das Absenden vor mir her geschoben. Übergebe ich sie den früheren Besitzern, ihren Nachfahren, kämen unangenehme Fragen an mich heran. Woher haben Sie diese Bilder? Warum wurden sie erst jetzt retourniert? Welche Rolle spielen dabei Ihr Vater und Ihr Großvater? Geschichten um meine Familie würden neuerlich in den Medien auftauchen und mich konfrontieren. Vielleicht ist jetzt aber ein guter Moment, sie zurückzugeben, ich könnte aufzeigen, wie ich wirklich zu solch einer Vergangenheit stehe, es würde mir auch in der *Malkunst*-Debatte helfen. Nur Mama würde leiden, aber man würde nicht viel darüber berichten, wenn überhaupt, zu uninteressant ist dies für die Masse. In der Ecke links neben dem Biedermeierschrank stehen sie aufgereiht, in Papier eingeschlagen, manche mit Schnüren umwickelt, in Decken verpackt.

Hier ein Waldmüller.

Das nächste Bild ist nicht beschriftet, ich reiße das Packpapier an einer Ecke auf: ein Kupelwieser.

Ich verschließe es wieder so gut es geht.

General Moritz von Steinsberg, Opas Schrift, den Maler kenne ich nicht. Unbedeutend. Das könnte für die *Malkunst* passen. Ich ziehe das Bild hervor, trage es in mein Zimmer, öffne die Schnüre und reiße das Papier herunter. Staub weht in meine Augen. Ich versuche, ihn mit dem Zeigefinger zu entfernen, reibe ihn nur weiter hinein und muss blinzeln. Das Halbporträt eines Generals in Uniform wird sichtbar, weißer Schnauzbart, voll behangen.

Zu groß, aber besser als zu klein.

Ich wende das Bild und ziehe vorsichtig Nagel für Nagel aus dem Spannrahmen, löse die Leinwand ab, entstaube die Rückseite, wende dabei den Kopf etwas ab. Ein Käfer flüchtet vor mir. Dann kontrolliere ich noch einmal, ob die *Malkunst* bereits vollständig getrocknet ist. Sie riecht frisch restauriert. Seidenpapier schützt, der General bedeckt sie, die Ränder des Bildes schlage ich um und befestige sie locker mit einem Klebeband.

Ich halte das Bild hoch.

Sieht gut aus.

Damit komme ich einmal ins Museum hinein.

Land in Sicht.

Es läutet.

Die Pflegerin öffnet, ruft: »Für Sie.«

Es ist Hubert.

»Was machen Sie mit dem General?«

»Ins Museum bringen.«

Ich bin neugierig, ob er meinen Trick erkennt.

»Solche Bilder haben wir doch zur Genüge in den Depots.«

Ich drehe das Bild um. Er sieht einen Teil des Keilrahmens mit dem Hakenkreuz.

»Nein. Wow. Super Tarnung. Wo haben Sie solch einen Schinken gefunden?«

»Auf dem Dachboden.«

»Sie haben sich aber ganz schön entwickelt.«

»Was meinen Sie?«

»Der Professor als Meistertrickser. Das wäre ein guter Filmtitel.« Er lacht.

»Leider ist es kein Film.«

»Haben Sie mehrere solcher Bilder?«

»Meine Familie hat gesammelt.«

»Darf ich schauen?«

»Wenn Sie möchten.«

Ich deute mit dem Kopf in Richtung Dachbodentür, ohne mich weiter anzuhören verschwindet er. Kurz darauf steht er mit Opas berühmtem Buch neben mir. *Maler der Ostmark* von Norbert Hartmann.

»Wo haben Sie das herausgezogen? Schmeißen Sie es weg! Es ist meine ganze Kindheit hindurch in der Bibliothek gestanden. Nach Vaters Tod konnte ich es nicht wegwerfen. Weiß der Teufel warum. Einerseits ein Buch aus meiner Familie, andererseits, egal. Was tun, sprach Zeus?«

»Die Götter sind besoffen und der Olymp ist vollgekotzt«, sagt Hubert.

»Das alles ist nur mit Galgenhumor erträglich.«

Ich werfe es durch den Raum. Das Buch landet im Papierkorb.

»Und so viele Gemälde! Bei einem steht der Name der früheren Besitzer auf der Rückseite.«

Er bringt eines herein, setzt sich aufs Bett und stellt es vor sich auf.

»Raubkunst?«

»Nicht alle, manche sind geborgt.«

»Ein Waldmüller. Auch ›geborgt‹?«

»Sie waren nicht zimperlich.«

»Zimperlich nennen Sie das? Da ist ja unsere Fälschung ein Klacks dagegen.«

»Ich will damit nichts mehr zu tun haben. Keine Sippenhaftung! Okay?«

Hubert greift sich an den Kopf.

»Wie sind die in Ihrer Familie gelandet?«

»Na wie wohl? Das wissen wir doch längst. Die Besitzer waren Juden, Adelige, Industrielle oder alles gemeinsam, sie wurden erpresst, unter Druck gesetzt, mussten billig verkaufen, viele flüchteten, die Bilder wurden von den Kunsthistorikern penibel gesichtet, aufgelistet, für Galerien, Museen angefordert und – von den Nazitrupps abgeholt. Oft samt ihren Besitzern.«

»Und Ihr Großvater?«

»Der hat sie alle beraten, Hitler, Göring, alle. Er hatte das Pouvoir als Leiter diverser Kunstsammlungen.«

Ich zittere.

»Was sollte ich Ihrer Ansicht nach tun? Seit ich das verstanden habe, muss ich mit dieser Vergangenheit leben. Wenn ich auch die Kunst liebe, liebe ich sie anders als meine Vorfahren.

Sie sind jung, freier aufgewachsen als ich, zu meiner Zeit war die Befreiung von Altem erst langsam angelaufen, und der Sog meiner Familie war groß, manchmal braucht man ein Leben lang, um sich zu befreien, trotz aller Therapie, aber lassen wir das.«

»Sie würden sich gut mit meinem Vater verstehen«, sagt Hubert und hält mir einen Waldmüller entgegen.

»Der gehört in eine Sammlung. Zwei Waldmüller wurden vor einigen Jahren den Nachkommen zurückgegeben.«

»Ja, schicken Sie es ihnen. Aber ohne Absender. Ich habe schon alles vorbereitet.«

»Mache ich.«

»Hier einige der Adressen. Kontrollieren Sie sie oder finden Sie die Besitzer heraus. Ich zahle die Spesen.«

Weg damit, weg mit dem Alten. Es ist mit zu viel Geschichte aufgeladen. Meine Bauchkrämpfe lösen sich langsam. Morgen ist die *Malkunst* wieder dort, wo sie hingehört, wenn auch versteckt.

»Haben Sie etwas zu trinken?«, fragt Hubert.

»Verzeihen Sie, ich habe gar nichts aufgewartet. Tee?«

»Cognac, bitte.«

»Haben Sie den Cognac vom Kniebacher getrunken?«

»Ja, sehr gut, manches verkocht. Tilla meinte allerdings, es sei ein billiger Cognac.«

Ich suche im unteren Geschoß, es müsste noch einen von Papa geben. Niemand trinkt das hier. Ich komme mit einer halb vollen Flasche und zwei Gläsern zurück, schenke ein.

Wir stoßen an.

»Wow, Rémy Martin Louis XIII. Zwei- bis dreitausend Euro.«

Hubert trinkt in einem Zug aus.

»Beinahe wäre die arme *Malkunst* wieder in falsche Hände gelangt«, sage ich.

»Gut, dass wir kopiert haben.«

»Gefälscht, Hubert. Gefälscht.«

»Und Sie wollen wirklich, dass ich die Bilder zurückschicke? Anonym?«

»Ja. Das wäre eine riesige Erleichterung. Und wir bringen Wind in die Szene!«

»Einen Sturm.«

Hubert hebt die offene Hand zum Zusammenklatschen, aber ich winke ab (manchmal bin ich mir zu kindisch). Ich übergebe ihm die Aufzeichnungen über mögliche frühere Besitzer, die ich vor Jahren schon in der Lade abgelegt hatte.

»Ich weiß nicht, ob das alles stimmt, fragen Sie zur Sicherheit unsere Historikerinnen im Museum, die sind kompetent und kennen sich mit Restitutionen aus.«

Gegen sieben Uhr will er sich verabschieden, es gebe ab zehn eine Party bei ihm zu Hause.

»Wollen Sie auch kommen?«

»Da schlafe ich schon, außerdem muss ich jetzt fit bleiben.«

»Ist Ihnen hier nicht langweilig? So allein die ganze Zeit?«

»Ich habe derzeit genügend Aufregung.«

»Dann bis morgen.«

»Bis morgen. «

Claudia ruft kurz nach acht Uhr an. Gerüchte seien bis zu ihr gedrungen, im Kanzleramt hänge eine Fälschung. Die Nemecek? Das Dorotheum? Jemand aus dem Museum?

»Hast du etwas damit zu tun?«

»Was? Ich? Wie kommst du nur darauf?«

»Wie kommt man auf so eine Idee?«

»Vielleicht will mir jemand Böses.«

»Lass es offiziell prüfen.«

»Ist schon geplant. Das Bild wird in zwei Tagen von einer Kommission untersucht.«

»Sie werden nichts Abweichendes entdecken.«
»Sicher nicht.«
Etwas nicht zu sagen, ist das bereits lügen?

28. November 1945

Acht Uhr Früh. Ich gehe zwischen Tischen, Kisten, Staffeleien, auf denen Bilder auf ihre Bestimmung warten, zu meinem Schreibtisch. Die Leuchte ist an, die Kataloge sind aufgeschlagen, Bücher gestapelt. Mir wird eine Kiste gebracht, ich öffne sie, ziehe vorsichtig eines der Gemälde heraus, halte es von mir weg, wende es, sehe das Hakenkreuz, lese Kunstsammlung Kraus, eine durchgestrichene Zahl – Papa kannte doch in Wien einen Kraus, der Kunst sammelte. Ich lege das Bild nieder, kontrolliere mithilfe eines Vergrößerungsglases die Malschicht, in das Heft Nummer 267 notiere ich 28.11.1945, Nr. 3467, Holländisches Platzbild, Jan van der Heyden.

Ich höre meinen Namen rufen.

»Captain Heller!«

Ich laufe zum Schreibtisch meines Chefs. Major Ernest T. DeWald steht mit zwei anderen Kollegen aus der Gruppe der Kunsthistoriker vor einem Vermeer.

»You know Vienna, you speak German, Heller«, sagt er und bittet mich, das Bild »Die Malkunst« sicher nach Wien zu bringen, dabei zeigt er auf einen Brief, den er mir übergibt: To Dr. Alfred Stix, Kunsthistorisches Museum, Wien.

Dieses wunderbare Bild kenne ich noch aus der Galerie Czernin, denke ich, während meines Kunstgeschichtestudiums habe ich es mehrmals besucht. Ich bemerke, wie ich immer aufgeregter werde. Ich soll dieses Gemälde nach Wien bringen? Sieben Jahre nach meiner Flucht aus Wien komme ich zurück, und dann mit diesem Bild!

»Thank you, Sir«, sage ich und kann es noch nicht wirklich fassen.

Das Gemälde wird in eine Holzkiste verpackt, zwei Gefreite unseres Corps heben es in den Dodge.

Am späten Nachmittag fahre ich am Eisengerüst des abgebrannten Riesenrads vorbei, an Ruinen, der zerbombten Urania, der eingestürzten Oper. Schutthaufen vor dem Museum. Der Leiter der staatlichen Kunstsammlungen und der Direktor des Denkmalamts empfangen mich. Die Gefreiten öffnen die Kiste. Vermeers »Die Malkunst« hat nach Wien zurückgefunden.

»Bitte richten Sie Oberst DeWald unsere große Freude aus«, sagt der Leiter des Denkmalamts.

»Und dass wir die Rückgabe des Gemäldes nur ihm verdanken«, ergänzt der Leiter der Gemäldegalerie.

Mit Wien im Rücken beschließe ich, nie mehr wiederzukommen.

Viertel nach acht. Nach einem kurzen Kaffee verabschiede ich mich von Mama.

»Wann kommst du wieder?«

Sie spürt, dass ich hier mit meiner Arbeit fertig bin.

»Bald. Ich melde mich und rufe dich jeden Tag an.«

Ich bestelle einen Kleinbus, das ist sicherer als mit meinem Auto, halte das Original während der Fahrt auf dem Schoß, gleiche Stöße mit Gegenbewegungen aus. Ich verschwinde hinter dem Gemälde.

»Was haben Sie da für ein Bild?«, fragt mich der Portier und entschuldigt sich, dass er jetzt verstärkt kontrollieren muss.

Ich zeige ihm das Paket mit der Aufschrift GENERAL VON STEINSBERG. Er lässt den Schranken hochfahren, der Security-Mann salutiert lässig. Wegen mir oder wegen des Generals?

Auf dem Weg zur Werkstatt kommt mir Erika entgegen und fragt, was es mit dem Bild auf sich habe.

»Es ist ein Halbporträt eines Generals.«

»Wo hast du das her?«

Mein Gehirn sucht nach neuen Verknüpfungen. »Im Depot gefunden, ich dachte, wir könnten es für eine Ausstellung ›Das Zeitalter Franz Josefs‹ oder so ähnlich gebrauchen.«

»Haben wir nicht geplant.«

»Aber es wäre doch eine Idee. Habsburg geht immer.«

Sie liest die Beschriftung.

»Der ist doch unbedeutend, er passt besser ins Heeresgeschichtliche Museum. Stell ihn bitte gleich in Raum drei zu den anderen Bildern, ich sehe es mir in den nächsten Tagen an.«

Ich atme aus, kann nicht glauben, wie gut das gelaufen ist, und hole Hubert zu Hilfe.

»Das Wunder ist eingetreten. Erika will es im Raum drei begutachten«, sage ich und schüttle ihn.

»Das habe ich Ihnen prophezeit. Jetzt können wir das Original gegen unsere Kopie austauschen.«

»Gegen die Fälschung.«

»Von mir aus gegen die Fälschung.«

Eine halbe Stunde später sehe ich unsere Fälschung ohne Zierrahmen auf einer Staffelei thronend inmitten des Raumes drei. Aus Sicherheitsgründen soll sie früh am Morgen aus dem Bundeskanzleramt unter umfangreichem Polizeischutz hergeschafft worden sein. Ein wenig stolz bin ich schon, wie gut sie gelungen ist. Hubert sperrt hinter uns die Tür zu. Ich hole das vom Generalsbild bedeckte Original hervor, befreie die *Malkunst* von ihrem Schutz, stelle sie auf die Staffelei und verstecke unsere Fälschung und die Leinwand mit dem General zwischen den vielen anderen Bildern, die aneinandergelehnt herumstehen.

Jetzt können sie kommen. Ich kann nicht sagen, ob ich mich auf die Gesichter freue, die trotz Vergrößerungsgläsern, Lupenbrillen, Klopf- oder Kratztests und Mikroskopen nichts Abwegiges finden werden, oder ob ich enttäuscht sein soll, dass ich nicht als Fälscher Berühmtheit erlange, berühmter werde als Clemens Hartmann, der Maler.

Es ist kurz vor neun Uhr, um zehn beginnt die Untersuchung. Die *Malkunst* wartet in Raum drei. Genügend Zeit für einen Kaffee und ein mürbes Kipferl beim Bäcker Wunderer. Ich setze mich an einen der kleinen Tische, mein Rad lehne ich an die Hausmauer, behalte meinen Helm auf und meine Weste an, obwohl es noch warm ist. Im Herbst verkühle ich mich schnell, mal ist es zu warm, mal zu kalt, und Wien ist windig.

Ich trinke einen Schluck und lasse die letzten Tage vorüberziehen.

Mit »Wie geht es, Herr Professor?«, reißt mich der Bäcker aus meinen Gedanken.

»In der heutigen Zeitung steht, dass es bei Ihnen eine Untersuchung geben soll, wegen einer Fälschung, haben Sie damit zu tun?«

Wie hat das in die Gratiszeitung gefunden? Ein Leak im Innenministerium?

»Ein Irrtum, der schnell aufgeklärt sein wird«, sage ich.

»Klar, unser Kanzler lässt sich nicht täuschen.«

Bist du jetzt auch schon ein Fan von ihm? Vor den Wahlen hast du anders gesprochen. Ich überlege, ob ich weiterhin bei ihm Kaffee trinken und seine Kipferl kaufen soll. Oder braucht er Zeit, um zu verstehen, wie sie ihn betrügen? Erst wenn er die Wirklichkeit selbst zu spüren bekommt, wird er kapieren. Aber vielleicht nicht einmal dann. Niemand lernt aus der Geschichte.

Ich lege sechs Euro auf den Tisch.

Jetzt konzentrieren, Clemens. Wer weiß, was heute auf dich zukommt.

Ich fahre quer über den Gehsteig, biege in die Nebenfahrbahn ein. Vor dem Museum steht ein Häufchen Menschen, ich zähle elf, sie halten Transparente hoch: »Wir wollen die *Malkunst* zurück«, »Kunst für alle, für das Volk«. Ich schiebe mein Rad durch den Seiteneingang in den Innenhof, gehe bewusst ruhig in meine Werkstatt. Vor dem Spiegel richte ich die Krawatte in die Mitte des Kragens, ziehe an den Manschetten, um das Hemd zurechtzurücken, drücke mit der flachen Hand die Haare platt.

»Wo kommen die Leute unten mit den Transparenten her?«, frage ich Hubert.

»Ich habe einen Protest gegen die Untersuchung auf Facebook gepostet«, sagt er.

»Um Gottes willen!«

»Es wurde ohnehin gleich wieder gelöscht.«

Ich verstecke die Hände in den Hosentaschen, um mein leichtes Zittern zu vertuschen. In Raum drei steht die Kommission aufgefädelt bereit, samt Kniebacher, obwohl er nicht auf der Einladung steht.

»Ich begrüße Sie alle, Frau Direktor, meine Herren, und darf Ihnen eine erfolgreiche Untersuchung wünschen.«

Erfolgreich wobei? Er muss sich immer in den Mittelpunkt drängen. Rampensau. Ich schüttle Hände. Erika, Kniebacher, Schlesinger, den Brix habe ich bei der Präsentation im Bundeskanzleramt gesprochen. Magister Krön vom Bundeskriminalamt ist neu für mich, er begrüßt mich mit schlaffer Hand, die jeglichen Druck vermeidet, aber angenehmer ist als der Händedruck vom Kniebacher, der sich Richtung Tür bewegt.

Herr Schlesinger setzt schmallippig die Lupenbrille auf und sagt: »Dann wollen wir mal.«

Kriminalrat Krön holt ein Büchlein hervor und nimmt einen

kurzen Bleistift in die Hand. Erika betont schon nach fünf Minuten, das Bild sei echt, der neue Makro-Scanner werde nicht notwendig sein, außerdem würde die Analyse tagelang dauern – und erst die anschließende Auswertung.

»Zumindest verlange ich eine Röntgenuntersuchung«, sagt Schlesinger.

Erika lässt Frau Leichtfried kommen. Sie installiert den Apparat.

»Haben die Auktionshäuser dazugelernt?«, fragt Brix süffisant, »sie waren doch nicht immer so umsichtig.«

»Die Kunsthistoriker früher auch nicht, Herr Kollege. Ja, wir prüfen die angebotenen Bilder inzwischen genau«, sagt Schlesinger.

»Auch ihre früheren Besitzer?«

»Natürlich. Sofern wir sie finden.«

»Und Herr Professor Hartmann kennt sich mit Fälschungen ja auch sehr gut aus«, sagt Krön.

»Ich denke, das Aufdecken einer Vermeer-Fälschung durch Professor Hartmanns Großvater sollten wir nicht in Zusammenhang mit der heutigen Untersuchung bringen.«

Danke, Erika.

Der Röntgenarm fährt langsam über das Bild, auf dem Bildschirm tauchen Malschichten, Hinter- und Untergründe auf.

»Wenn ich damals das Schiele-Bild zur Prüfung bekommen hätte, wäre mir sofort klar gewesen, dass es einem Kunstsammler gehörte, der von den Nationalsozialisten im KZ ermordet worden ist«, sagt Brix.

»Sogar das Metropolitan Museum und die National Gallery in London hatten uns aber die ordnungsgemäße Herkunft bestätigt.«

Erika bittet, die alten Geschichten ruhen zu lassen.

Kriminalrat Krön begutachtet die Analysen auf dem Schirm,

schüttelt den Kopf und sagt: »Fälscher entwickeln immer aufwendigere Techniken. Sie kennen schon alle gängigen Untersuchungsmethoden.«

»Die Pigmente sind jedenfalls alt«, sagt Erika.

»Das macht es für uns alle schwierig, die nahezu perfekt hergestellten Werke als Kopien zu enttarnen«, sagt Schlesinger.

»Das perfekte Verbrechen gibt es nicht«, sagt der Kriminalrat.

Frau Leichtfried schiebt den Apparat zur Seite und verlässt den Raum.

»Es handelt sich offensichtlich um das Original«, sagt Brix.

Alle schauen auf die *Malkunst*, einmal aus der Nähe, dann wieder von weiter weg, von links, zentral, von rechts. Zählen sie nun die Pinselstriche, die Stärke, die Dichte der Schichten? Ich weiß, dass sie nichts finden können, und lehne entspannt am Fensterbrett. Die kleine Protestgruppe steht noch immer vor dem Museum.

Herr Schlesinger fährt mit einer kleinen Taschenlampe, die er zuvor aus seinem Sakko hervorgeholt hat, Jans Wams ab, leuchtet auf einen Knopf und riecht daran.

»Hier scheint die Farbe noch zu frisch«, sagt er und sieht mich an.

Stimmt, denke ich, ich habe sie auch erst gestern aufgetragen.

Alle außer Erika betrachten den Knopf.

»Der verglaste Rahmen hält die Gerüche frisch«, sage ich rasch, »die *Malkunst* musste unter größtem Zeitdruck restauriert werden, ich habe immer davor gewarnt.«

Der Kriminalrat schreibt.

Erika bestätigt meine Aussage. Sie hebt ein plakatgroßes Foto der *Malkunst* hoch und hält es in die Runde. Die Köpfe wenden sich zur *Malkunst*, zum Foto, zurück zum Gemälde.

»Eindeutig echt«, sagt Erika und zwinkert mir zu.

Brix nickt.

»Drehen wir das Bild um.«

»Noch nicht«, sagt der Kommissar und zieht sein Handy aus der Sakkotasche hervor.

»Die Maske sieht anders aus. Mir ist bei der Präsentation im Bundeskanzleramt aufgefallen, dass sie Herrn Hartmann ähnlich sieht.«

Er zeigt allen das Foto auf dem Handy.

Warum nur muss ich immer etwas Eigenes einfügen?

»Woher haben Sie das?«, fragt Erika.

»Das Foto hat mir Frau Doktor Nemecek zukommen lassen.«

»Ziemlich unscharf«, sagt Schlesinger und blickt ins Mobiltelefon.

»Und klein, da kann man keinen Unterschied erkennen«, sagt Erika.

Sie vergleichen Erikas Riesenfoto mit dem im Handy des Kommissars.

»Herr Hartmann sieht tatsächlich der Maske ähnlich, das wissen wir schon seit Langem«, sagt Erika und schiebt mich neben die *Malkunst*.

»Sehen Sie doch.«

»Unglaublich. So eine Ähnlichkeit!«

Krön vergleicht mich mit seinem Foto.

»Vielleicht ist Herr Hartmann eine Wiedergeburt von Vermeer«, sagt Schlesinger und lacht laut.

»Das Gesicht der Maske muss nicht Vermeer selbst sein. Wir wissen nicht, wie er ausgesehen hat«, sagt Erika.

»Ich habe bereits vor zwanzig Jahren darauf hingewiesen, dass wir auf einigen Bildern rekonstruieren können, wie Vermeer ausgesehen haben könnte«, sagt Schlesinger.

»Das wurde längst widerlegt. Sie werden sich doch nicht gegen die internationale Meinung stellen«, sagt Erika.

»Ich bitte Sie, das ist doch hier nicht relevant. Es geht heute darum, ob das Bild echt oder falsch ist«, sagt der Sachverständige.

Erika schaut ernst, Schlesingers Kopf ist tiefrot, die Maske ist vergessen. Glück gehabt, Clemens.

Kriminalrat Krön zieht Plastikhandschuhe über, solche, die Kommissare in den Filmen immer überziehen, wenn sie vor einer neuen Leiche stehen. Er kippt das Gemälde leicht, spreizt die kleinen Finger ab, als ob er zarte Teetassen in der Hand hielte, und kontrolliert den Keilrahmen.

»Alles da, die Nummer, das Hakenkreuz.«

»Auch die Stempel und die Aufkleber könnten gefälscht sein.«

Erika und Herr Schlesinger nehmen nun auch Handschuhe, weiße, aus Baumwolle, Brix zieht eine Pinzette aus einem Futteral und fährt vorsichtig die Ränder des Schildes mit der Linzer Katalognummer ab, Krön klemmt sich eine Lupe vors rechte Auge.

Stempel, Aufkleber und Beschriftungen werden als echt beurteilt.

»Ein Gemälde könnte als Fälschung gelten, auch wenn es echt ist«, sagt Schlesinger plötzlich.

»Was wollen Sie damit sagen?«, fragt Erika.

»Es hängt von der Methode der Restaurierung ab. Dieses Bild hier, und das kann man sagen, ist nicht mehr im Originalzustand. Sehen Sie die aquarellierten Stellen, die geklebten Teile, die Linien?«

Ich springe auf, am liebsten würden ich ihn erwürgen, stattdessen sage ich: »Es wird Ihnen wohl bekannt sein, dass wir nicht alles mit Öl retuschieren, dass wir nach der Wiener Methode arbeiten und dass es immer nur eine Annäherung an den Ursprungszustand sein kann.«

»Sie sagen es selbst: Nahekommen. Nahe ist zu wenig.«

»Ja, was soll man denn Ihrer Meinung nach machen, um es als Original belassen zu können? Soll Vermeer wiederauferstehen und sein Bild selbst erneuern?«, fragt Erika verärgert.

Das wäre eine Idee, denke ich, ich könnte mit ihm sprechen.

»Man kann sagen, ja, dieses Bild ist das Original, aber nicht echt, nicht im Originalzustand, eben wegen der vielen Änderungen in den Malschichten, Farbpigmenten, Lasuren.«

»Dann sind die restaurierten Bilder ja alle – nicht echt«, sagt Erika.

Ihre Stimme ist höher und lauter als sonst.

»Richtig. Und das macht es uns ja so schwer zu beurteilen, ob ein Bild echt ist oder falsch. Es ist relativ. Ist es nun von Rubens oder von Schülern gemalt, die Farbe angerichtet von ihm selbst, die Pinselstriche mit den originalen Pinseln? Sehen Sie sich doch nur die Doublierungen an. Alles ist gefälscht. Nur wenig Echtes bleibt«, sagt Schlesinger weinerlich.

Der Typ ist durchgeknallt, denke ich. Er scheint sich wieder zu fassen und setzt seinen Vortrag fort.

»Man sollte hier von zwei Gemälden sprechen, von dem Teil, der noch das Original und von dem, der im Laufe der Zeit durch das Ersetzen vieler neuen Teile entstanden ist.«

»Kommen Sie mir nicht mit dem Schiff des Theseus«, sage ich wütend.

»Sie dürfen nur auf Fragen antworten«, sagt Kriminalrat Krön.

»Wollen Sie hier einen Wettbewerb veranstalten, welcher der Herren gebildeter ist?«, wirft Erika ein.

Ich merke im selben Moment, dass ich mir selbst peinlich bin. Sie hat recht. Das Klugscheißen überlasse ich lieber dem Schlesinger.

»Ist ein Schiff noch original, wenn seine Planken im Lauf der

Jahre ausgewechselt wurden? Original und Restaurat sind zwar typ-identisch, jedoch realisiert als zwei im Detail nicht identische Bilder. Der Konstruktionsplan, die abstrakte Blaupause der Typ-Identität ist das Charakteristische, das zu Erhaltende, das übrige Detail ist beliebig.«

Das Typ-Identische haben wir dann ja gut hinbekommen mit unserer Kopie. Man könnte ihr somit eine gewisse Echtheit zuschreiben.

Ich lächle.

»Nehmen Sie nur einmal den menschlichen Körper«, Schlesinger kommt in Fahrt, »Sie bekommen ein neues Herz, eine Lunge, die Hand eines anderen Menschen. Sind das noch Sie? Oder wenn das Herz eines anderen in Ihnen schlägt? Sagen Sie dann, meine Liebe, mein Geschenk kommt von Herzen?«

Er nickt sich selbst zu.

Schweigen macht sich breit.

»Sehen Sie, wir … «, setzt er fort.

»Genug. Ich bitte Sie, wir müssen zu einem Ende kommen, hier geht es nicht um philosophische Erörterungen, sondern um die konkrete Frage, ob wir es mit einer Fälschung im Wortsinn zu tun haben. Sehen wir uns noch mal die Ergebnisse der Röntgenuntersuchung an«, sagt Erika.

Die Auswertung deutet auf Azurit, Grünspan oder Malachit, die einzelnen Schichten scheinen über dreihundert Jahre alt zu sein.

»Bitte, meine Herren«, sagt sie, legt die ausgedruckten Analysen in Schlesingers Hände. Er begutachtet sie und gibt sie weiter.

»Echt.«

»Echt.«

»Dann können wir schließen und feststellen, das Bild ist …«

»Moment! Eine Frage stellt sich mir schon noch«, sagt der Kriminalrat, »wenn schon nicht eindeutig zu klären ist, ob es sich um ein originales Original handelt, könnte man den Beweis nicht auch über das Gegenteil führen?«

»Wie soll das gehen?«, fragt Brix.

»Können wir beweisen, dass das Bild falsch ist?«, sagt der Kriminalrat.

»Nein«, sagt der Sachverständige.

»Eben, dann ist es echt«, sagt Krön.

»Meine Herren, wir müssen zu einem Beschluss kommen. Die Pressekonferenz geht in einer halben Stunde los.«

»War nur ein Gedanke.«

»Aber ein interessanter.«

»Darf ich nun davon ausgehen, dass wir Gewissheit haben, das Original vor uns zu haben?«, sagt Erika.

Alle nicken.

Sie ersucht Frau Leichtfried, bei Herrn Kniebacher vorbeizuschauen und ihn zu uns zu bitten. Gleich darauf öffnet er die Tür und fragt, ob denn alles genau untersucht worden sei. Schnappatmung. Er hat an der Tür gehorcht. Bist du nervös, Kniebacher?

»Wurde etwas gefunden?«, fragt er.

»... nur die frische Farbe ist aufgefallen, aber das haben wir geklärt«, sagt Erika.

»... und bei der Maske waren wir uneins, aber sonst ...«, sagt Krön.

»Gut. Dann halten wir fest: Es gibt keine Fälschung. Ich bin sehr erleichtert«, sagt Kniebacher.

Natürlich gibt es eine, aber das ist sie nicht, sie liegt in der Ecke hinter den anderen Bildern. Ich senke den Kopf, um mich nicht mit meinem Grinsen zu verraten.

»Wie meine Ausführungen aufgezeigt haben, kann ich sagen:

Das ist die originale *Malkunst*, wenn sie auch nicht ganz echt ist«, sagt Schlesinger.

Er kann es nicht lassen.

Erika bittet die Herren in ihr Büro. Die Papiere würden sogleich vorbereitet, ein kleiner Imbiss sei bereit, Fotografen und Journalisten warteten im Bassano Saal. Man schüttelt mir die Hand, Herr Kniebacher entschuldigt sich wegen der Unannehmlichkeiten, Herr Schlesinger verabschiedet sich und sagt: »Sie können stolz sein, so einen Großvater gehabt zu haben.«

Ich möchte ihn wirklich töten.

An der Tür hält mich Erika zurück. Sie bittet mich, die *Malkunst* wieder in ihren Rahmen und unter Glas zu legen und für den Rücktransport vorzubereiten.

»Es tut mir leid, Clemens, dass dir solche Schwierigkeiten gemacht wurden. Ich habe gewusst, dass an den Vorwürfen nichts dran ist.«

Sie zwinkert schon wieder.

»Schon gut«, murmle ich.

Ich sollte sie nicht belügen, aber einmal drinnen, muss man die Nummer durchziehen.

Die Tür fällt ins Schloss. Ich rufe Hubert an.

Während ich auf ihn warte, stehe ich am Fenster und blicke über den Platz, die Protestgruppe hat sich aufgelöst, ich sehe die Touristen im Park, das Gedränge am Eingang. Kunst holt die Massen herein. Was finden sie an ihr? Schönheit? Wahrheit? Die Gier nach dem Besonderen?

»Was ist Ihnen wichtiger, Schönheit oder Wahrheit?«, frage ich Hubert, der sich neben mich gestellt hat.

»Die Wahrheit sind Illusionen, die man vergessen hat.«

»Von Ihnen?«

»Ja, und von Nietzsche.«

Die jungen Menschen sind heute gescheiter als wir damals.

Wir ziehen das gerollte Bild hervor.

Hubert sperrt die Tür ab.

Jetzt die ganze Prozedur wieder retour: das Generalsbild über die echte *Malkunst* und die falsche in den Rahmen mit Glas.

»Man weiß eigentlich nicht mehr, was der Unterschied ist zwischen der echten und der falschen.«

»Orientieren Sie sich an der Maske«, sage ich.

»Sie sehen der Maske wirklich ähnlich.«

»Meine Nase ist etwas größer.«

»Unser Bild ist besser als das Original.«

»Hubert, den Ausspruch lasse ich Ihnen nur durchgehen, weil Sie noch jung sind.«

Er legt das Original auf den Boden.

»Wozu überziehen wir sie eigentlich wieder mit dem General?«

»Ich muss sie morgen im Depot verstecken.«

»Heute noch! Frau Doktor Wenninger und Herr Kniebacher sind mit der Kommission und der Presse beschäftigt. Da fällt es nicht auf.«

Wir tragen die bedeckte *Malkunst* in meine Werkstatt. Die Fälschung liegt wieder im Glassarg. Ich hoffe, es findet sich kein Prinz, um sie wachzuküssen.

Ich bin mit der Straßenbahn gefahren, das Rad hat einen Platten. Kurz vor neun Uhr grüße ich den Portier.

»Die Aufregungen sind nun vorbei, nicht wahr Herr Professor?«, sagt er, dabei streckt er den Kopf aus seiner Kabine.

Erst in der Werkstatt fällt mir ein, dass ich ihm nicht geantwortet habe. Heute bin ich für andere nicht verfügbar, zu heftig hat mich die Nemecek im Traum verfolgt.

Ich stelle Kaffee auf, vergesse aber, die Maschine mit Pulver zu füllen, sie produziert nur heißes Wasser.

Noch einmal beginnen.

Ich drehe mich zur Seite und sehe zur Staffelei. *Tybis* wartet auf mich. Huberts Analyse der neu zu restaurierenden Gemälde sollte heute auch noch besprochen werden.

Gestern Nachmittag habe ich die *Malkunst* in ihr Versteck gebracht, das ich vor Wochen ausgemacht hatte. An meinen Kolleginnen vorbeizukommen wäre kein Problem gewesen, schließlich tragen wir ständig Dinge hin und her, hätte Jan nicht heftig protestiert und gezetert. Gerade als ich beim Verpacken für die längere Lagerung war, schob er den Vorhang zur Seite und gab Einblick in seine Verzweiflung. Er flehte mich an, ins Museum zurückkehren zu dürfen, ihm würden die Menschen, die ihn täglich besuchen, fehlen, die verschiedenen Sprachen, seine Kollegen, der Rembrandt, der Franz (er meinte wohl den Hals). Die letzten Monate in meiner Werkstatt oder im Haus meiner Mutter seien noch erträglich gewesen, sagte er, er habe wenigstens unseren Gesprächen zuhören oder sich mit mir unterhalten können, aber im Depot dahinschlummern, wo er zwischen unbedeutenden Kaisern,

Fürsten und Stillleben hausen müsse, nein. Und dann liege auch noch der monarchistische General über ihm, wo er doch gegen die Habsburger war. All das würde seine quälende Melancholie wieder auftauchen lassen, die man heute als Depression bezeichne, worüber sich die armen Aufseher bei ihm immer ausbreiteten, die den Tag lang nichts anderes tun müssten als achtzugeben, dass ihm niemand zu nahe kommt. Auch wenn Clio bei ihm sei, komme seine Einsamkeit zurück, denn nicht nur sei er ihr zu alt, nein auch sie sei ihm zu jung, denn sei einmal die erste Liebe verflogen, müsse man andere Gemeinsamkeiten entdecken und die habe er in der Öffentlichkeit im Museum gefunden. Noch dazu habe er sich in der Kühle des Altausseer Stollens einen Katarrh zugezogen, der wieder aktiv werden könnte.

Er tat mir leid. Trotzdem war ich kurz beleidigt, empfand es als undankbar, weil ich ihn doch den Greifarmen der unrühmlichen Politiker entrissen hatte. Ich erklärte ihm, dass ich doch selbst das Opfer sei, weil ich nun mit meinem Verbrechen leben müsse. Verbrechen, ja, es sei eines, auch wenn man meine Tat allenfalls moralisch verurteilen könne und sie keine rechtlichen Folgen habe. Plötzlich wurde er wütend. Ich konnte ihn nur schwer beruhigen, er schrie, ich sei übertrieben korrekt, früher habe man sich nicht so viele Gedanken darum gemacht, wie echt oder unecht ein Bild sei. Nur mit dem Versprechen, dass er bald entdeckt und ins Museum zurückkommen würde, konnte ich ihn besänftigen, aber dafür brauche es Zeit, ungefähr vier Wochen, sonst würde der Trick auffallen. Schlussendlich schaffte ich es, ihn mit seiner *Malkunst* in die Unterwelt des Museums zu bringen. Gegen den Staub hatte ich eine Atemmaske vor dem Gesicht. Das Licht ging an, und am Ende des Ganges tauchte die wohlbekannte Tür auf, die Taschenlampe des Mobiltelefons half mir wieder dabei, den Schalter zu finden, das Neonlicht flackerte, weil die Röhre noch nicht gewechselt war, die unterirdischen Räume waren unverändert kühl. Die Ecke war gefunden und ich verabschiedete mich mit dem nochmaligen Versprechen, ihn bald aus der Versenkung zu holen. Noch einmal bäumte er sich auf, es würde sein Altausseer Trauma in dem zugeschnürten Paket aktivieren.

»Ich hoffe, es wird das letzte Mal sein«, sagte ich.

Schmerzhaft war der Abschied. Ich drehte das Licht ab und fühlte mich wie an den vielen Abenden nach meiner Scheidung, an denen ich Laura schlafen gelegt hatte und in meine einsame Wohnung zurückmusste. Ich versperrte die Eisentür und schlich bedrückt zum Ausgang. Das Licht im Hof blendete, von Weitem sah der gestreckte Kopf des Portiers aus dem Fenster. Jetzt konnte ich ihm antworten.

»Ja, alles hat sich beruhigt.«

Hubert kann ich von den Gesprächen mit Jan nicht erzählen, er würde mich für verrückt erklären und wieder zu einem Kollegen seines Psychiater-Vaters schicken wollen.

»Neues Gebäck? Sieht gut aus«, sagt er.

Seine Analyse liegt geöffnet auf dem Schreibtisch.

»Ab nun gibt es keine mürben Kipferln mehr, dafür Buttercroissants oder Brioche.«

Ich hatte gehofft, den dummen Gesprächen des Wunderer-Bäckers ausweichen zu können und trotzdem an seine Kipferln heranzukommen, aber er wollte mich hartnäckig von den Segnungen unserer Regierung überzeugen. Ich bin mit einem leisen Gruß gegangen – ohne Kipferln. Auf dem Weg ins Museum habe ich dann eine neu eröffnete Bäckerei entdeckt, die auf einem Schild die »Renaissance alter Backkunst« versprach.

»Bedienen Sie sich«, sage ich zu Hubert.

Seinen Ausführungen über die notwendigen Retuschen höre ich nur mit einem Ohr zu, denn Jan hat mich in der Nacht besucht. Er muss es gewesen sein, denn ich entdeckte keine Malsachen in meiner Nähe, und doch war deren Geruch im Raum. Zuerst verspürte ich einen Druck auf der Brust, dann verbreiteten sich Dünste von Aceton und Öl verbunden mit Minze in meinem Schlafzimmer. Ich dachte, es sei eine sensorische Erinnerung aus meinem Alltag, schlief ein und träumte, woran ich mich nur in Bilderfetzen erinnere. Ich saß an der Staffelei, begann einen Lorbeerkranz zu malen, fuhr mit dickem Pinsel und ausladenden Bewegungen über die Leinwand. Jan stand hinter mir. Wunderbar, sagte er, so hätten seine nächsten Bilder ausgesehen, wäre er nicht so früh gestorben. Am Morgen roch es wieder wie in meiner Werkstatt und ich glaubte, ihn an meinem Bett sitzen zu sehen. Er bat mich, in meiner Wohnung leben zu dürfen, er würde in Ruhe auf seinem Schemel sitzen und nur malen, sein Leben als Künstler habe doch erst begonnen. Unmöglich, erinnere ich mich im Halbschlaf gesagt zu haben, das sei zu gefährlich, viele Menschen begehrten ihn für sich zu Hause, sie würden bei mir einbrechen und ihn stehlen. Mir ging sein Drängen nach und nach auf die Nerven und mir fiel ein, dass ich einmal gelesen habe, dass man bei Besuch von Geistern laut singen oder pfeifen soll. So begann ich die ersten Worte »De Alto Cedro … Marcané« zu singen, anfangs eher ein Gekrächze, es war ja noch früh am Morgen, und er verschwand. Der Geruch blieb im Zimmer und erst der Kaffee vertrieb ihn.

»Haben Sie schon gehört? Wir sollen privatisiert werden, ausgelagert, in eine GmbH umgewandelt«, sagt Hubert.

»Ah ja«, sage ich.

»Herr Professor! Sie sitzen ja so starr da wie der *Dirck Tybis.*«

Ich schaue auf das Bild und erschrecke.

So starr? Ich atme aus, lockere die Arme, schenke Kaffee in meine Tasse und frage: »Auslagern wohin?«

»In eine zentrale Buchhaltung, die Gemäldegalerie bleibt natürlich hier.«

»Die Zahlenfuzzis haben also die Macht übernommen.«

»Sie wollen eine Holding gründen, alle Museen unter einem Dach, angeblich ist das nur rechnerisch gemeint.«

»Und wieder neue Direktoren«, murmle ich und sehe meine Croissants auf dem Tisch liegen. Ich breche ein Stück ab, obwohl brechen wie bei mürben Kipferln kann man das nicht nennen, es ist ein Ziehen, ein Bröseln, bis man das Ding auseinanderbringt. Bedeuten die Träume etwas oder war Jan wirklich bei mir? Hätte er länger gelebt, würde er malen wie ich! Hat er das tatsächlich gesagt? Ich schließe die Augen und spüre meine Brust sich weiten, fühle mich kräftig, wie ein Gewichtheber oder wie ein Tenor nach der gelungenen Arie des Cavaradossi. Nach der *Malkunst* werde ich meine Bilder in die Welt bringen.

Die neuen Kipferln schmecken süßer.

»Und? Schmecken die Croissants?«, fragt Hubert.

»Nein, aber wenigstens sind sie eine Wiener Erfindung.«

Wir lachen.

»Ich habe in der Direktion um eine volle Restaurierungsstelle angesucht«, sagt Hubert, »ich wurde abgelehnt, obwohl ich von Ihnen eine ausgezeichnete Beurteilung vorlegen konnte. Es gibt keine neuen Stellen.«

»Mist«, sage ich.

»Aber ich wurde in Dresden genommen.«

Ich bitte ihn um die Röntgenuntersuchung.

»Herr Professor? Sie haben mich in Dresden genommen«, höre ich Hubert laut wiederholen.

»Was?«, rufe ich, meine Fröhlichkeit kippt, »Sie verlassen mich?«

Hubert schiebt den Apparat vor das Bild.

»Im Dezember.«

Ich sollte nicht so an ihm hängen, junge Menschen müssen in die Welt hinaus, sonst bleiben sie kleben. Aber im Museum arbeiten ohne Hubert? Obwohl es mir schwerfällt, sage ich: »Das ist schön. Ich freue mich für Sie.«

Lüge ich? Nein, für ihn freue ich mich wirklich, er hat es längst verdient. Die Kniebachers und Zahlenfuzzis verstehen nicht, wen sie da ziehen lassen, und Erika hat nichts mehr zu sagen. Hier hat er gelernt, und nun, da er alles kann: Weg mit ihm. Leider kann ich ihn nicht bloß als Kopie nach Dresden schicken.

»Dann sind Sie noch vor Weihnachten fort?«

Er nickt.

Nur die Kunst kann den Tod überwinden, denke ich. Die *Malkunst* muss entdeckt werden, solange Hubert noch bei uns ist.

»Ihre Freundin in Dresden wird sich freuen.«

»Ist schon lange aus.«

»Und was machen Sie mit Tilla?«

»Sie ist meine Vermieterin, mehr nicht.«

Um vier Uhr verlassen wir gemeinsam das Museum. Hubert setzt sich auf sein altes Rennrad (und das bei der Nässe!), ich nehme die Straßenbahn.

»Passen Sie auf, die Schienen!«

Er winkt, ohne sich umzudrehen.

Um zehn nach neun öffne ich die Tür meiner Werkstatt. Erika wartet seit neun, wie sie sagt.

»Soll ich wieder schneller arbeiten?«

Ich versuche, witzig zu sein und mir mein gutes Gefühl von der Früh zu behalten.

»Nein, nein. Ich bin nur unglücklich mit der Lösung.«

Welche Lösung? Übernimmt Kniebacher ihre Position? Ich lasse Kaffee aufkochen und biete ihr eine Brioche an.

»Clemens. Ich muss einen Ausweg finden, bitte hilf mir.«

»Wollen sie dich kündigen? Du findest mit deinem Wissen und Können jederzeit einen Spitzenposten im Ausland«, sage ich.

»Das ist es nicht, das wäre mir egal, aber im Museum beschweren sich die Besucher, dass an der Stelle der *Malkunst* ein Foto von ihr hängt und nur ein Hinweis über den Verbleib des Originals angebracht ist.«

Jetzt mit Besserwisserei aufzufahren ist sinnlos, Clemens, dass du es gewusst, dass du sie gewarnt hast, dass wir noch aktiver gegen den Willen des Kanzlers und seiner Clique hätten auftreten müssen.

»Die Stelle an der Wand sieht wirklich armselig aus und ist unserer Reputation nicht würdig«, sage ich und gieße Kaffee in die Tassen, dann setze ich mich zu ihr.

»Vielleicht haben wir in drei Jahren eine andere Regierung und wir können das Original zurückfordern.«

»Ich fürchte, sie bleibt. Die Menschen wähnen sich zufrieden.«

»Stimmt. Es kann noch schlimmer werden.«

Brösel fallen neben den Teller. Erika wischt sie mit der Serviette vom Tisch, wirft sie in den darunter stehenden Papierkorb.

»Kannst du eine Kopie herstellen?«

Mir bleibt die Luft weg. Ich huste, trinke meinen Kaffee in einem Zug aus.

»Es wäre nichts Unredliches, eine offizielle, also eine dokumentierte Kopie, die wir in die Galerie hängen können.«

Gibt es eine inoffizielle in ihren Augen? Vorbei mit der Ruhe.

»Wie kommst du auf so eine verrückte Idee, ich als Restaurator soll kopieren?«, sage ich.

»Ich weiß, dass du das kannst. Clemens. Du hast das alles gelernt, bei deinem Vater, im Studium, hier. Du würdest uns helfen, wir stünden besser vor unseren Besuchern da.«

Stimmt. Übung habe ich genügend inzwischen. Und offiziell ist besser als heimlich, Clemens Hartmann wäre nicht mehr der Fälscher, der Verbrecher. Aber was mache ich mit Jan, mit der *Malkunst*, die im Depot auf ihre Erlösung warten? Ich kann sie nicht ewig im Dunkel darben lassen.

Erika lobt die neuen Brioches und nimmt noch eines vom Teller.

»Ich habe bereits mit Kniebacher gesprochen, er sieht kein Problem, wenn du das übernimmst. Er erwartet es sich sogar.«

Erwarten. Schon wieder. Die Mächtigen sagen: Ich erwarte mir, und schon glauben sie, wir springen. Er hat überhaupt nichts zu erwarten. Für Erika könnte ich, für Kniebacher niemals. Besser wäre gewesen, sie hätte ihn nicht erwähnt.

»Wir könnten dem Kanzler eine Kopie vorschlagen, und …«, sage ich.

»Nein, bitte, das habe ich doch mehrmals versucht, keine Chance, das tu ich mir nicht mehr an, und der Kniebacher würde auch nicht mitspielen. Bitte mach eine fürs Haus.«

Sie hat es versucht? Das habe ich aber nie wirklich mitbekommen. »Mach eine« ist leicht gesagt, ich brauche mindestens einen Monat für eine neue. Stelle ich sie her, hätten wir drei Malkünste, die echte im Depot, eine Fälschung im Kanzleramt, die als die originale gilt, aber nicht ist, und eine offizielle Kopie in der Gemäldegalerie. Was mach ich aber mit der *Malkunst?* Mir in die Wohnung hängen? Jan möchte doch bei mir leben. Nein. Ich würde zum Dieb mutieren. Auch könnte ihr Wunsch, eine Kopie zu erstellen, eine neue Chance eröffnen. Ich lasse die *Malkunst* als die verschollene Kopie von Frau Fleissner im Depot entdecken und wieder in die Galerie hängen. So wäre das Original als vermeintliche Kopie zurück an seinem Platz.

»Und sie soll so qualitätsvoll werden wie die verschollene Kopie von Frau Fleissner?«, sage ich.

»Da bin ich mir bei dir sicher.«

»Gut, ich werde es mir überlegen und, falls ich einwillige, in der nächsten Woche einmal Informationen über die Verfügbarkeit der Materialien einholen.«

Ich muss Zeit gewinnen, um meinen Plan auszuarbeiten.

»Aber das weißt du doch alles, du hast das meiste hier im Haus.«

»Die Qualität verlangt präzise Planung.« (Jetzt rede ich schon wie Papa, Kniebacher und Stöckl zusammen.)

Ich könnte zwei Wochen lang so tun als ob, dann – schwupp – die *Malkunst* als verschollene Fleissner-Kopie finden lassen. Vielleicht lasse ich sie von Werner entdecken?

Herr Müntzner klopft, ich sehe ihn durch das Glas in der Tür. Er übergibt das hochaufgelöste Foto der *Malkunst* an Erika. Sie bedankt sich. Oder ich lasse das Original von Laura finden. Sie will doch ein Praktikum bei uns machen. Ich könnte sie in meinen Plan einweihen, sie ins Depot schicken, und: Überraschung! Sie bringt das Bild herauf und hat die verschollene Kopie von 1940 gefunden. Das muss aber gut vorbereitet sein.

»Clemens, ich habe das Foto für dich ausdrucken lassen. Die Detailfotos hast du ja alle noch im Computer. Ich muss jetzt weg. Und untersuche du bitte das Bild, das mit dem Halbporträt von dem General, ich komme derzeit nicht dazu«, sagt sie.

»Erika, ich weiß das jetzt seit fünfzehn Minuten, so schnell kann ich dem nicht zustimmen.«

Sie steht auf, bleibt an der Tür stehen.

»Schlaf darüber und sag es mir bis morgen, aber bitte mach sie.«

Ich antworte nicht. Als sie nicht mehr zu sehen ist, rufe ich Hubert.

»Frau Doktor Wenninger will, dass ich die *Malkunst* kopiere.«

Er hüpft und lacht.

»Ach wie gut, dass niemand weiß, dass …«

»Im Ernst! Was würden Sie an meiner Stelle tun?«

Hubert wirft sich auf den Stuhl, nimmt die letzte Brioche, beißt ab und sagt kauend: »Das Original als die verschollene Kopie schnell finden lassen. Großartig!«

»Schnell geht nicht, sonst fällt unsere Taktik auf.«

»Ich könnte sie entdecken.«

»Besser jemand anderer, zum Beispiel Laura. Ich könnte sie schon früher einstellen.«

Huberts Gesicht öffnet sich, er lacht nicht mehr, er lächelt, strahlt. Wegen Laura oder wegen meiner Idee?

»Toll, ja, sie kann ja in meiner Werkstatt arbeiten.«

»Hubert, ich bin doch nicht blind. Sie möchten Laura in Ihrer Nähe haben, weil sie Ihnen gefällt. Verstehe ich. Aber als ihr Vater werde ich sie nicht Ihren Eroberungsgelüsten aussetzen.«

Paff, das hat gesessen. So streng war ich noch nie mit ihm, aber wenn es um meine Tochter geht, werde ich zum Wüterich.

»Ich wollte doch nur …«

»Laura ist vergeben (glaube ich). Wir richten ihr einen schönen Platz, sie kann auch bei mir in der Werkstatt sitzen.«

Ich setze mich vor den *Tybis* und richte meine Werkzeuge zurecht.

Hubert geht zur Tür.

»Wie weit sind Sie mit dem Valckenbroch?«, sage ich noch schnell.

»Geht vorwärts, alles gut.«

Er ist beleidigt, ich war zu heftig.

»Verzeihen Sie, ich würde mir so einen Schwiegersohn wünschen wie Sie.«

»Aber so weit habe ich doch nicht gedacht.«

»Aber ich.«

»Schon gut«, sagt er und verlässt die Werkstatt.

Heute werde ich den *Tybis* festigen und ihn ab morgen reinigen. Ich schalte das Radio ein. Schon wieder die alte Mimin aus der Schauspielerdynastie, sie bezeichnet die Oppositionsführerin als verblödet und verherrlicht melodramatisch unseren Kanzler. Ich wechsle auf einen anderen Sender. Schostakowitsch-Walzer, so schön wie die Musik von Satie, aber den spielen sie leider viel zu selten.

Mir ist langweilig und mit dem *Dirck Tybis* möchte ich nicht sprechen, es hätte auch keinen Sinn, er ist ein Kaufmann, kein Künstler wie Jan. Kaufleute sind wie die Betriebswirte; nur der Zaster macht sie lüstern und ihr Status, zuletzt liegen sie wie jeder andere in der Kiste, zuvor bauen sie sich noch ein Mausoleum. Aber auch Geld kann man im Sarg nicht genießen.

Ich wähle Lauras Nummer. »Du wolltest doch bei uns ein Praktikum machen. Jetzt wäre es kurzfristig so weit, schon ab nächstem Montag.«

»Super, Papa. Passt.«

»Wie geht es dir?«

»Gut! Ich habe mit meinem Freund Schluss gemacht. Ich erzähle es dir beim nächsten Mal.«

»Bist du traurig?«, frage ich.

»Nein, nicht wirklich. Hat nicht gepasst. Ich kläre es mit meinem Professor ab. Aber als deine Tochter wird es null Problem geben.«

»Fein. Ciao, hab dich lieb.«

»Ich dich auch. Bis später.«

Weiter reinigen, Clemens.

Ich bin neugierig, ob der Kaufmann doch etwas zu sagen hat.

Fünf nach neun. Der kalte Wind hat mich den schönen blauen Schal hervorholen lassen, den mir Claudia letzte Weihnachten geschenkt hat. »Du musst ihn aber auch tragen«, sagte sie damals. Ich hebe die schönen Dinge lange auf, um sie nicht zu beschädigen, oder wo liegen zu lassen, wie Handschuhe, Schirme und eben Schals. Die teuren Weine, die ich seit Jahren zu besonderen Anlässen geschenkt bekommen habe, lagern seit Langem in meiner Küche. Zu teuer, um sie zu trinken. Claudia hat einmal eine der Rotweinflaschen geöffnet, der Wein war ungenießbar, gekippt.

»Du musst auch die teuren Dinge benutzen.«

Den Sack mit den Croissants werfe ich mit einer ausholenden Bewegung auf den Schreibtisch, er bremst sich gerade noch rechtzeitig an der Kante ein. Ich lege den aufgespannten Schirm unter die Waschmuschel und nehme die Kopfhörer ab.

»Sauwetter.«

»Singin' in the Rain?«, fragt Hubert.

»Herb Alpert. Siebziger Jahre (ein Tipp von Laura).«

»Wieder besser drauf?«

Ich nicke.

»Gut so, Sie waren ja schon wie ein Grottenolm.«

Frechheit. Nicht grimmig sein. Ich entscheide selbst, von wem und wann ich mich ärgern lasse. Erlaubt er sich das, weil er bald ein Kollege in Dresden sein wird, oder ist unsere Komplizenschaft so eng geworden? Es wäre schon längst an der Zeit gewesen, ihm das Du anzubieten, aber ich finde es anregender, per Sie zu bleiben, das ist ungebundener.

Das Radio bringt ein Interview mit dem Innenminister. »Zurück zur nationalen Souveränität, das Recht hat der Politik zu folgen, wir sind kein Land für Multikulturalismus, unsere charakteristischen Bräuche und Traditionen genießen weltweit Ansehen ...«

Ich schalte aus. Herb Alperts Musik klingt wieder aus meinen Kopfhörern, aber kurz darauf spüre ich ein Klopfen auf meine Schulter.

»Ich habe die fehlenden Adressen herausgefunden. Wir können die Bilder versenden«, sagt Hubert.

Kurz weiß ich nicht, was er meint. Dann fällt es mir ein.

»Sehr gut. Ich fahre nach vier Uhr zu meiner Mutter und hole sie. Haben Sie vielleicht Zeit?«

»Ja.«

Ich untersuche eine winzige Stelle am Bild, fische aus dem Plastiksack ein frisches Wattestäbchen heraus und prüfe die Lösungsmittelempfindlichkeit.

»Sie reinigen alles selbst?«, fragt Hubert.

»Der *Tybis* ist klein. Sie haben an Ihrem Riesengemälde genug zu tun.«

»Danke.«

Ich bitte ihn, am Valckenborch weiterzuarbeiten, stelle meine Kaffeetasse auf das Maltischchen, beginne kreisend zu wischen.

Am Abend werde ich meine eigene Malerei wieder aufnehmen. Claudia hat mir geschrieben, sie habe einen Termin für meine Ausstellung im Frühjahr vereinbart. Ich könne noch absagen, aber sie finde, meine Bilder seien besser als viele andere, die in den Galerien angeboten werden. Sie will mich fördern, lieb, aber will ich das? Ich brauche noch mindestens zehn Bilder. Das Zittern deiner Hand heißt nicht, dass du nicht willst, Clemens, aber die Aussicht auf einen möglichen Erfolg regt dich auf, eher an, es kitzelt mich, mich mit meinen Riesenschinken zu zeigen, hinter den alten Meistern mit eigenen Bildern hervorzutreten. Wo ich meine neuen Werke verstauen werde bis zur Ausstellung? In Mamas Villa? Die ersten stehen derzeit hintereinander gestapelt im Vorzimmer.

Als ich die Kopfhörer wieder aufsetzen möchte, läutet es. Ich gleite mit meinem Hocker zum Telefon.

»Hast du es dir überlegt?«, sagt Erika.

Mist, die Kopie.

»Ja, etwas«, stammle ich (ich weiß noch nicht, wie ich das vermeiden kann). »Ich werde morgen die notwendigen Farben in England bestellen.«

»Fang heute noch an. In einem Monat muss sie fertig sein, Clemens. Es müssen nicht die Originalfarben sein.«

Den *Tybis* bearbeiten, parallel Erikas Wunsch erfüllen und dazu noch mein eigenes Kunstprojekt?

»Und was mache ich mit all den anderen anstehenden Arbeiten, ich war lange weg?«

»Das können wir intern umschichten«, sagt sie.

Da fällt mir ein, dass Hubert ja eine Kopie bei sich zu Hause begonnen hatte, die wir für unsere Fälschung nicht verwendet haben.

»Ich rufe dich in einer halben Stunde zurück«, sage ich.

Als der Hörer auf seiner Halterung landet, renne ich in Huberts Werkstatt.

»Wo haben Sie die begonnene Kopie, Sie wissen schon, die Sie hinter dem Rubens versteckt hatten, vor Monaten?«

»Wozu wollen Sie die auf einmal?«

»Die Direktion möchte, dass ich die *Malkunst* kopiere, offiziell.«

Huberts Augen werden groß.

»Um sie dem Kanzler zu borgen und gegen das Original auszutauschen, also gegen unsere Illusion?«

»Nein. Besucher haben sich aufgeregt, dass in der Galerie nur mehr ein kleines Foto von der *Malkunst* hängt.«

»Schade«, sagt Hubert, »ich habe sie vernichtet.«

»Verdammt, dann wird das nichts mit meiner Idee.«

Plötzlich lacht er.

»Nein. Witz. Zu Hause. Sie ist fertig.«

»Was? Fertig? Jetzt haben wir noch eine?«

»Ich wollte üben.«

»Super. Wir sagen, Ihre Kopie ist die verschollene Fleissner-Kopie, dann holen wir die originale *Malkunst* hervor, tauschen beide aus und hängen die originale *Malkunst*, die eigentlich die wiedergefundene Fleissner-Kopie ist.«

»Ich kenne mich nicht mehr aus.«

»Ich auch nicht mehr«, sage ich und versuche, mein Durcheinander im Kopf zu ordnen.

Mir fällt ein, das kann nicht klappen. Erika wird das Bild umdrehen und den Keilrahmen anschauen. Dann entdeckt sie das Hakenkreuz und die Nummer des Führerbaus. Sie wird sofort erkennen, dass es das Original ist.

»Meine Idee funktioniert nicht«, sage ich und fahre mit den Händen durch die Haare.

Hubert scheint auch nachzudenken, denn er spricht nicht. Dann doch: »Ich weiß, wie es doch gehen könnte.«

Was kommt jetzt?

»Sie nehmen einfach meine Kopie.«

»Aber das löst das Problem nicht. Ihre Kopie müsste wegen der Qualität als Fleissner-Kopie durchgehen.«

Hubert nimmt ein Papier und zeichnet.

»Hier haben wir das Original im Depot, ja?«

Er zeichnet ein Rechteck und setzt O hinein.

»Dann haben wir die Kopie im Kanzleramt, ja?«

Er zeichnet ein zweites Rechteck und schreibt K1.

»Dann gibt es meine Kopie, das ist K2, ja?

»Ja.«

»Laura findet im Depot das Original O als Fleissner-Kopie. Ja?«

»Jaaaa! Wie weiter?«, rufe ich.

»Und jetzt der Coup. Wir stellen die neue, vermeintlich von Ihnen hergestellte Kopie, die eigentlich meine ist, Frau Doktor Wenninger vor, und wenn sie die akzeptiert hat, tauschen wir sie gegen das Original aus.«

Ich fühle mich erschlagen, ziehe die Zeichnung mit den Kästchen zu mir und lasse seine Lösung Revue passieren.

Hubert zückt sein Mobiltelefon und zeigt mir ein Foto seiner Kopie. Sie sieht verblüffend gut aus. Er vergrößert einige Stellen.

»Halt!«, sage ich. »Wozu diese komplizierte Inszenierung, das Original als Fleissner-Kopie finden zu lassen? Ihre kommt ihr nahe. Wir holen die *Malkunst* aus der Tiefe des Speichers herauf, sobald Ihre Kopie von Frau Doktor Wenninger akzeptiert ist, tauschen wir sie aus und hängen dann das Original in der Galerie auf.«

»Sie meinen meine Kopie ist geeignet?«

»Geeignet? Im Telefon sieht sie sehr gut aus.«

Ich rufe Erika an.

»Erika? Du bekommst deine Kopie.«

»Danke, Clemens, ich wusste es. Wann?«

»Morgen.«

»So schnell! Lässt du sie mit einem 3-D-Drucker pressen? Das geht nicht. Unmöglich.«

»Nein, es ist eine Kopie von Herrn Finning.«

»Hubert hat eine Kopie angefertigt?«

»Ich hatte sie ihm vor langer Zeit als Übung aufgetragen und es vergessen. Aber ordentlich wie er ist, hat er sie fertiggestellt und das Original sehr gut getroffen.«

Hubert steht kichernd neben mir.

Erika bezweifelt, ob Huberts Kopie dem Original nahekommen kann. Ich sage, auch ich würde sie noch genauer prüfen wollen, bevor wir entscheiden, aber ich könnte mir denken, dass sie gelungen ist. Wir vereinbaren, Hubert zu bitten, sie ins Museum zu bringen. Den Hörer am Ohr zwinkere ich ihm ein »Ja« zu und lege auf.

Mein Zwinkern habe ausgesehen, als hätte ich eine Zitrone ausgesaugt, sagt Hubert. Lacht er mich aus? Wahrscheinlich sah ich total blöd dabei aus. Jeder sieht doch beim Zwinkern blöd aus.

»Bringen Sie Ihre Kopie morgen? Frau Doktor Wenninger wird sie ansehen und wenn sie passt, dann sind wir auf der Zielgeraden.«

»Aber sicher, ich werde heute nur noch einmal drüber gehen.«

Ich freue mich auf das Malen am Abend.

Mantel und Mütze hängen auf dem Haken. Ich werfe die Kaffeemaschine an, fülle Gläser mit Wasser, eines für mich, eines für die Pinsel, hole tief Luft und beginne an Tybis' Hut zu arbeiten, muss aber gleich wieder den Pinsel ablegen, das Telefon läutet.

»Hat Herr Finning schon die Kopie gebracht?«, fragt Erika.

Ich müsse noch nachsehen, ich hätte ihn heute noch nicht gesehen, sage ich, lege auf und laufe zu seiner Werkstatt. Sie ist verschlossen.

»Haben Sie Hubert gesehen?«, frage ich Frau Leichtfried, sie verneint.

Ich rufe Erika zurück. Ich melde mich, sobald er hier auftaucht.

Zurück beim Kaufmann merke ich, dass jemand bei einer früheren Restaurierung Mist gebaut hat, eine Stelle am Hut ist schlecht retuschiert worden. Ich ziehe die Farbe vorsichtig ab.

Es klopft und schon steht Hubert hinter mir.

»Was ist? Wir warten auf Ihre Kopie«, sage ich.

»Ich musste noch einige Stellen verbessern. Kommen Sie, sie steht jetzt in meiner Werkstatt.«

Ich stehe davor. So gut habe ich sie mir im Traum nicht vorgestellt. Wahnsinn! Beinahe besser als meine (unsere!). Auch von der Seite gesehen. Man muss Bilder von der Seite betrachten, dann merkt man erst, ob die Perspektiven, die Größenverhältnisse, die Farbschichten stimmen.

Hubert wartet auf meine Reaktion, aber mein Blick hängt noch an Details.

»Was sagen Sie? Gut genug?«, fragt er.

Er sitzt auf Nadeln. Der Arme weiß nicht, wie gut er ist.

»Was heißt gut genug? Das ist großartig! So gut, dass es Frau Doktor Wenninger nicht glauben wird.«

Er lächelt, senkt den Kopf. Schämt er sich, der sonst so kecke Hubert?

»Jetzt müssen Sie das Kompliment annehmen«, sage ich und richte meinen Zeigefinger auf seine Brust.

»Das habe ich alles von Ihnen gelernt, Ihnen über die Schulter geschaut.«

»Aber das haben Sie geschaffen, nicht ich, Sie alleine!«

Hubert schaut zur Decke.

»Jetzt nehmen Sie es endlich an«, protestiere ich.

»Sie sind ein toller Lehrer. Das sagen alle. Wenn ich einmal so alt wie Sie bin, möchte ich sein wie Sie.«

Ich schäme mich. So alt? Für ihn bin ich wahrscheinlich ein alter Sack.

»Das müssen Sie jetzt auch annehmen«, sagt er und pikst seinen Zeigefinger auf meine Brust.

Ich schlage seinen Finger weg und klopfe ihm auf die Schulter. Kurz berührt er meinen Oberarm.

»Also los, jetzt holen wir die Direktorin her.«

Über das Museumstelefon bittet er sie, zu uns zu kommen.

Wie wird Erika seine Kopie aufnehmen?

»Am Nachmittag kommt Laura, könnten Sie ihr den Arbeitsplatz herrichten?«, sage ich.

»Gerne.« Er lächelt.

Das Herumstehen lässt mich mein Kreuz spüren. Ich sollte wieder trainieren, das schnellere Restaurieren und zusätzliche Kopieren hat mich noch länger sitzen lassen als für gewöhnlich.

Erika stürmt, ohne ein »Herein« abzuwarten, in die Werkstatt, stellt sich vor Huberts *Malkunst*.

»Woher haben Sie das? Das kann nur die verschollene Kopie sein«, sagt sie.

Er schaut mich mit einem Bitte-helfen-Sie-mir-Blick an.

»Wie kommst du auf die Idee, Erika? Die verschollene Kopie ist nach wie vor verschollen. Du kennst doch Werner, er hat alles abgefragt, abgesucht.«

»Wieso weißt du das?«

»Weil ich nach ihr suchen habe lassen, um sie dem Kanzler vorzuschlagen.«

»Hinter meinem Rücken?«

»Du wolltest doch keine chinesische Kopie«, sage ich lachend, und gleich darauf: »Verzeihung.«

»Diese hier ist zu gut, das gibt es nicht. Würde sie nicht so frisch riechen …«, sagt sie.

Ich drehe mich zu Hubert und sage: »Na, was habe ich Ihnen gesagt, sie glaubt nicht, dass sie von Ihnen ist.«

»Clemens, hast du sie heimlich gemacht, um sie dem Kanzler unterzujubeln, dich aber dann doch nicht getraut? Jetzt ehrlich«, sagt sie.

Oh. Erika ist mir auf der Spur, aber doch leicht daneben. Hubert sieht mich an und ich ihn.

»Was ist, habe ich recht?«, sagt sie.

»Das traust du mir zu?«, ich bemühe mich, fassungslos auszusehen.

»Ja.«

»Also bitte! Hubert hat sie gemacht, er allein, ganz ohne mich. Er kann es beweisen, oder? Er kann dir noch eine malen, wenn du es nicht glaubst, so viele du willst.«

Hubert schreckt auf, schüttelt den Kopf.

Erika sieht ihn skeptisch an. »Wirklich?«

»Ich kann es anders beweisen«, sagt er.

»Und wie bitte?«

»Ich habe einen Film über die Herstellung der Kopie gedreht.«

Ich bin baff.

»Jede Phase, dazwischen Erklärungen von mir, fünfzig Minuten. Hier.«

Er hält Erika einen USB-Stick hin.

»Unglaublich«, sagt sie.

»Und so jemandem wollt ihr keine Fixanstellung geben«, sage ich und freue mich, dass ich aus der Schusslinie bin.

»Ich brauche sie nicht mehr, ich gehe nach Dresden«, sagt Hubert.

»Hubert! Ich würde Sie gerne behalten, aber ich muss zwei Mitarbeiterinnen kündigen. Ich muss das Scheusal sein, das die Kündigungen ausspricht. Vielleicht gehe ich anschließend gleich freiwillig mit«, sagt sie.

»Kommen Sie mit mir nach Dresden. Das ist ein tolles Museum«, sagt Hubert.

»Ich weiß, aber so weit ist es noch nicht. Wenn die Kopie wirklich von Ihnen ist, dann: Gratulation!«

Hubert wird um zehn Zentimeter größer.

»Clemens. Haben wir einen Rahmen, der alte ist ja samt dem Original im Bundeskanzleramt?«

Ich nicke.

»Die Tischler haben schon seit Monaten einen neuen fertig.«

»Das Bild muss hängen.«

Klingt wie ein Western.

Sie werde sofort die Handwerker beauftragen und Herrn Kniebacher bitten, die Bürokratie anlaufen zu lassen.

An der Tür sagt Erika: »Und wann führen Sie Ihren Film vor? Die Kolleginnen würden ihn sicher auch gerne sehen.«

»Wann immer Sie wollen.«

Wieder mit Hubert alleine, klopfe ich ihm auf die Schulter.

»Sie muss hängen! Herr Finning, Sie sind geadelt.«

Hubert bereitet Lauras neue Arbeitsstelle vor. Er schiebt seinen Arbeitstisch zur Seite, holt zwei Schragen hervor, legt eine Platte darauf und stellt seinen Stuhl dazu.

»Es ist schon elf Uhr dreißig und um dreizehn Uhr kommt Ihre Tochter.«

Er braucht einen zweiten Stuhl.

Nachmittags muss ich hinunter in unsere Katakomben und die *Malkunst* heraufholen. Vorher organisiere ich noch rasch den zusätzlichen Bürostuhl.

Mein Handy läutet, der *Peanuts*-Song.

»Papa? Um eins bei dir, ja?«, sagt sie.

»Okay. Bringst du mir bitte ein vegetarisches Sandwich mit, wenn du kommst?«, sage ich.

»Meinem Chef oder meinem Papa?«, sagt sie und lacht durch den Hörer.

»Was soll das?«

»Dem Papa gern, dem Chef nicht«, sagt sie, »ich werde ja nicht fürs Essenbesorgen bei euch im Museum beschäftigt sein.«

Das fängt ja gut an.

»Schon gut. Bitte dem Vater.«

»Mach ich. Bussi.«

Vater und Tochter als Chef und Mitarbeiterin, das kann heikel werden. Ich muss es vorsichtig und von Anfang an klar angehen.

Sie kommt kurz vor eins. Wo sie die Pünktlichkeit wohl herhat? Ich schmunzle und freue mich. Nach einem Rundgang mit Hubert durch die Werkstätten, einer kurzen Einführung an ihrem Arbeitsplatz sitzt sie neben mir. Ich kaue noch immer am mitgebrachten Sandwich.

»Super Arbeitsplatz, Papa. Oder soll ich Professor Hartmann sagen?«

»Ich bin mit allen hier per Sie. Aber das passt nicht zwischen uns. Nein. Alle hier wissen ja, dass wir verwandt sind. Also Papa, auch wenn ich dein Chef bin.«

»Ich werde sagen: Du Chef, darf ich …, oder Papachef.«

Sie lacht.

»Nein, das nicht. Wir werden sehen, jetzt suchen wir für dich einmal ein Gemälde. Dazu müssen wir ins Depot.«

Ich versperre die Tür. Auf dem Weg nehmen wir Hubert mit, gehen durch den Innenhof bis zum Eingang des Kellerdepots. Inzwischen kenne ich die Wege blind, das Neonlicht flackert noch immer, die Eisentür lässt sich leichter öffnen – ich weiß, dass ich sie nach innen drücken muss und erst danach den Schlüssel drehen.

»Dieses Bild lassen wir von dir bearbeiten«, sage ich zu Laura.

»Super Idee«, sagt Hubert.

Vorsichtig befreien wir das vermeintliche Porträt des Generals vom Packpapier, die Luftpolsterhülle belassen wir. Ich höre ein dumpfes Klopfen.

»So ein riesiges? Kann ich nicht mit einem kleinen Bild beginnen?«, sagt Laura.

»Ja, etwas groß ist es, aber es ist leicht zu bearbeiten«, sage ich.

Hubert und ich tragen es durch die leeren Gänge über einen Schleichweg in unsere Restaurierungsräume direkt in Huberts Werkstatt. Seine Kopie lehnt auf der Staffelei. Laura fragt, wo die Toilette ist, Hubert zeigt ihr den Weg. Dann hilft er mir, das Original aus der Folie und vom Generalsbild zu befreien.

Die *Malkunst* streift ihre Maskierung ab, das Licht, das sich durch das Fenster über Vermeers Werkstatt ausbreitet, vermengt sich mit dem Tageslicht. Kurz darauf wird sie als vermeintliche Kopie von der Staffelei gehoben und von unseren Spezialisten in die Galerie gebracht. Laura, Hubert und ich gehen hinter ihr. Kein Trauerkondukt wie es der Graf Czernin beim Transport nach München erleben musste, keine Flucht und Verschleppung wie in früheren Jahren, nein, ein freudiger Gang zurück an ihren ursprünglichen Ort. Besucher beobachten die Prozession, schließen sich dem Zug an. Das Foto der *Malkunst* wird von der Wand genommen, Die originale *Malkunst* von zwei Männern vorsichtig aufgehängt. Einige Besucher applaudieren.

»Haben wir das Richtige gemacht, Hubert?«, flüstere ich.

»Aus unserer Sicht schon, für die anderen wäre das Falsche richtig gewesen.«

»Hauptsache, die *Malkunst* ist wieder für alle zugänglich. Das Museum war nicht einmal zu Kaisers Zeiten für die Elite gedacht, es wurde für das Volk geschaffen.«

»Das Richtige ist oft falsch.«

»Kommt, wird gehen ins Museums-Café.«

Um vier Uhr passiere ich mit Hubert und Laura, an deren rechter Schulter Huberts Rucksack hängt, den Seiteneingang des Museums. Hubert hat zuvor seine Kopie vom Keilrahmen abgenommen, eingerollt, in einen Zeichenrollenköcher gesteckt, in seinem Rucksack verstaut und Laura in die Hand gedrückt. Ein wenig schaut der Plastikköcher aus dem Rucksack hervor, aber da am Seiteneingang nun keine Security mehr steht und der Portier so gut wie nie seine Einsiedelei verlässt, außer er hat Feierabend, landen wir ohne angehalten zu werden auf der Straße.

»Hubert, Sie haben die Meisterprüfung souverän bestanden: eine wunderbare Kopie, so wie es jahrhundertelang üblich war, bei Rembrandt, Rubens und den vielen anderen Werkstätten.«

Er tritt von einem Fuß auf den anderen.

»Das müssen Sie jetzt annehmen«, sage ich.

Laura lächelt. Ich rufe ein Taxi. Sie hält ihm den Rucksack hin.

»Ich nehme lieber die Straßenbahn«, sagt er.

Der Taxifahrer bekommt fünf Euro und fährt wieder ab.

»Dann bis morgen.«

»Bis morgen.«

»Ciao, Hubert.«

Nach dem Regenguss umgehe ich mit einem Sack Äpfel in der Hand die Pfützen. Das Fenster der Loge ist geschlossen, der Portier winkt mir hinter der angelaufenen Glasscheibe zu. Ich nicke als Gruß.

In der Werkstatt hänge ich Mantel und Schirmkappe auf die Haken, richte die Äpfel auf einem Teller zurecht. Jetzt kein Kaffee, den gibt es später im Direktionsbüro. Um neun Uhr dreißig vor Öffnung der Galerie soll Huberts Kopie in der Galerie gefeiert werden.

Er klopft und tritt ein.

»Guten Morgen. Laura arbeitet seit einer halben Stunde am General. Wir haben ihm einen Keilrahmen verpasst.«

»Sehr gut, ich komme später zu euch.«

»Kann ich ein Croissant haben?«

»Heute gibt es Äpfel.«

Er lehnt ab.

»Wollen Sie abnehmen?«

Ich will mich nicht erklären.

»Und keine Krawatte?«

Wenn sich die innere Form ändert, verwandelt sich die äußere. Ich finde den Gedanken gut und schreibe ihn auf einen Zettel, den ich in die Innentasche meines Sakkos stecke. Ich nehme ihn als Thema für eines meiner nächsten Bilder.

»Aber hellblaue Socken. Die stehen Ihnen gut«, sagt er.

Ich schiebe meine Hose hinauf und grinse.

»Frau Doktor Wenninger serviert sicher wieder Plundergebäck nach der Feier.«

»Okay. Dann aber schnell, die anderen warten bestimmt schon«, sagt er.

Wir gehen den Gang entlang, ich biege kurz ab, nehme meine Tochter mit, wir laufen Hubert nach. Vor der *Malkunst* stehen Erika, Herr Kniebacher, Frau Leichtfried und Frau Karl. Herr Müntzner fotografiert das Bild, einmal mit Erika und Herrn Kniebacher, einmal ohne die beiden.

»Jetzt eines mit Ihnen, Herr Finning«, sagt Erika.

Sie stellt sich links, Hubert rechts, Herr Kniebacher findet keinen passenden Platz und gibt auf.

Laura in meiner Nähe, das Original in der Galerie, die geplante Ausstellung meiner eigenen Werke – Clemens, du bist ein glücklicher Mann. Ein Wermutstropfen muss sein, sonst wäre es zu kitschig: Huberts zukünftige Abwesenheit.

Frau Leichtfried zückt ein Vergrößerungsglas und hält es nahe ans Bild. Sie schüttelt immer wieder den Kopf.

»Herr Professor, ich habe Ihnen doch einmal geholfen, das Bild zu untersuchen, es ist sicher fünfzehn Jahre her. Diese Kopie sieht aus wie das Original.«

»Ein Wunder, nicht?«, sage ich rasch, »und dabei wollen wir es belassen.«

Ich habe sie abgewürgt. Nicht nett, aber notwendig.

»Wenn Sie meinen«, sagt Frau Leichtfried und verstaut schmallippig die Lupe in ihrer Handtasche.

»Herr Finning, wir danken Ihnen für diese wunderbare Kopie«, sagt Erika und schüttelt Hubert die Hand.

»Herr Finning, auch ich danke Ihnen für diese wunderbare Kopie«, sagt Herr Kniebacher und schüttelt Hubert die Hand.

Wir werden ins Direktionsbüro gebeten.

Der Kaffee duftet, Hubert fixiert die aufgewärmten Backwaren. Die Direktionssekretärin schenkt ein, Hubert nimmt ein Stück vom Plundergebäck. Ich sehe auf der Anrichte die gleiche

Cognacflasche, die ich als Geschenk von Kniebacher bekommen habe, daneben eine Bonbonniere. Nicht schon wieder, denke ich, ich bin am Abnehmen. Erika setzt zu einer Ansprache an, wendet sich an Hubert und drückt ihm die Bonbonniere in die Hand. Kniebacher erhebt sich und übergibt ihm den Cognac.

»Herr Finning, wir danken Ihnen noch mal, die Kopie ist noch schöner geworden als das Original.«

Erika greift sich auf die Stirn, Hubert lächelt in meine Richtung.

Nicht zu fassen, denke ich, rette mich mithilfe eines fingierten Telefonats aus der Peinlichkeit und verschwinde auf Französisch (unbemerkt verschwinden heißt bei den Franzosen »englisch«, Opa nannte das stille Abhauen »polnisch« – wie auch immer).

Ich ziehe ich mich zurück in die Galerie, stelle mich vor die *Malkunst.* Rechts wurde eine Beschriftung auf Papier angebracht. Für eine Messingtafel war nicht genügend Zeit.

Johannes Vermeer (1632–1675) tätig in Delft.
Die Malkunst, um 1666/68 – Kopie

Jan dreht sich zu mir. Alles sei nun gut, er habe wieder die Besucher vor sich, sei umgeben von Menschen aus zahlreichen Ländern, mit verschiedenen Farben und Sprachen, könne ihren Gesprächen lauschen während er male, seine Freunde seien in der Nähe, er und Clio seien in Sicherheit, nur …

»Was ist schon wieder?«, sage ich.

»Ich werde verleugnet, mein Bild ist jetzt eine Kopie. Wann kann ich endlich ›ich‹ sein? Zweihundert Jahre lang hatte man mir meinen Namen gestohlen, ich war als de Hooch benannt worden, und jetzt hängt der Kerl mit seinen scheußlichen Bildern mir auch noch gegenüber. Clemens, mach was!«

Clemens, mach was, gab's nicht einmal so einen Werbeslogan? Nein, es hieß »Hubert, mach was!«.

Ich mache doch dauernd etwas für ihn.

»Gut, gut, ich werde mir etwas einfallen lassen.«

Er dreht sich zurück zu seiner Staffelei. Besuchergruppen ergießen sich in die Räume. Zwei Asiatinnen lösen sich aus der Menge, stellen sich mit dem Rücken zur *Malkunst* mit einer langen Stange, an der ein Telefon befestigt ist, sie lächeln in den Apparat. Wie der Kanzler wollen sie sich mit Vermeers Kunst erhöhen, wenn auch nur auf Digitalfotos. Schnell wächst die Zahl der Menschen an, die sich vor das Bild stellen, ohne den de Hooch hinter sich zu beachten. Wie können Menschen die Qualität erkennen, wenn sie so wenig wissen? Manche lesen darüber in Reiseführern, andere haben einen elektronischen Einflüsterer, manche spüren sie und verweilen länger als bei anderen Gemälden. Ein junger Mann drängt sich vor, geht nahe heran, betrachtet das Bild, lange. Er scheint zu begreifen, was er vor sich hat.

»Jetzt könntest du doch zufrieden sein«, sage ich im Gehen.

Jan kann mich nicht mehr hören, zu laut ist das Gemisch der Stimmen, das sich durch die hohen Räume noch verstärkt.

Ich spaziere zurück in unsere Werkstätten, sehe Hubert, wie er Laura das Reinigen zeigt. Das Bild ist groß, sie wird lange zu tun haben.

Mittags esse ich zwei Äpfel, bin schnell satt, aber kurz darauf wieder hungrig. Das Radio bringt die Meldung, dass der russische Präsident Österreich kaufen möchte. Seit wann will er kaufen, denke ich, er annektiert doch normalerweise. Das muss eine Falschmeldung sein. Drei Tageszeitungen wurden von einem Milliardär aufgekauft, einem Freund des Kanzlers.

Das dürfte stimmen. Er will nun auch Radio und Fernsehen übernehmen. Alle Gerichte werden dem Kanzleramt unterstellt, Demonstrationen dürfen nur mehr am Stadtrand abgehalten werden und das erst nach einer Bewilligung durch den Innenminister. Der amerikanische Präsident will die Zukunft abschaffen. Wahrscheinlich alles Fake. Uns geht es doch wunderbar, Kunst, Medien und Justiz unabhängig, die Menschen frei. Oder?

Ich schalte aus.

Um vier Uhr sehe ich Hubert die Tür abschließen. Er läuft mit Laura den Gang entlang. Vor dem Ausgang rufen mir beide zu: »Bis morgen.«

Gefällt mir das? Hubert wird bald weg sein und meine Tochter traurig zurücklassen.

Irgendwo muss noch die alte Beschriftung sein.

Seit vorgestern ist Claudia zurück. Nachdem ich sie vom Flughafen abgeholt habe, sind wir in ihrer Wohnung gelandet, konnten unsere Schuhe kaum ausziehen. Man sieht einander wieder neu. Wenn es gut geht, wird es noch schöner, wenn nicht, furchtbar. Es ist gut gegangen, sehr gut. Danach haben wir Essen kommen lassen.

Für Mittag sind wir im Café verabredet und jetzt ist es halb zehn. Holbeins *Dirck Tybis* ist fertig retuschiert, Laura säubert den General, Hubert werkt noch immer am Valckenborch und sollte sich beeilen, weil bald die Caravaggios an die Reihe kommen. Blödsinn, Hubert wird dann ja nicht mehr hier sein, er will schon am Donnerstag abreisen und sich morgen verabschieden. Für Hubert geht das Leben erst los, er ist gut in seiner Zeit, ich bin mit meiner Malerei spät dran. Deshalb bist du noch lange kein Spätzünder, Clemens, dafür hast du viel erlebt.

Durch die Fensterscheiben lese ich die Sprüche auf den Reisebussen, »Weil jeder Ziele hat«, »einfach mitreisend« – öde Slogans! Jetzt erst bemerke ich, wie überheizt die Werkstatt ist. Ich öffne ein Fenster und nehme frischen Kaffee. Das Geschenk für Hubert liegt auf dem Schreibtisch, ich verstecke es im Schrank.

Das Telefon läutet.

Herr Kniebacher möchte bis morgen einen Restaurierungsplan für die Caravaggio-Ausstellung. Ich verspreche es. Während er mir die Wichtigkeit von Plänen erklärt, surfe ich durchs Internet, suche nach Wohnungen. Vielleicht schaffe ich mir eine größere an, meine Bilder wollen mehr Platz. Die

Preise sind ziemlich gestiegen. Drei Angebote klicke ich an und warte auf die Antwort.

Um halb zwölf stapfe ich durch den Schnee in Richtung Innenstadt. Der Ober führt mich zu einem Tisch. Ich bestelle einen Espresso. Gegenüber vermute ich die alte Mimin, die sich im Radio begeistert über unsere Regierung geäußert hat, allein an einem Tisch sitzen. Ich schaue im Internet nach. Mein Handy zeigt mir, sie ist es. So berühmt und doch allein.

Claudia reißt die Glastür auf, schaut um sich und stürmt in meine Richtung.

»Verzeih, ich bin etwas zu spät.«

Sie bestellt einen Cappuccino.

»Ist das drüben nicht die …«

»Ja, ist sie.«

»Arm.«

Der Ober hält uns die Speisekarten entgegen.

»Du?«

»Nein.«

»Ich auch nicht.«

Er geht.

»Du bekommst deine Ausstellung im Frühjahr.«

»Toll!«, sage ich und merke, jetzt wird es ernst.

»Ich habe gehört, ihr habt eine neue Kopie in der Galerie hängen, die verschollene?«, sagt sie.

»Nein, sie ist von Hubert. Die Besucher hatten sich beschwert, die Stelle, wo früher die *Malkunst* hing, war leer, aber in den Reiseführern vermerkt.«

Soll ich ihr jetzt schon die Wahrheit sagen, oder später?

»Das war ja auch Schwachsinn, sie ins Kanzleramt zu verfrachten. Kommt sie dem Original wirklich so nahe?«

Ich nicke.

»Zeigst du sie mir?«

»Du kennst doch das Original, ist ja dasselbe Bild, nur noch einmal«, sage ich und fürchte, sie könnte den Fake sofort erkennen.

»Das gleiche«, korrigiert sie und es klingt beinahe wie eine Frage.

Habe ich mich verplappert?

»Das übernehme heute ich«, sagt sie und zahlt.

Wir verlassen das Café. Sie geht im Stechschritt in Richtung Museum, so schnell, dass ich ihr nur rennend nachkomme.

»Jetzt warte doch«, rufe ich ihr hinterher.

»Ich will die Kopie sehen«, schreit sie vor sich her und lacht.

Vom Haupteingang betreten wir das Museum.

»Grüß Gott, Herr Professor.«

Der Leiter der Aufsicht begrüßt Claudia mit einer kurzen Verbeugung und schleust uns an der Besucherschlange vorbei. Wir schreiten die breite Treppe auf die marmorne Theseus-Gruppe zu – es ist ein Schreiten, denn die niederen, breiten Stufen fordern bedächtiges Gehen ein – schlängeln uns durch die Besuchermassen und mehrere Ausstellungsräume. Schließlich landen wir vor ihr. Claudia vor der Kopie, ich vor dem Original.

»Hier stand doch früher eine gepolsterte Bank?«

»Ja, wir haben dem Bild eine bessere Position gegeben. Eine Bank hat keinen Platz mehr.«

Claudia drängt sich näher an das Bild heran.

»Die Kopie sieht ja toll aus, beinahe wie das Original.«

»So hat der Graf die verschollene Kopie auch beschrieben. Nicht unterscheidbar«, sage ich.

Sie schaut auf meine Hände. Ich halte das Mobiltelefon fest, dann wie viele Besucherinnen in die Luft. Ein Foto von Claudia vor der *Malkunst*.

»Du hast wirklich so gearbeitet, dass sie wie das Original aussieht?«

Sie sieht mich an, ich fühle mich geprüft.

»Hubert, nicht ich.«

»Ja, ja, Hubert.«

»Nicht sehr neu.«

Sie weiß doch, dass sie nicht wie neu sein kann.

»Nicht neu, was meinst du?«

Ihre Kopfbewegungen kann ich nicht deuten.

»Du restaurierst nach der Wiener Methode und nicht nur mit Öl?«

»Sicher. Das weißt du doch.«

»Ein bisschen wenig Öl, eine Kopie wäre frischer, etwas farbiger«, sagt sie, bewegt den Kopf zum Bild, klebt beinahe an ihm, ein schrilles Piepsen, ich ziehe sie zurück, das Signal ist verschwunden. Sie sieht mich an, das Bild, mich, den Vorhang, die Maske, schiebt mich zur Seite, nimmt mit einer Hand die meine, die noch immer fest das Mobiltelefon umklammert, und sagt: »Du bist echt falsch.«

Laura kann ich nirgends finden, obwohl es schon fünf nach neun ist. Um zehn kommen die ersten Besucher. Die alte Messingtafel finde ich im hinteren Winkel der Schreibtischlade. Mit einem Doppelklebeband laufe ich zu Jan. Einen der Aufseher bitte ich, kurz den Alarm auszuschalten. Ich löse die provisorische Beschriftung ab und klebe die Messingtafel zurück an ihren Platz, die alten Umrisse sind noch zu sehen, so kann ich es genau einpassen. Nach einem »Danke« an den Aufseher finde ich Hubert in seiner Werkstatt. Er packt gerade den Rucksack und deutet, er werde gleich zu mir kommen. Wie er mir wohl abgehen wird. Laura darf nicht an bedeutende Bilder ran und ein neuer Assistent ist nicht in Sicht, außerdem würde er mindestens zwei Jahre brauchen, bis er Huberts Qualitäten nahekäme, und selbst dann könnte er es nicht.

Ich fahre den Computer hoch. Heute muss ich die Restaurierungspläne für die Caravaggios beginnen. Herrn Winklers chemische Analysen zweier Gemälde liegen neben mir. »Ja, mach nur einen Plan« – so fängt doch ein Brecht-Lied an. Ja, mach nur einen Plan, und dann mach einen zweiten Plan, geh'n tun sie beide nicht, oder so ähnlich. Wie soll man planen, wenn man die Zukunft nicht kennt? Man geht immer nur von Erfahrungen aus, und die sind immer alt. »Erwarten Sie Überraschungen«, rate ich meinen Studenten, »es kann vieles passieren, was Sie nicht bedacht haben. Ungeziefer könnte hervorkriechen, die Malschichten ein Eigenleben führen, sich ein anderes Bild unter dem Restaurierungsobjekt verbergen.« Meist sind dann die Ziele im Weg und der Plan hat sich ruckzuck aufgelöst. Aber ein Plan muss immer sein, das wird von oben verlangt. Punkt. Also Excel öffnen, Zeitleisten einfügen, Tätigkeiten benennen.

Laura steht hinter mir und umarmt mich samt ihrem schneenassen Mantel. Die kalte Feuchte kriecht unter meinen Hemdkragen.

»He, pass doch auf«, sage ich, »ich bin dein Chef.«

Sie läuft weiter zu Hubert. Sein Geschenk hole ich aus dem Schrank hervor, lege es auf dem Tisch bereit, Kaffee stelle ich auf, richte frische Briochekipferln und Äpfel auf Tellern zurecht.

Ich tippe: *David mit dem Haupt des Goliath,* Künstler: Michelangelo Merisi, gen. Caravaggio, und greife nach einem Kipferl, obwohl ich Bio-Äpfel besorgt habe. Heute mache ich eine Ausnahme, zu Huberts Abschied.

Es klopft. Wir begrüßen uns, dann sitzen wir. Mir fällt nichts ein, was ich sagen könnte, Hubert sagt auch nichts. Ich durchbreche die Stille und reiche ihm das Geschenk, ein flaches, viereckiges Paket. Er hebt es hoch, wägt es ab und sagt: »Ein Fußball, oder?«

Meine zukünftige Assistenz muss Witz haben, sonst wird sie nicht aufgenommen.

Er reißt an den Schnüren, das Papier wirft er zur Seite.

»Yeah. Laurel and Hardy, *Sons of the Desert.* Toll.«

Er mimt Stan, hebt den rechten Arm hoch, winkelt den Unterarm ab und massiert mit den gespreizten Fingern seine Haare.

»Ist das ein Nachdruck oder ein Original?«

»Ein Original von 1933«, sage ich.

»Echt?«

»Was sonst?«

»Wahnsinn. Tausend Dank.«

Er nimmt Kaffee, Kipferl und Apfel. Wie passt das zusammen? Seine Sache, Clemens. Etwas wehmütig spreche ich meine kleine, vorbereitete Dankesrede.

»Was aus unserem Geheimnis werden wird? Was glauben Sie?«, frage ich zum Schluss.

»Auf jeden Fall dichthalten«, sagt er.

»Unser Geheimnis verbindet uns.«

»Wie Winnetou und Old Shatterhand.«

»Oder wie Laurel und Hardy.«

Auf dem Weg zur Galerie schüttelt Hubert viele Hände, wird umarmt, bekommt von Frau Karl und Frau Leichtfried kleine Päckchen. Hinter einer Gruppenführung kommen wir zu stehen. Eine mir neue Kunstvermittlerin erklärt Besuchern die *Malkunst.* Alle haben Hörer im Ohr, fotografieren, drängen, weichen aus. Durch die Köpfe hindurch sehe ich, wie sich Jan umdreht und mir zulächelt.

»Haben Sie es auch gesehen?«, frage ich Hubert.

»Jans Lächeln?«

Die Gruppe geht zu einem der nächsten Gemälde. Hubert kramt in seinem Jackett.

»Ich hätte da noch etwas.«

Er drückt mir eine zerknüllte Mappe in die Hand, »Drehbuch«, steht auf dem Deckblatt.

»Das habe ich geschrieben und an TV-Anstalten und Filmfirmen geschickt.«

»Toll, Hubert, gratuliere! Worum geht es?«

»Um unsere letzten Monate.«

»Um unsere Fälsch… die Kopie?«, flüstere ich.

Er nickt.

»Und wie heißt der Film?«

»Rochade.«

»Nein, um Gottes willen, dann fliegen wir doch auf.«

Hoffentlich wird das Drehbuch abgelehnt, denke ich, obwohl das wieder einmal gemein ist.

Eine Dame dreht sich zu mir und fragt, ob der Vermeer echt sei.

»Sicher«, sage ich.

»Wie wunderbar«, sagt sie.

Hubert will sich verabschieden, er müsse noch seinen Rucksack und sein Geschenk aus meiner Werkstatt holen. Morgen Früh gehe es dann ab nach Dresden.

»Ich bleibe noch hier und genieße die Menschen vor den Bildern«, sage ich, »aber da wäre noch etwas.«

Hubert schaut mich an.

»Jetzt wäre es an der Zeit, uns zu duzen.«

»Spät, aber doch«, sagt er.

Ich gebe ihm die Hand.

»Clemens!«

»Ich weiß. Hubert!«

»Weiß ich auch. Sie melden sich. Nein. Du meldest dich.«

»Melden?«, sagt er und lacht.

»Nein, nicht melden, Sie halten mich auf dem Laufenden.«

»Du!«

»Ja, du! Ciao. Hubert.«

»Tschüss … Clemens.«

Mit Pieter de Hooch im Rücken überblicke ich die Szenerie. Vergangenes zieht mir wie eine Collage vorbei. Die *Malkunst* hängt, Jan ist zufrieden, der Regierung wurde ein Schnippchen geschlagen. Zufrieden spaziere ich durch die Ausstellungsräume zurück in meine Werkstatt. Das gerahmte Filmplakat ist weg, die Kipferln auch.

Während ich das Radio einschalte, entdecke ich zwei in braunem Papier verpackte flache Pakete in der Ecke lehnen.

Neue Bilder? »AN DAS KUNSTHISTORISCHE MUSEUM«, steht in Großbuchstaben geschrieben, und als Absender »Bundesministerium für Kunst, Kultur und Sport«.

Ich nehme den Hörer ab und wähle Erika an.

»Ich habe sie dir in deine Werkstatt bringen lassen«, sagt sie, »das Ministerium hat sie gebracht, die Adresse war unbekannt und kein Absender vermerkt. Angeblich zwei Waldmüller-Gemälde, von Wien aus nach Vancouver verschickt. Kannst du sie bitte prüfen und wenn sie echt sind dann den Kolleginnen der Restitution übergeben?«

Ich lasse mich zurückfallen. Der Stuhl knarrt. Ich stelle mir vor, wie ich von der Decke aus einen grinsenden Mann im Sessel lungern sehe, wie er aus den neuesten Nachrichten hört, dass ein russischer Oligarch Österreich doch nicht kaufen will, der amerikanische Präsident aber Europa, die Chinesen Altaussee, die alte Diva verkündet, wie sie ihre schöne Heimat in die jungen Hände des Kanzlers legt, sich die Grenzen für Flüchtende öffnen, die Volkskunst gefördert, der Theaterdirektor wieder eingesetzt, die Medien nicht mehr unter Staatskontrolle, Demos erlaubt, der Kunstminister ausgewechselt, die Entscheidungen der letzten Regierung zurückgenommen sind.